HAYMON verlag

Werkausgabe Hans Haid
Band 2
herausgegeben von Ulrike Tanzer

Hans Haid

es kann sein, dass dann die schatten kommen

Romanfragment

Herausgegeben und mit einem Nachwort von
Christine Riccabona und Anton Unterkircher

*

ANNO 1930

In einer schrecklichen, traumschweren Nacht hat es mich wieder erwischt. In der Nacht. Im Traum. Wie im Traum. Diese Nacht, die putzdunkle stockdunkle Nacht. Und die Erinnerungen. Die Andeutungen meiner Mamma. Sie hat im Nachbarhaus gearbeitet. Näherin, Wäscherin, Aufräumerin. Eine Tafel hat sie machen und bemalen lassen: Wäscherei und Büglerei Stippler. Müde geworden. Und immer noch wartet sie auf den Tatte. Sie sucht ihn in den Todesanzeigen der Zeitungen. Sie sucht ihn im hintersten Winkel der Kirche. Überall. Dann kommt das erste Gespräch mit dem Sommergast im Haus nebenan zustande. Eine fremde Frau, die unentwegt herumzieht, alte Leute fotografiert, eine schwere Fotokamera umgehängt und die schwarze Ledertasche. Die Erna von nebenan. Ich bin dabeigewesen. Gut ein Jahr alt. Habe nur die vertraute Stimme der Mamma gehört. Und die fremde Stimme einer fremden Frau. Nebenan auf der Bank. Die beiden Frauen: die Bäuerin und Büglerin und Wäscherin und die Fremde mit dem schweren Fotoapparat. Wo sie denn diese Männer und Frauen finden würde: „Deutsches Volksgesicht" anno 1939. Ich bin ein Jahr und sechs Monate. Ich weiß von nichts. Die Fremde daneben auf der Bank. Vielleicht will sie mich in die Arme nehmen. Vorsichtig unerfahren kinderlos. So als ob sie selbst das eigene Kind in die Arme nehmen wollte. Das sie nicht hat und nicht bekommen kann. Sie hat die Leidenschaft für Menschenköpfe. Sogenannte urige Charakterköpfe. Das „Deutsche Volksgesicht". Aus allen Teilen des Reiches zusammengetragen. Die Fremde im Tal. Jetzt neben mir. Neben der Mamma. Mit einer süßen Schleckerei. Vielleicht habe ich das Zeug ausgespuckt.

Sellamool wöll keemen di schaatne. di zoachn. sellamool di nachte und is schreien. in zuuzl / es kann sein, dass dann die schatten kommen und die zeichen in solchen nächten / und die fremde Frau als superwichtige Nazifrau entdeckt wird. Hinausgejagt aus dem Tal. Dass sich alle schämen.

Mamma schaukelt mich. Die Fremde will mich schaukeln. Dann will sie wiederkommen, will uns alle fotografieren. Auf der alten Hausbank vor dem alten Bauernhaus und dem über die alten Mauern gespannten Geflecht des Wilden Weines und dazwischen drinnen versteckt eine Madonna, hinaufgemalt, zugedeckt, wieder freigemacht beim Fensterputzen im oberen Stockwerk. Wo denn die urigsten Köpfe zu finden wären. Meine Mamma würde ja alle Leute in der Gemeinde kennen. Meine Mamma kennt alle Leute in der Gemeinde. Auch ihre Namen und ihre Geschichte. Eine alte Frau am besten mit vielen vielen Kindern und den Runzeln und dem gebeugten Rücken und dem Rosenkranz um den Bauch gebunden und mit dem stillen Strahlen einer Dulderin. Eine solche solle es sein. Sieben Kinder. Dann sind zwei gestorben. Dann sind fünf dazugekommen. Diese Frau wolle sie fotografieren. Das Adlar-Madle oder eine andere und den von der enderen Seite, den Alten mit dem Bart und dem beständigen Funkeln der Augen. Ja, der würde recht sein. Der Schnurrbart, der Schnauzer. Gerade richtig in Länge, Farbe, im Hinaufgebogensein. Stattlich sowieso und vielleicht urdeutsch. Am Sonntag nach der Messe will sie schauen, wenn die Mander und Weiber aus der Kirche kommen. Dann will sie Gesichter sehen. Mamma soll wissen, wie sie heißen, wo sie wohnen.

Die noble Frau aus der Nachbarschaft will ein Buch machen. „Deutsches Volksgesicht“ hat sie immer gesagt. Das Nachbarhaus ist eine nobel eingerichtete Herberge.

Touristen aus vielen Ländern kommen, werden beherbergt, werden sorgsam betreut und gefüttert. – Es ist eine edle Herberge. Sie gehört zum alten Hotel sechzig Schritte weiter. Auch ein gutes Hotel dieser Zeit. Gastwirt und Wirtinnen sind Musikanten, Sänger, Geiger, Kirchenchorleiter, Paulamamma, Tantedit und solche aus dem Dorf, die an Festtagen die erbauliche Musik machen. Mit lateinischen Messen und dem Leo am Cello. Alles fromm und bravchristkatholisch. Sapperlott und da darf kein Zweifel aufkommen.

Es hat das unselige Unheil angefangen. Auf der Steinbank vor dem Eltern- und Geburtshaus. Ohne mein Wissen die beginnende Veränderung in diesem Tal und anderswo: und meine Mamma und der Tatte mittendrin und ich vor dem Haus auf der Hausbank. Geschaukelt und angestaunt, gefüttert und gestreichelt. Die Fremde aber möchte näher herankommen. Mamma richtet in der Früh, wenn die Fremde außer Haus gegangen ist, die Betten. Immerwährend fotografierend, die Fremde, und die Namen notierend, im noblen Haus beherbergt. Sie zahlt gut. Mamma schüttelt die Betten aus, hat sie vorher über das Fensterbrett gelegt, streicht und streift über das Leinen. Es darf keine Falten geben. Den Nachttopf ausgeleert. Die Handtücher erneuert. Mamma nimmt die benutzten Leintücher und Handtücher und nimmt sie mit. Sie wäscht und bügelt im eigenen Haus, in dem ihres Vaters, geerbt und übernommen. Der Neene, der Großvater, der Opa, der Opapa lebt noch in diesen verschwundenen Jahren. Die Omama lebt noch. Die alte Tante, die Boosa, lebt noch. Immer fromm und geduldig und gottergeben keusch und ledig und kinderlos geblieben und allesamt Sonntag für Sonntag und oft zweimal in der Kirche zum Gottesdienst. Ich sage es noch einmal und schreibe es nieder: die wohl frömmsten Leute des Dorfes. In beinahe jeder Generation hat es einen Geistlichen aus der Sippe gegeben, eine den Kranken dienende Klosterschwester. Immer nahe der Kirche. Einen Steinwurf weit. Nicht weiter. Mamma betet den Rosenkranz. Auch während der Messe wird unaufhörlich vorne kniend Rosenkranz gebetet, immer wieder Vaterunser um Vaterunser und dann zehnmal Gegrüßet seist du Maria und Ehre sei Gott dem Vater und dem Sohn und Heiligen Geist. Wer auch da von der Decke baumeln soll. Wohl an einem heiligen Strick hängend. Jahr für Jahr dieselben Gesetzchen, Anrufungen, Beschwörungen und nach zehn Mal unterbrochen mit Ehre sei dem Vater und dem Sohn und dem Heiligen Geist. Amen. Und alles ohne Unterbrechung bis zur Heiligen Wandlung und dann mühsam für den Empfang der Heiligen Kommunion aus der engen Bank heraus in den Mittelgang geklettert, gestolpert, im Kirchengang die Kleider gerichtet, schnell daran gezupft. Vorsichtig links und rechts geschaut, alles wahrgenommen rundum. Die Frau dort wieder schwanger. Sieht ja jeder. Nicht ganz sicher, wer der Vater sein könnte, etwa der vom Brand oder der von Astlehn. Vorne gestanden, gewartet, den Mund aufgemacht, die Zunge heraus. Gelobt sei Jesus Christus. In Ewigkeit Amen und die alten Gebete und der Pfarrer vorne und die spätere Erinnerung an mein Ministrantendasein als zeitweiliger Oberministrant. Alle wieder zurück in ihre Bänke, niedergekniet, den Rosenkranz zwischen die Finger, die Gesetzchen auswendig gelernt, heruntergeleiert. Aber mitgedacht, wie der Pfarrer es uns beigebracht hat, immer mitdenkend wie es geheißen hat: der für uns Blut geschwitzt hat, der für uns gegeißelt worden ist, der für uns das schwere Kreuz getragen hat, der für uns am Kreuz gestorben ist. Und immer wieder durcheinander. Das wird der Herr wohl derleiden. Amen.

Und ich muss Jahrzehnte später erfahren, wer die Fremde mit dem Fotozeug gewesen ist. Ich kaufe das Buch „Das deutsche Volksgesicht. Tirol und Vorarlberg". Ich finde meinen Großvater, den Neene. Aber das sagen die Kinder heute nicht mehr. Immer nur Opa und Oma und Mutter statt Mamma und Papa statt Tatte. Sie haben angefangen, alles zu verdrängen und zu vergessen. Die immerfort auch während der Heiligen Messe Rosenkranz betenden Frauen sind ausgestorben, sind am Nahezuaussterben. Die Erinnerung daran ist mir noch geblieben. Den anderen im Tal nicht mehr. Ich gehöre zu den Älteren und habe diese Erinnerung bewahrt. Ich zähle und suche dann in der Kirche die Rosenkranz-Frauen.

Auch an die Fremde kann sich niemand mehr erinnern. Ich bin älter geworden und schaue zurück. Ich habe es versäumt, früher, schon 1960 und 1965 und 1970 danach zu fragen und wie sie ausgeschaut hat und wie sie geredet hat. Diese Deutsche aus Berlin. Und ich habe herumgefragt und habe Eintragungen in den Gästebüchern des Hotels und des dazugehörigen Nebenhauses gesucht und nichts gefunden. Alles verschwunden. Vielleicht bewusst oder unbewusst verdrängt. Zu den alten Geschichten vom Sterben und Traurigsein dazugerechnet und gleichzeitig abgerechnet.

Da hat ein spannendes Leben angefangen.

Mamma ist 89-jährig verstorben. Sie hat mir viel erzählt. Vieles hätte ich sie nachträglich noch fragen wollen. Ich habe es versäumt. Jetzt hole ich mühsam und beschwerlich Stück für Stück aus der Erinnerung heraus. Das Dunkel wird immer dunkler. Die Finsternis der auch in diesem Tal wütenden Seuche und dem Dahinschlachten wird immer dunkler; je mehr ich herausgraben kann. Ich kann keine Glut mehr anfachen, kein Feuer löschen, keine Zeitzeugen finden, die Kraft ihres Alters, ihrer politischen Neigung und Leidenschaft gemäß auspacken könnten. Wenn sie könnten, dann wollen sie nicht. Über diesem dunklen Tal der Ferner, der Muren, der Lawinen und der Überschwemmungen, so könnte es sein, kann diese andere Seuche nur eine der vielen sein, die geduldig und gottergeben, wenn auch fluchend und zürnend ertragen werden müsse. Jetzt, so habe ich mir in reifen Jahren als beinahe Mittsiebziger vorgenommen, ein wenig Licht in diese dunklen Löcher zu bringen, hineinzubohren in verborgene, in versteckte Lebensgeschichten. Deutsch-fromme Kalendergeschichten vom Reimmichl, dem reimenden Michl. Wenn es Teil meiner eigenen Lebensgeschichte ist, soll es mir und anderen recht sein. Wenn ich das Schicksal der anderen Dorf- und Talbewohner miteinbeziehen will, dann kann es heiß oder sehr kalt werden für mich.

Ich will ab meinen ersten Tagen und Monaten und Jahren meines Tal-Lebens meine Geschichte suchen. Wenn ich wieder ein Bündel beisammen habe, kann ich jetzt in die kleine Talkirche gehen, kann dort niederknien und fluchen. Oder um Verzeihung bitten. Irgendwo vorne hängt auch einer, den sie gemartert und gequält haben. Das könnte mich eher ablenken als beruhigen. Die Wut steigt von Bündel zu Bündel: Ich meine die gesammelten Nachrichten, die Botschaften, beispielsweise diese aus dem fernen Berlin, die mir, dem Forschenden und Ungeduldigen immer wieder zugeschickt werden. Wenn ich sie dann geöffnet habe, mühsam Seite für Seite des OETZTALER BERGBOTEN, zusammen mehr als tausend ausgedruckte Seiten, packt mich das Grauen. Dann wird es eiskalt. In „meinem" Tal. Trotz Sonne und zeitweiliger Geborgenheit.

Das ist in meiner Zeit entstanden und gewachsen. Ab dem Frühjahr 1938. Als einer der Stippler-Abkömmlinge, vorausbestimmt zum Nachdenken und Forschen und Schreiben. Wie es vor mehr als 250 Jahren ein uralter Onkel, ein Vetter mütterlicherseits, getan hat mit der ersten Aufschreibung des Tales von Wasser- und Lawinenschäden, von schrecklichen Muren und Gletscherseeausbrüchen. Immer ein Tal der Muren, Lawinen und Gletscherseeausbrüche. Etliche davon, ein Ururgroßvater als Anwalt, wie sie den Bürgermeister genannt haben, den Vorsteher und auch den Streitschlichter, auch den ersten Blasmusikanten und Chorleiter. Und allesamt fromm und Kirchendiener und auch Gemischtwarenhändler, in allen Generationen kleine Dreihektar-Bauern und der andere, der Prediger und der Wallfahrtskaplan von Trens.

Ich lass mir diese Familien-, Dorf- und Talgeschichte nicht aus der Hand nehmen. Bevor ich nicht alles Wichtige erforscht und gesammelt und aufgeschrieben habe.

*

Ich hocke Jahrzehnte später über meinen Sammlungen und Schriften. Es packt mich regelrecht das Grauen. Ich kenne die Leute des Dorfes, der Gemeinde, des Tales. Ich erkenne in ihrer Gesinnung keine nachhaltig entscheidende Wandlung. In Vielen. In sehr wenigen einzelnen Köpfen und Hirnen erkenne ich rühmliche Ausnahmen. Einer davon, nenne ich ihn den „Kass", ist der Polterer und der seine Meinung sagt. Nur wenn er genügend in sich hineingestülpt hat. Erst dann brechen die Wahrheiten und die Aggressionen heraus. Dann treffe ich ihn polternd und schreiend im Gasthaus. Dann nennt er Namen, solche aus Sölden und von hier. Er würde mir die nackten und die brutalen Wahrheiten sogar auf Tonband sprechen. Ich wage es nicht. Meine Scheu trifft mich an einer sensiblen Stelle. Ich müsste dann darüber schreiben. Ich müsste ein Protokoll erstellen und müsste die alten Tonbandaufnahmen zumindest auf eine CD überspielen und müsste alles dem Orts- und Talarchiv übergeben. Ich habe einen Gedächtnisspeicher des Tales aufbauen wollen. Der Kass hat mir in frühen Jahren geholfen, mit seinem alten Kleinlastwagen die von mir gesammelten Museumsstücke ins neue Museum zu transportieren. Er, der Bauer, der nicht gerade sauberste Kerl, hat vorher mit seinem Kleinlastwagen Mist geliefert und eine tote Kuh und ein paar Schafe. Bauer und Viehhändler und ein kluger Kopf. Wenn es sich ergibt, könnten wir uns austauschen. Und könnten gemeinsam zurückschauen, was ab anno 1938 geschehen ist. Und dieses ist mein Geburtsjahr. Und das Datum meiner Geburt, nämlich vor dem Einmarsch von Adolf Hitler, macht mich zum Vorkriegsprodukt. Diese Jahrzehnte ab 1930 haben die nachhaltigste und auch die brutalste Umwandlung des Dorfes und des Tales und auch des Landes erbracht, die es in dieser Region und in dieser Wucht bisher niemals gegeben hat. Nicht nur wegen des nach 1950 wieder zaghaft und dann immer massiveren Hereinbrechens des Tourismus. Ich bin damit aufgewachsen. Auch in den Jahren des Studiums beim sommerlichen Mithelfen im örtlichen Tourismusbüro, auch im Dabeisein, wenn die Musikkapelle ein sonntäglich-sommerliches Platzkonzert gegeben hat. Dann habe ich wollen direkt dabei sein. Mit meinem Bassflügelhorn und den nachträglich eingesammelten Erinnerungen. Ich rede mit der Mutter darüber. Mamma ist nicht immer einverstanden. Na, sagt sie und warnt. Mach es nicht zu grob. Schimpf nicht so. Dann haben sie mich als Nestbeschmutzer abstempeln wollen. Stattdessen habe ich dem Tourismus „gedient". Wenn es so wäre, hätte ich keinen Ötztaler Heimatverein gegründet.

Im Notizbüchlein habe ich notiert, in klerikal-plumper Naivität, Gehässigkeit. Gleichwohl katholisch gegen

Juden wie gegen Protestanten. Die mit den Hörnern auf dem Kopf. So hat es uns die Talüberlieferung beigebracht:

„Längenfeld ist gegenwärtig vollgestopft mit Fremden
darunter sind leider zahlreiche Kinder Israels,
die durch ihr freches Benehmen den Leuten nicht
immer das beste Beispiel geben."

Jaja ich weiß. Das habe ich schon beiseite gelegt. Darüber habe ich bereits geschrieben. Lass den alten Dreck. Jetzt reiße ich den Zettel heraus, hefte ihn an die Stadelwand, reiße ihn wieder herunter, stecke alles in ein Kuvert, klebe eine Marke drauf, adressiere das Kuvert, Frau Wohlgeboren Landesrätin, 6020 Landhaus. Kulturamt. Oberste Zensurfrau. Hat es uns Anfang 2012 wieder gezeigt. Hat dann im Juni aufgerufen zur landesweiten Nazigeschichtenaufarbeitung. Sollen die Museen Gedenkabende machen. Sie zahlt. Wenn es genehm ist. Zensur muss sein. Wie denn sonst? Ha? Und sowieso? Könnte ja jeder vom Kuchen etwas abschneiden. Die frommen Ötztaler sollen kommen und Bußgebete verrichten und den Fastenpredigten der frommen Landesrätin lauschen, dem Herrn Landeshauptmann endlich wieder ein Gewehr gespendet, die toten Böcke aus den Bergen geholt.

Es ist der katholische VOLKSBOTE, Anno 1912. Das Blatt lege ich beiseite und beginne zu sammeln, was erzkatholisch-antisemitsch-generell judenfeindlich an solchen und anderen Ergüssen aus den katholischen Zeitungen und aus handschriftlichen Briefen herauszulesen ist.

*

Richard Wolfram wird in Wien bereits 1932 in die NSDAP aufgenommen. Zur damals noch illegalen Ortsgruppe Wien gehörig. Heinrich Himmler, mitten drinnen im Geschäft, bringt am 1. Juli 1935 das vorher gegründete AHNENERBE als wichtigen Teilbereich in das Kulturreferat der SS ein. Befohlen zur „Erforschung von Raum, Geist und Tat des nordischen Indogermanentums". In klarer, einfacher Form müssen die neuen Ideale dem deutschen Volk vermittelt werden. Was liegt da näher? Der Urgrund muss erforscht und dem Volk nahe gebracht werden. Das hat es durch Jahrhunderte schon gehabt. Da ist eine neue Sprache vonnöten.

Heinrich Himmler, der SS-Reichsführer, gründet und festigt das Ahnenerbe als „Studiengesellschaft für Geisteswissenschaften". So ein kluger Mann. So gut gewählt, was er will.

Ich suche weiter: Himmlers Vorliebe für alte Sagen ist beispielhaft. Das sollte sich positiv für Rosenberg und Wolfram & Co auswirken.

1940 wird es den Parade-Propagandafilm in der Bündelung aller geheimen Kräfte altüberlieferter Sagen in Verbindung mit der Festigung des neuen Glaubens geben. Der Geierwally-Film wird 1940 in München uraufgeführt.

Der Film wird 1938 und 1939 überwiegend im Ötztal gedreht. Die damalige Nazi-Elite kommt ins Tal. Die Edelrasse trifft sich mit den neuen Hoffnungsträgern dieser alpin-dinarischen Rasse. Rosenberg hat es erkannt, Himmler hat es weitergeführt und exekutiert, Wolfram hat es wissenschaftlich untermauernd dem Volke im Sinne Himmlers nahe gebracht. Diese Älpler mit ihrer geistigen Bedürfnislosigkeit, ihrem „unkühnen Pazifismus" müssen sozusagen befreit und dann als neue Zucht großdeutschtauglich eine Sonderrolle spielen. Rosenberg hat die extremen Formen des erst zu Anfang der Jahre ab 2010 ausbrechenden Total- und Brutaltourismus vorausgeahnt. Nein, nein. Der berühmte Komponist Ernst Krenek, der Tscheche und dann der USA-Auswanderer von 1939, hat es vorhergesehen und dramatisch deutlich formuliert. Die von Rosenberg gefürchteten „furchtbaren Anzeichen alpiner Überwucherungen des gesamteuropäischen Lebens“ haben sich ganz klar herausgestellt:

> „die geistige Bedürfnislosigkeit, der unkühne Pazifismus, verbunden mit geschäftstüchtiger Schlauheit und Rücksichtslosigkeit im Verfolgen gewinnbringender händlerischer Unternehmungen sind diese furchtbaren Anzeichen“.

Präzise gesagt und geschrieben. Das möchte ich 2012 und 2013 und 2015 und bis an mein Lebensende alljährlich in die Felswände hinaufschreien. In abertausenden und millionenfachen Vervielfältigungen möchte und müsste ich diese Botschaften im ganzen Tal, im ganzen Land verteilen, verstreuen, verkünden. In unverwüstlicher, nicht verrottbarer Form. Und wenn es möglich wäre, zusammen mit meiner über die Ötztaler Berge verstreuten Asche. Ich weiß das. Es darf und kann nicht wahr sein. Treffender und pointierter hat keiner der Tourismuskritiker (außer Ernst Krenek über Sölden) jemals die Brutal-Degeneration der heutigen Tourismusmafia dieses Tales und anderer ähnlich gelagerter Täler des Landes beschrieben. Visionär. Anno 1930 für 2020.

Das Endresultat eines alpinen Volkes, „das sich in kulturloser Wildheit, gepaart mit fürchterlichem Aberglauben, offenbarte“ (Rosenberg).

Diese in kulturloser Wildheit dahinlebende Rasse, primitiv, aber wild und „fürchterlichem Aberglauben“ verhaftet, wird ZIEL auch der Bestrebungen des Ahnenerbes sein. Alte alpine Sagen können nutzbar gemacht werden. Alte alpine Sagen sind älter als das Christentum. Besser noch: Sie müssen als gemeinsames nordisches Kulturgut eingebunden sein. Deswegen baut der Geierwally-Film gekonnt und perfekt auch auf uraltem Sagengut rund um die Kult- und Kraftplätze des Tales, vor allem mit optimaler Nutzung der alten Sagen. Jetzt passen sie bestens hinein, die Saligen Frauen, die SALIGEN FRÄULEIN.

In diesem Jahr 1938 ist ernstlich durch die massive Kraft und Allmacht und Brutalität der Nazis der Plan aufgetaucht, das gesamte Talbecken unter Wasser zu setzen und ein Monsterkraftwerk zu errichten, eines der damals größten Projekte im Deutschen Reich. Groß und deutsch und wir alle wären unter Wasser gesetzt worden. Zum Wohle des großdeutschen Reiches. Mein Vater, der Tatte, der aus dem Pitztal stammende Älteste einer vierzehnköpfigen Familie „Hoad", der in einem prominenten Hotel des Ötztals als Knecht und erster Autobuschauffeur des Tales als Bediensteter und als sorgender Familienvater seinen Dienst tut, hat den von meiner Mamma ererbten Bauernhof übernommen und mitbewirtschaftet. Er hätte weichen müssen. Mit Kind und Kegel und hinaus aus dem Tal. Ich erinnere mich nur mehr sehr undeutlich an nachträglich wiedergegebene Gespräche, wie er sich umgeschaut hat und wie er dann einen Hof am Mieminger Plateau besichtigen hat können, eine mögliche neue Heimat und das alles in den Jahren der Naziherrschaft und wie sie ihn noch als kranken und für die damalige Zeit bereits alten Menschen zum Kriegsdienst gezwungen haben, sodass er an beiden Weltkriegen hätte teilnehmen sollen. Dann sind hintereinander die Kinder gekommen. Ich im Februar 1938, ein Bruder im Jahre 1939, dann zwei Schwestern 1940 und 1941, alles mitten im Krieg und der Vater weit weg. Alles unsicher und Mamma allein mit uns. Dann ist eine weitere Schwester gekommen und ein Nachzügler im Jahre 1951. Und das alles habe ich später zusammengeklaubt. Immer mit Hilfe der Mamma. Neben ihr in der Stube, wenn sie gebügelt hat, wenn der warme Dampf aufgestiegen ist, wenn sie dann wieder niedergehockt ist und weitererzählt hat, wenn es sie angetrieben hat, ihrem Ältesten alles zu erzählen, zu erklären, von der Seele zu reden. Da hat der Tatte nicht mehr gelebt. Er hat mit dem Hof nicht weichen müssen. Das Projekt ist nicht zustande gekommen. Aber es begleitet mein Leben. Draußen am Taleingang und mehr und mehr auch am Talende nahe den Gletschern, die wir Ferner nennen. Es begleitet unsere Geschichte und die des Tales und die vieler Familien.

Der ehemalige PAULS-Wirt hat es getan. Es ist in den radikalen Nazijahren gewesen. Die Nachbarn haben es gesehen. Das Kreuz hängt droben am Truien in der Kapelle. Hinaufgeschossen. Ein solcher Tal-Nazi wie viele andere. Von der Gasthausküche aus. Das Fenster aufgemacht. Das Gewehr auf den Fensterbalken. Die Nachbarn haben es gesehen und gehört. Nach 1945 hat es niemand mehr gesehen haben wollen. Solche vergesslichen Nachbarn und Stammgäste beim Wirt. Er hat in der Hitlerzeit auf die Kapelle oberhalb auf dem Truien geschossen, auf das dort befindliche Kreuz des Gekreuzigten. Ob er getroffen hat? Ich weiß es nicht. Mamma ist mit mir zur geschändeten Kapelle gegangen. Dort haben wir gebetet, ein solches Rosenkranzgesetzlein und den Rosenkranz mit den Perlen durch die Finger gleiten lassen. So sehr hat danach das Umdenken eingesetzt, dass altbewährte religiöse und kultische Vorstellungen sage und schreibe binnen zwei oder drei Jahren auf diese Weise zu Tode geschosssen worden sind oder zu Tode hätten geschossen werden sollen. Es hat das totale Umdenken eingesetzt. Ich habe gesammelt und weitergeforscht, was im Geburtsjahr in meiner Herkunftsgemeinde anno 1938 und in den folgenden Jahren geschehen ist, was geschrieben worden ist, wer in den Dörfern und Kirchen das Sagen gehabt hat, wer linientreu und wer abweichlerisch, lebensgefährlich abweichlerisch gewesen ist. Knapp anderthalb Monate nach meiner Geburt hat der Oetztaler Bergbote die Festansprache des Sektionsführers der Mark Brandenburg in der ordentlichen Hauptversammlung am 31. März 1938 wortgetreu wiedergegeben und „wollen wir dem Ausdruck geben, wovon allen Deutschen in diesen Tagen das Herz voll ist

Was der alten Väter Schar
höchster Wunsch und Sehnen war,
und was sie geprophezeit,
ist erfüllt in Herzlichkeit“.

*

Ich sehe meine Mamma vor dem Haus auf der mit einem dicken Brett aufgesetzten Steinbank hocken. Neben ihr auf der Bank vielleicht die Fremde, diese später berühmtberüchtigte Nazifotografin der allerersten Sorte. Mein Großvater, der Johannes, als Modell für ein Foto. Knapp eineinhalb Jahre später könnte es gewesen sein. Ich sehe und höre meine Mamma. Nananana höre ich und wie sie entsetzt ist und sich verlegen über den Kopf und die Haare streift, immer und immer glattgestrichen und unverändert durch Jahrzehnte. Wie sie lesen würde, hätte ihr jemand, vielleicht ein Nachbar oder höchstpersönlich der Ortsgruppenleiter, die Aprilnummer des Oetztaler Bergboten heimlich oder offen und demonstrativ in den Türspalt gesteckt! Schlimmer noch, meint sie, wäre es jetzt geworden. Hat man ihr und den Menschen dieses Dorfes und dieses Tales in der Schule, vom Pfarrer und von rabiaten Predigern, diesen allmächtigen „Bußpredigern“, beigebracht, die Protestanten hätten Hörner, würde sie keine weitere Steigerung erleben müssen. Immer diese Gehässigkeiten. Sind doch auch Menschen. Gelobt sei Jesus Christus.

„In vierundzwanzig Stunden war der Pesthauch der Lüge aus Österreich weggefegt und die deutschen Menschen befreit von einer schamlosen Knechtung und Folterung der Seele, des Gewissens. Mit strahlenden Gesichtern, weinend vor Freude, sahen sich die deutschen Menschen in diesen herrlichen Tagen in die Augen."

Aufs Kreuz geschossen. Die Abweichler nach Dachau geschickt. Und erst wie es weitergeht. Mamma und der Tatte schauen später von einem der Stubenfenster zur Kirche. Dort kleben an manchen Tagen, zeitlich in der Früh, aber im Dunkel der Nacht heimlich angebracht, die Spottgedichte. Sie gehen noch im Anbrechen des Tages heimlich und vorsichtig aus dem Haus, gehen zur Kirche und finden dort – wieder einmal – eine dieser Botschaften aus der anderen Welt. Schnell abgeschrieben und geschaut, dass niemand in der Nähe ist und wieder zurück ins Haus. Dort liest sie den Text des Spottgedichtes. BUCHSTABILLER sollen sie geheißen haben. Aber das ist erst anno 1944 und 1945 geschehen. Aber Mamma gehört zu den heimlichen Widerständlern und noch viel mehr der Tatte. Hinter der Hube versteckt, in einem Heustadel, einem Pille, dort mit anderen Männern, solchen Widerständlern. Viele Jahre später will ich diese Geschichten erforschen und die Haus- und Familiennamen erkunden und aufschreiben. Zu den größten Kostbarkeiten aus meinem Elternhaus zähle ich die Sammlung der Buchstabiller, sella züig und doss olles vrpöötn. Dieses Zeug und streng verboten. Das wäre richtig gewesen für Dachau und für das standrechtliche Erschießen. Der andere hat aufs Kreuz geschossen. Ich hocke mich nieder und lese laut, was der deutsche Sektionsführer stellvertretend für viele andere in seiner Festansprache in die Runde der Fanatiker, der Getreuen, der Geknechteten und der heimlichen Widersacher hineingerufen, hineingeschrien hat.

„Und wenn wir heute einen kurzen Blick werfen auf unseren kleinen Kreis hier im Alpenverein: Was bedeutet dieses Weltgeschehen für uns? Auch für uns im Deutschen Alpenverein ist eine wichtige Epoche unserer Arbeit abgeschlossen.“ Er wiederholt, setzt ab, nimmt den Zettel in die Hand. „... Jetzt tritt aber die weitere Aufgabe in den Vordergrund, die unser Führer uns stellte, als wir in die deutsche Sportfront eingereiht wurden: Wir sollten mithelfen, den deutschen Menschen so zu ertüchtigen, zu stählen an Leib und Seele, wir sollten mithelfen, ein hartes Geschlecht zu erziehen, dessen Nerven auch schweren Stürmen standhalten können.“

Sellamool wöll ja in diesen Tagen mag es geschehen sein, dass viele Leute im Tal nichts von diesen Reden und nichts vom Treiben der Nazis mitbekommen haben. Sie haben es nicht hören wollen. Sie haben die Ohren zugestopft, ein frommes Kirchenlied gesungen, für den Führer gebetet. Ich glaube es nicht, dass die Einheimischen nichts gewusst, gehört und gespürt haben. Der Bergbote müsste ja durchs ganze Tal gewandert sein; mit den Mannen und den Pferden und den ersten Maschinen. Ich verfolge Jahre später, Jahrzehnte später den Lauf der Ereignisse. Es hat sich Jahre vorher abgezeichnet. Der Bergbote kündet es sehr deutlich bereits Jahre vorher. Schon 1933 geht es massiv los. Zumindest hätte die Schar der Bergführer von Sölden und Vent den Bergboten auf den Schutzhütten der Sektion Mark Brandenburg lesen können. Wenn sie gewollt hätten. Wenn sie, wie ich denke, des Lesens auch kundig gewesen sind. Sie hätten es wissen können, hundertfach und tausendfach im ganzen Tal, wenn alle verfügbaren Transportmittel und alle tauglichen Männer und Frauen gegen angemessene Bezahlung und Honorierung die gewaltigen Materialtransporte von der Bahnstation mehr als 60 Kilometer durchs ganze

Tal durchführen haben müssen. Immer als Transporte im Dienste des Volkes, zum Bau neuer Schutzhütten. Auch in meinem Geburtsjahr 1938. Da haben sie angefangen, die damals größte Schutzhütte zu bauen, weit droben auf Samoar als gewaltiges Bollwerk der neuen ALPENFESTUNG. Genau ein Jahr nach meiner Geburt haben die Mannen der Mark Brandenburg des Deutschen Alpenvereins am „Sonnabend, den 4. März 1939 im Marmorsaal, Bankettsaal und Nebenräumen des ZOOS ... die Grundsteinlegung des Hermann-Göring-Hauses" vollzogen. Nicht in Vent haben sie gefeiert, sondern in Berlin. Zu diesem Zweck haben sie im Zoo von Berlin das „liebe alte Meran" als Kulisse nachgebaut. Heimatlichkeit sollte vermittelt werden. „Alle Teilnehmer kommen in der Tracht der Alpenländer ... Beachten Sie bitte die Trachtenvorschriften!" Die „gesamte Bevölkerung der Berge" ist geladen.

Ob der Namensgeber Hermann Göring dabeigewesen ist, kann nicht mehr festgestellt werden.

Immer tiefer steige ich in die buchstäblichen Höhen und Tiefen des Treibens einer unfassbar brutalen Kultur. Rundherum Zerstörung und Wahnsinn. Und unabhängig davon ziehen sie sich zum Treiben mit Tracht und Folklore in ihren Zoo zurück. Unfassbar, was geschehen hätte können, hätte die Naziherrschaft mitsamt den brutalen Projekten und dem einsetzenden Massenmorden zumindest bis zum Jahre 1950 fortgedauert. Jetzt erst mit dem teilweisen Öffnen der Archive lernen wir Weltgeschichte und zugleich Lokalgeschichte. Das „liebe alte Meran" als Kulisse war Kulisse wie die Pflicht-Trachten und die nach Berlin transportierten Musikanten aus den Tirolischen Gauen. Bedenken wir, was der Sektionsführer Prietsch am 21. März 1938, genau 35 Tage nach meinem Geburtstag, den festlich Versammelten zugerufen, zugeschrien hat:

„Bei all unserem Tun kehren aber die Gedanken in herzlicher Liebe immer wieder zu unserem Führer, der heute die schönsten Tage seines Lebens, den schönsten Lohn für alle seine Sorgen und seine Arbeit erlebt. Wohl nie ist er uns menschlich so nahe getreten wie jetzt, da er aufs tiefste bewegt seine Heimat wiedersieht, die ihn ausgestoßen hatte, die ihm jetzt als Befreier zujubelt ... Und sie alle ermessen das Gefühl meines Glückes, dass ich nicht ein Leichen- und Ruinenfeld dem Deutschen Reiche zu erobern brauchte, sondern das, dass ich ihm ein unversehrtes Land mit glücklichen Menschen zu schenken vermochte ...“

Das gesunde und unversehrte Land war zum Hoffnungsgebiet ausersehen worden: Die Ötztaler Alpen als mächtigste Bastion künftiger Energie aus Wasserkraft für das große deutsche Reich, ausgestattet und verbaut mit gigantischen Wasserkraftwerken. Das Pitztal, ausgesiedelt und ausgeräumt als künftiges Edel-Jagdgebiet für Nazibosse und Repräsentanten der neuen Edelrasse. Am Beginn des Ötztales mit der weltweit größten Windkraftanlage, alles zusammen getarnt unter dem Code-Begriff ZITTERAAL, für die neueste und die zu erprobende Herstellung neuer Raketen. Sie sollten den Endsieg möglich machen. Ich denke an das unbeschreibliche Elend der Strafgefangenen und der Zwangsarbeiter, die dort zum Stollenbau und zu lebensgefährlichen Arbeiten eingesetzt worden sind. Bis zu 3.000 sollen es gewesen sein. Auf allerhöchsten Befehl von Heinrich Himmler sind im April 1945 ungefähr 6.800 Häftlinge aus Dachau in Bewegung gesetzt worden mit dem erklärten Ziel ÖTZTAL. Es heißt in den aktuellen Schriften und Forschungen, es wären aber nur etwa 400 im Ötztal angekommen.

Drinnen wie draußen hat die Alpenfestung aufgebaut werden müssen.

Hermann Göring ist als Berliner Ehrenmitglied der Sektion Mark Brandenburg gewesen. Ihm zu Ehren ist die erste und einzige Hütte des Deutschen Alpenvereins nach einem Ober-Boss der Nazis benannt worden. Irgendeinmal ist er ins Tal zu SEINER Hütte gekommen.

Der Zitteraal ist weitgehend fertiggestellt worden.

Ötztaler Bergführer und Wirte haben sich angebiedert.

Ein freundlicher Pfarrer lobt das Wirken anlässlich der Feier zum 25-jährigen Bestehen des Brandenburger Hauses der Mark Brandenburg im Jahre 1934. Es hat also auch bereits die markante Aufbauarbeit gegeben.

Armer Georg Thöny, denke ich, hast du den Anschluss verloren. Den zwischen Amtskirche, Sonntagsgottesdienst, Nazibereitschaftsdienst, Brandenburgfreundschaft und deinem Gewissen. Hast ihnen zugerufen, „möge der Bann, der Sie mit allen Reichsdeutschen Ihrer Bergheimat fernhält, sich bald lösen, die politische Grenze weiterhin kein Hemmnis deutscher Kulturgemeinschaft sein. Der Vorstehung und der gesamten Sektion treudeutsche Grüße“. Armer Pfarrer Thöny. Du hast brav gedient. Da wie dort. Haben sie dich eingeseift. Bist neben Hermann Göring Ehrenmitglied der Mark Brandenburg des Deutschen Alpenvereins gewesen, hast den Berlinisch-Brandenburgischen Mannen geholfen, die Materialtransporte von Ötztal-Bahnhof mit heimischen Menschen bis hinauf zur Hermann-Göring-Haus-Baustelle und vorher schon zum neuen Hochjochhospiz und zum Brandenburger Haus durchzuführen. Bist ein Gerechter auf der Kanzel und im Beichtstuhl. Sall wöll und das ja, hast dich angepasst. Zugunsten deiner Seelsorgekinder. Ja und Amen. Ich bin traurig und denke darüber nach, wie sie dich in die Fänge bekommen haben und den Leo Gstrein vom Hirschen in Längenfeld und den Buggls als den zeitweiligen Ersatzbürgermeister alias Ortsgruppenleiter und wie der Kass in den Gasthäusern schimpft und schreit.

Gedenket dieses „braven“ Pfarrers Thöny, seinerzeit nach Vent strafversetzt wie Franz Senn, dem wir ja den Deutschen Alpenverein verdanken. Denkt an ihn und betet. Eppan wöll: Aber sprecht ihn nicht vorzeitig heilig und verdammt ihn auch nicht! Ich habe noch über ihn gelesen und habe mich gefreut. Vor ein paar Tagen hocke ich in meinem Berg- und Einbetthotel ohne Wasserklosett und Bad und Dusche oberhalb der Lawinenschutzmauer oberhalb vom Roale und denke an ihn. Ich lese über ihn im Bergboten 1934 und 1912, rückblickend auf 1909. Alles so lange her und es sollte nicht vergessen werden:

„Rede unseres Ehrenmitgliedes, des Herrn Pfarrers J. G. Thöny, gehalten am 18. August 1909 bei der Einweihung des Brandenburger Hauses“ und dann abgedruckt, wie durch Zufall, in den Sektionsnachrichten von 1912 und dort von mir aufgefunden und kopiert. Überaus eindrucksvoll, sogar sprachgewaltig, unerwartet poetisch aus dem Mund des kleinen nach Vent in die Bergeinöde strafversetzten Pfarrers Thöny. Ich danke ihm und ich danke dem Vorgänger in Vent, dem ebenfalls strafversetzten Franz Senn, diesem Vater des Alpenvereins:

> „Wir stehen hier auf einer Insel, auf einem Riffe, das nicht bewegte Felsen umranden, das jedoch Eismeere schweigend umgeben. Eine Insel des Todes war es bisher. Kein Kräutlein fand eine Ritze zum Fußfassen im Felsengewirre, und der Adler zog seinen Hochweg über den Gletschern und würdigte sie keines Blickes. Nur ein Schmetterling, vom Sturme verschlagen, konnte sich hierher verlieren, fand aber keine Blüte, darauf auszuruhen und musste elend zugrunde gehen. Auch eine Insel des Schweigens war es; nur leise rieselten die Schmelzwasser am sonnenwarmen Mittag, dann lange nächtliche Stille; nur dann und wann der

Widerhall des Donners am schwülen Sommertage, dann lange, lange Winterstille, unterbrochen nur vom heulenden Sturmwind. Jahrtausende solchen Schweigens sind vorübergezogen, seit die Insel aufgetaucht aus eiszeitlicher Gletscherflut."

Thöny schwelgt weiter, beinahe visionär wie ab 2005 neue Gletscherherren ihre Gletscherschlösser von Aussichtsrampen im ewigen Eis rühmen, in neuer Tourismus- und Werbesprache. Thöny hat es allen vorgemacht, wie diese Bergerschließung gelobt und gepriesen werden könnte. Das Eisschloss in den Alpen ist 1909 erbaut worden. Mit heute unvorstellbaren Mühen. Unterhalb und am Zugang haben sie den wilden Kesselwandferner überwinden müssen. Mit den Eistürmen, Zinnen und Schlünden. Die donnernd in sich zusammenfallen. Die im Gletschertor vorübergehend auch Schafe in der heißen Hochsommerhitze beherbergen können. Einmal ist es geschehen, hat mir der Rofenberger Schafhirt Willi Gurschler, der „Weger" vom Schnalstal erklärt, wäre eine Gruppe von Schafen vom niederbrechenden Eis erschlagen worden.

„Scheu und nur von weitem, wie in einer Drachenhöhle, hat der Mensch seit Jahrhunderten in diese Eiswelt geschaut; erzählte man sich ja, dass der Gletscherdrache hunderte von Schlünden aufsperre, in denen schon mancher verwegene Eindringling sein grausames Ende gefunden; und als in jüngster Zeit bergrohe Wanderer kamen, verstummten sie hier und eilten flüchtigen Schrittes vorüber, denn sie mussten Goethe nachempfinden: ‚Todesstille, fürchterlich! Ohne Regung ruht das Meer und bekümmert sieht der Schiffer glatte Fläche ringsumher'.

Doch siehe, was nie in den Traum eines Menschen gekommen, heute ist es Wirklichkeit. Hier, wo Jahrtausende des Todes und des Schweigens von den Kesselwänden auf uns niederschauen, hier haben die Wackeren von der Mark Brandenburg unverdrossen und opfermutig ein Heim gegründet und das frohe, laute Leben, von dem die Berge widerhallen, sagt uns, dass Deutschlands Söhne aller Marken und Gaue über dieses Heim sich freuen. Ist das nicht wunderbar?"

Und weiter schwelgt der Thöny und ich lasse ihn reden und predigen, auch wenn er nur von Deutschlands Söhnen spricht und nie von Töchtern. Ich will versuchen, ihn zu verstehen: Die Sektion Mark Brandenburg hat nicht nur seit ihrer Gründung im Jahre 1899 als erste aller Alpenvereins-Sektionen des Deutschen und Österreichischen Alpenvereins den berüchtigten Arierparagraphen eingeführt. Sie haben zudem und ausdrücklich den Frauen den Zutritt zur Brandenburgischen Alpenvereinsmark verwehrt. Das haben sie dann erst 1934 aufgehoben. Alle sollen sich freuen und sollen geschlechtsneutral jubeln. Pfarrer Thöny hat in seiner Venter Pfarre auch Frauen in den Stühlen gehabt und solche, die vor ihm kniend die Heilige Kommunion in Form einer Hostien-Oblate in den Mund, auf die bereitgestellte, heraushängende Zunge empfangen haben. Ohne Unterschied von Geschlecht, Weiblein und Männlein, Knaben und Mädchen, Mütter und Väter.

Wieder krame ich in den Akten des Gemeindearchivs. Der große Ehrenvorsitzende Waldemar Titzenthaler hat eine große Rede vorbereitet. Niemand im Tal kennt die Rede. Ich frage herum, zeige sie her, bringe sie bis nach Innsbruck, deponiere sie im Alpenverein, hocke mit einem Alpenvereinsfunktionär im Kaffeehaus. Will den Alpenverein mit bisher nicht bekannten Fakten konfrontieren, erzähle vom Oetztaler Bergboten. Dem mächtigen Mann müssen wir folgen. Sage ich. Spucke aus. Trinke so schnell als möglich den miserablen Kaffee, schlage meine

Mappe zu, verstecke sie im Rucksack, stehe auf, sage Auf Wiedersehen, meine AufNimmerWiederSehen und sehe diesen Vertrauensmann des Alpenvereins nie mehr wieder. Im Zug, es soll niemand sehen, was ich lese, klaube ich die Titzenthaler-Festrede heraus. Eine Bekannte aus dem Tal redet mich an. Wie es mir gehe. Leidlich, sage ich. Der Titzenthaler muss ein hervorragender Redner gewesen sein. Ein Festredner. Der Hitler würde solche Festredner einsetzen. Er wird zu örtlichen Nazifeiern in den Bezirken von Berlin eingesetzt. Im Tal aber ist er ein geschickter Manager, einer mit dem guten Griff. Der gut mit Pickel und Schaufel umgehen kann, der Steine am Weg versetzen kann, der an den Hüttenabenden den Einheimischen lustige Geschichten aus seinem Leben, aus seinem Herkommen im Süden Südtirols erzählen kann. Ein exzellenter Redner. Festredner zum Festvortrag am 20. Oktober 1934.

Ich will ihm gerne folgen, was er unter Berufung auf das 1809er Jahr berichtet, 1909 den Mannen aus Berlin verkündet hat. Ich sehe ihn auf der Brüstung des Alpenschutzhauses stehen, die Arme ausgebreitet. Seine Rede, vom Wind und dem einsetzenden Sturm zerfetzt, kann ich später im Oetztaler Bergboten nachlesen. „Rund dreißig Jahre bestanden ... 16 deutsche Männer den Entschluss gefasst" (stärker einsetzender Sturmwind) deutsche Männer den Entschluss. Sapperlott, er kann sich ja nicht irren. Aus dem Mund heraus der Speichel: „... daß in die Satzung des neuen Vereins aufgenommen wird." Einzigartig. „Den keine andere Sektion des D- und Ö-Alpenvereins hat. Sondergepräge ARIERPARAGRAPH": Jubel der Bergschlossanwesenden. Heil-Rufe. Erste Hitler-Rufe. Dann der Festredner „nur christliche deutsche Männer". Keine Frauen, keine Juden. Welche Christen sind die Protestanten?

„Wir wollen keine Nichtarier als Mitglieder, wir wollen keine Fremden in unseren Reihen haben. Wir Deutsche wollen unter uns sein.
Haben wir im ersten Krieg viele treue Freunde verloren. Haben sich viel mehr neue Freunde gemeldet. Sind wir stark geworden. Haben das Gletscherschloss in den Bergen gebaut."

Und wieder der Sturmwind. Da hat es die Mark-Brandenburg-Fahne zerfetzt. In alle Winde die Fetzen verstreut. „Seht Freunde, die Jahre des allgemeinen Niedergangs, die Tage der Hoffnungslosigkeit für die ehrlichen Deutschen und die goldenen Zeiten der Schieber und Schufte." Der Wind lebt wieder auf. Der Sturm wächst. Die Mannen flüchten ins Innere des Bergschlosses. „Wider die Hoffnungslosigkeit für die ehrlichen Deutschen und die goldenen Zeiten der Schieber und Schufte." Wir müssen sie mannhaft durchwandern.

Jetzt will ich abgleiten und auf meinen, auf unseren Hof zurückkehren. Im November 1990 eine Neuübernahme.

Ich habe einen der außergewöhnlichen, in die höchsten und ertragsärmsten Pfarren und Kuratien strafversetzten Geistlichen, dann auch wieder Jahrzehnte später in Vent und zugleich in Heiligkreuz getroffen. Den Pater Josef. Auch wieder einen Strafversetzten. Aber eine stille, wenn auch polternde Leuchte seiner Zunft. Eine Ausnahmeerscheinung für dort 150 und heraußen im Ventertal für knapp 170 „Seelen" gemäß der Kirchensprache.

Vor dem Fenster hockend in meinem Lawinen-Nest am Roale, vor dem überaus breiten Aussichtsfenster mit zwei Metern und den offenen Ausblicken auf die nahen Dreitausender der Stubaier Alpen, den Windacher Daunkogel und die Stubaier Wildspitze und die knapp über 3.100 Meter hoch gelegene Hochstubaihütte; daneben das

Brunnenkogelhaus und die Brunnenbergalmen. Wo auch die Sagen spielen und schreckliche Geschehnisse, dass salzgierige Schafe angeblich einen Hirten aufgefressen hätten. Wie mich diese Geschichten und Erinnerungen jetzt aufzufressen drohen. Ich habe mich hineingebissen und komme nicht mehr los davon. Wenn Besuch der Enkelkinder kommt, packe ich die Schriften zusammen, lege sie beiseite und übergebe mich der neuen, der alleraktuellsten Generation der Jüngsten, der Zweijährigen, dem Vierjährigen, der Fünfeinhalbjährigen und dem Siebenjährigen. Ich will und werde ihnen, wenn sie größer sind und das erste Verständnis für diese schweren Zeiten besser verstehen können, die Predigt vom Pfarrer Thöny aus dem Jahre 1909 vorlesen und alles zu erklären versuchen, was ich vom Thöny und vom Senn und vom Pater Josef weiß und von den Gletscherseeausbrüchen, von Hexern und Hexen und werde sie auf den Teufelsstein oberhalb der Heiligkreuzer Kirche setzen. Ich weiß nicht, ob ich das wirklich machen soll.

Vor dem Fenster hockend werde ich wieder von einem unheimlichen Kribbeln befallen, wie bei einer sich anbahnenden und bald ausbrechenden Grippe heimgesucht oder in einen fiebrigen Zustand versetzt, in den ich fortwährend beim Lesen und Studieren der gesammelten Ötztal-Archiv-Aufzeichnungen gerate. Da helfen nur Schnaps oder hartes Mähen am Steilhang mit der immer wieder schartigen Sense beim Steilhangmähen rund um die Steine und Felsen und dem Fluchen und neuerlichen Sensewetzen. Dann steige ich ab und hocke wieder vor den Schriften. Und also klaube ich wieder die Thöny-Predigt aus meiner Tasche:

„Ja, fürwahr, ein Wunder muss es sein, das sie hierher gelockt von Nord und Süd, von West und Ost ... Dort drüben die schönste Schneejungfrau, Weißseespitze, sitzt dort oben und kämmt ihr langes, weiches Haar ... von Osten der sagenberühmte Vernagtferner; wie eine Pflugschar ruht er in der tiefen Furche zwischen den Moränen ...“ Jetzt taucht überirdisch schön und ergreifend aus den Felszinnen und brechenden Eistürmen heraus eine Salige, eine dieser wundersamen Frauen auf, eilt über das Eis zu mir her. Ich vermeine, sie würde jetzt kommen und mich umarmen oder zusammendrücken, zusammenpressen, würde mir einen eiskalten Kuss auf den Mund geben, dass ich am ganzen Körper zu Eis erstarre. Thöny, der fromme dichtende Pfarrer ringt um Worte, erhofft ein Wunder zu schauen, wie sich nun die Tore des Gletscherschlosses öffnen, wie es von allen Firnen zu leuchten anhebt. Er vertraut das Haus der Berliner dem Allmächtigen an, wie er es gelernt hat, wie er es als katholischer Geistlicher nicht anders benennen kann. Schnell ist das Wunder Gottes zur Hand. In „seinen Räumen mögen die Boten seines Lichtes wohnen“. Amen sagt er vielleicht noch. Rückblickend 1934 erinnern sich einige Männer der Sektion Brandenburg an die Einweihungsrede des Pfarrers Thöny anlässlich des 25-jährigen Jubiläums, dass sich an diesem Tage auf 3.277 m inmitten der weiten Gletscher der Pfarrer im weißen Kirchengewand erhob, auf die Haustreppe getreten ist und seine Weiherede gehalten hat. Es muss ein überaus eindrückliches Erlebnis gewesen sein, dass es „einem nach dem anderen den Hut vom Kopfe zwang, obwohl uns Zuhörern – wahrscheinlich fast ausschließlich Protestanten – in dieser Felsenecke ein bitterkalter Eissturm um die Ohren pfiff.“

Wie habe ich mich beim ersten Mal Lesen dieses Erinnerungstextes gefreut über diesen Sohn der Berge, wie ich es bis zu den 10-Minuten-Predigten des Pater Josef nie mehr erlebt habe. „Der einfache Sohn des Gebirges, der seinen harten, heimischen Bauerndialekt nicht verbergen konnte – ihn vielleicht nicht verbergen wollte – verstand es, Großstadtmenschen, sogar andersgläubige Großstadtmenschen, so in den Bann seiner Worte zu ziehen, dass sie ihm andächtig, ernst, ja (es ist nicht zu viel gesagt) ergriffen zuhörten."

Ergriffen und in wohlige Wärme getaucht, wie ich es in diesem harten grausamen Tal lebenslang kaum einmal erlebt habe, grüble ich über diesen „einfachen Sohn der Berge" nach. Sicher hätte er, strafversetzt, niemals als Bischof in die Residenz der Hauptstadt einziehen können.

Ich möchte ihm ganz heimlich eine Laudatio widmen.

Ich kehre zurück auf die steilen Felder, packe die Sense, beginne sie an der Dengelmaschine zu schärfen, lasse sie zweimal und immer stärker und zugleich sanfter über die Sensenschneide fahren. Klopfe auf die Bank, stehe auf, greife nach dem Wetzstein in seinem Metallköcher, fülle ihn zu einem Drittel mit Wasser, gebe ein paar Tropfen Essig dazu, binde den Riemen um den Bauch, stecke rechts seitlich den „Kumpf" an den Riemen. Dann hat ein schlimmes Bluten begonnen. Ausgerutscht, mit dem Zeigefinger der rechten Hand in die Sensenschneide. Wie eine „Sau geblutet", mit dem Taschentuch zugebunden. Dann ist es grau und schwarz um mich herum geworden.

Am nächsten Tag habe ich mich geschämt. Ich habe erst angefangen am Roale. Ich hätte wie die Anderen im Tale mehr Routine benötigt. Alle im harten Besental sind so aufgewachsen, sind als Extremheumäher auf die Welt gekommen. Da haben sie keinen Pater Josef gehabt, der sie von oben herab, zumindest von der Straße aus gesegnet und vor allem Unheil bewahren wollte.

Da habe ich mich geschämt und habe es niemandem gesagt.

Am 20. Juni 1938 in Berlin. Ich werde in sechs Tagen vier Monate alt. Ein braves Kind. Der Opapa, der Neene hat nachgefragt, ob ich noch lebe. Es ist alles so still. Schläft das Bieble/Büblein oder ist es tot? Ich lebe, suche die Mutter, will Milch und will trocken sein. In Berlin sitzen die Männer der Alpenvereinssektion Mark Brandenburg zur Sektionsversammlung beisammen und beschließen den Neubau der alten Samoarhütte auf Samoar in den Ötztaler Alpen, im Niedertal am Aufstieg zum knapp über 3.000 Meter hohen Niederjoch. Geplant ist dort auch die Errichtung eines Alpinen Forschungszentrums mit den Schwerpunkten Biologie, Geologie und Meteorologie. Alles zusammen mit der UNI Innsbruck. Offenbar auch in Anwesenheit des Ehrenmitgliedes Hermann Göring. Er stimmt zu, dass die neue Hütte nach ihm benannt wird. Mitten in den Bergen soll parallel zu den ersten Kriegsmaßnahmen des Naziregimes ein Bollwerk der Macht und der Überlegenheit errichtet werden. Eine der größten Schutz- und Berghütten des Alpenvereins. „Nach Heimkehr der Ostmark entschloss sich im Frühjahr der Vereinsführer zur Errichtung eines Ersatzbaues für die alte Samoarhütte.“ Noch einmal zwei Monate und 9 Tage später ergeht der amtlich-strikte Auftrag zum Einholen von Angeboten für Bettwäsche, Handtücher, Küchentücher, Bettlaken. Die Steffi soll das alles organisieren. Von Schnalser Bauern als den Besitzern soll ein passendes Grundstück käuflich erworben werden. Da hat ein Gendarmeriewachtmeister aus Innsbruck-Mühlau mitgeholfen, ein Mann namens Gurschler, sicherlich einer aus der großen Zahl der Schnalser Gurschler. Am 24. August erfolgt die Vermessung des Bauplatzes. Nebenbei wird in den Akten der Sektion in Berlin vermerkt: „Der neue Weg zur Hütte sollte zum Transport für die Gebirgsartillerie geeignet sein.“ Das ist der erste militärbezogene Hinweis auf die offenbar geplante strategische Bedeutung der Hütte und des Weges bzw. einer Straße oder eines Tunnels in den Süden. Vor meinen Augen entsteht ein Horror-Szenario, was geschehen wäre, wenn alles so verlaufen hätte können, wie es gewollt war und was geschehen wäre, wenn es den Endsieg gegeben hätte. Mitläufer hätte es scharenweise gegeben. Reihenweise auch stramm-patriotische Ötztaler. Die Pläne liegen auf den Tischen in Berlin, bei der Alpenvereinssektion und auch, so denke ich, beim „Reichskommissar für die Festigung des deutschen Volkstums". Chef dieser Dienststelle ist Heinrich Himmler, seit 1929 Reichsführer der SS und Chef der Deutschen Polizei. In seine Zuständigkeit fällt die Umsiedlungs- und Zwangsgermanisierungspolitik, die Umsiedlung der Südtiroler mit der Entscheidung, „Bleiber" zu sein oder die „Optanten". Himmler ist maßgeblich beteiligt an der geplanten „Endlösung". In Bezug zum neuen Hermann-Göring-Haus in den Ötztaler Alpen gibt es offenbar Konflikte zwischen Göring und Himmler. Es ist ein Wettkampf auf allerhöchster militärisch-politischer Ebene. Wegen einer „Schutz"-Hütte in den Alpen, knapp an der Grenze zu Südtirol.

Vielleicht hat es nach Abschluss der ersten Bauarbeiten mit dem ersten Matratzenlager auch die Installierung des „Hermann Göring-Zimmers" gegeben. Das alles ist bereits im September 1941 vollzogen worden, dreieinhalb Jahre nach meiner Geburt im weiter draußen im Tal liegenden Längenfeld, dessen Auslöschung durch die vorgesehene Unterwassersetzung beschlossene Sache gewesen ist. Ich wundere mich, von allen diesen Maßnahmen im Tal nichts in der Schule und sonstwo gehört und gelesen zu haben. Sie haben Maul und Hirn verklebt. In Zeiten großer finanzieller Not haben sie daran geglaubt, eine Art neuen Himmel erkaufen zu können; durch Untertänigkeit, blinden Gehorsam und propagandistisch überaus geschicktes Taktieren mit Tracht und Glauben und Heimat und schönen Bildbänden Marke „Das deutsche Volksgesicht“ von Erna Lendvai-Dirksen. Ich wundere mich heute, anno 2015, keine verlässlich-kritischen Auskunfts- und Informationspersonen finden zu können, speziell erklärte Anti-Faschisten. Nazis habe ich genügend gefunden, solche Alt-Nazis. Und zumeist sind sie getarnt.

Anlass für den vermeintlichen oder tatsächlichen Konflikt zwischen Hermann Göring als mehrjährigem Oberbefehlshaber der Luftwaffe, als Reichswirtschaftsminister und Generalfeldmarschall einerseits und dem offensichtlich noch mächtigeren Heinrich Himmler. Beide spielen in der harten und schweren Zeit eine große Rolle. Neu ist die neu gewonnene Erkenntnis, dass beide eine dominante Rolle spielen im Auf- und Ausbau des zukünftigen Reiches anhand der Alpenfestung und damit auch der Ötztaler Alpen. Ich hocke in meinem Bergnest am Roale und überlege. Ich denke zurück, was sich vor achtzig und auch schon vor genau 100 Jahren und dann immer weiter herauf bis in die Gegenwart ereignet hat, was im Tal (fast) niemand kennt, was (sehr viele) nicht wahrhaben wollen, was (von der schweigenden Mehrheit) bewusst und unbewusst nicht wahrgenommen werden will. Ich lese in den aktuellen Zeitungen von der erschreckenden Zunahme der Neonazis, gerade in der Jugend. Dann räume ich alle Zettel und Bücher beiseite, packe die Sense und gehe Steilhangmähen. Da verletze ich mich wieder. Beim Wetzen stütze ich die Sense an meinem Bergschuh ab. Das soll das Wegrutschen der Sense verhindern. Heute habe ich es das erste Mal, wie ich meine, nicht getan. Die Sense rutscht beinahe unmerklich ein paar Zentimeter auf die Seite. Da habe ich mir einen kleinen Schnitt am Zeigefinger der rechten Hand zugezogen. Es blutet ein wenig. Macht nichts. Ich fluche. Heute habe ich überhaupt keine Schneid. Ich mähe in den versteckten Stein hinein, den ich seit dem Mähen der vergangenen achtzehn Jahre genau kennen müsste, seine versteckte Lage unter dem Gras, nur ein paar Millimeter, nicht einmal einen einzigen Zentimeter herausragend. Das ist zum Heulen und zum Verzweifeln. Wollte ich doch den Stein- und Steilhang zumindest bis zum Heupille hinauf mähen. Ich will die Scharte ausklopfen. Mit dem Schlagen des Wetzsteins allein gelingt es nicht. Ich lege die Sense auf eine glatte Steinplatte und schlage auf die Scharte. Es gelingt nicht. Dafür hätte ich den „Woosnar" mitnehmen sollen, dieses Eisenstück zum Hineinschlagen in den Grasboden und dem Klopfen mit dem speziellen Hammer auf dem glatten Eisen. Ich denke, nächstes Mal, wenn ich weiter vom Hof entfernt bin, den Woosnar und den Dengelhammer mitzunehmen. Beim Hinuntergehen zum Hof will ich abgelenkt werden vom Mähen, vom Beschädigen der Sense, vom blutenden Finger, von den Ereignissen ab dem Jahr meiner Geburt, von den Vorgängen auch schon ab etwa 1930 und vom Oetztaler Bergboten, den es von 1922 bis 1941 gegeben hat. Ich will ein Memorandum entwerfen anlässlich der definitiven Einstellung des Hetz- und Kampfblattes vor genau 70 Jahren. Aber soweit will niemand zurückdenken wollen. Ich solle schweigen und das Maul halten. Jetzt kann ich mich nicht mehr ablenken lassen. Und es kommen dennoch die schrecklichen Bilder und Berichte von Millionen Menschen in Afrika und ihrem Dahinsterben. Es hat alles kleiner angefangen. Wehret den Anfängen, würden die Aufklärer und Seelenhirten und Erwachsenenbildner sagen. Das bekümmert mich nicht. Ich denke an die Millionen. An Hunger und Ausbeutung. An den mutigen Herrn Jean Ziegler aus der Schweiz. An den Göring und an die Scheiber und Riml und Gstrein und Gurschler im ÖTZTAL. Mir graut. Beim Abstieg zum Hof nehme ich mir vor, die mir von der Alpenvereinssektion Berlin zugesandten Materialien noch einmal zu lesen und zwischen die sprichwörtlichen Zeilen hineinzubohren. Besser und bewusster als bisher.

Das mache ich heute und will mich vertiefen in neuere und neueste Geschichte meines Heimat-Tales. Heimat anders, denke ich. Klaus Kundt und Warmund Koch, beide von der Sektion Berlin des Deutschen Alpenvereins, haben mich überraschend gut informiert. Ich bekomme eine CD, ich bekomme eine für eine Ausstellung in München zusammengestellte Dokumentation der Ereignisse rund um diese Schutzhütte in den Ötztaler Alpen, diesem geplanten Bollwerk neuer Größe. „Auf Samoar" hat es eine alte Schäferhütte gegeben. Dort ist die „alte" Samoarhütte privat von Ötztaler Wirten gebaut worden. Dort ist diese alte Hütte zusammengebrochen. Dann haben die Berliner neu gebaut. Es wird ein neues Kapitel des Alpenvereins geschrieben werden müssen, ausgehend von dieser Hütte. Sie hat immer SAMOARHÜTTE heißen dürfen, wie die Einheimischen zu dieser Bergregion immer „Auf Samoar" gesagt haben. Dann sind neue Eroberer gekommen. Die Nazis haben tiefe Wunden geschlagen. Die Umbenennung auf Hermann-Göring-Haus dokumentiert die Bedeutung dieser Region und der Hütte als Zentrum der Alpenforschung. Dann hat ein anderes Ehrenmitglied der Berliner Alpenvereins-Sektionen den Martin Busch zu ihrem Ehrenmitglied erkoren und sie haben die Hütte im Jahre 1957 in „Martin-Busch-Hütte" umgetauft. Der „Busch" als durchaus ehrenwerter Mann, als turnerisch und politisch durchaus bekannter Mann, wie es immer geheißen hat. Und dem Deutschen Alpenverein dazu verholfen, dass sie alle durch die Nazis vereinnahmten Hütten wieder zurückbekommen haben. Alle Sektionen des Deutschen Alpenvereins haben ihre in Österreich befindlichen Schutzhütten zurückbekommen. Dank Martin

Busch. Ich fange an zu zweifeln. Ich kann die betreffenden Zeitungsmeldungen nicht mehr finden. Dieser „Busch" ist nach wie vor – sagen wir – suspekt. Seine Geschichte, sein Lebenslauf und vor allem seine Jahre zwischen 1930 und 1938 sind dem „deutschen Turnen" gewidmet gewesen. Der Busch ist sauber, hat es auf meine Anfragen hin in Innsbruck und Wien geheißen. Ich bohre weiter. Dem Deutschen Alpenverein, Sektion Berlin, ist bewusst, auf welch heißem Pflaster ihre Martin-Busch-Hütte ruht und wie sie zu wackeln beginnt und wie sich die Berliner ernstlich überlegen, wieder den alten Namen „Samoarhütte" gelten zu lassen. Was die Einheimischen sowieso immer sagen. Ich habe in einem ersten e-mail die Umbenennung verlangt. Das ist – vorerst – abgelehnt worden. Jetzt aber muss ich mobil machen. Bei der Umbenennung eines beliebten Wanderweges hinter Vent im Rofenberg habe ich es vor ein paar Jahren geschafft. Ich denke, es ist zu meinem Siebziger gewesen. Da ist der Waldemar-Titzenthaler-Weg Richtung Vernagtbach umbenannt worden in Cyprian-Granbichler-Weg. Der eine ein wacker streitbarer Geselle aus der Nazi-Zunft der Sektion Brandenburg. Zeitweise Vorsitzender. Schärfster in seiner Hetzkampagne gegen alles UNDEUTSCHE im Alpenverein. Und immer spielt sich die politische Tragödie in den Ötztaler Alpen ab. Ich stoße auf Missverständnis. Warum denn habe man den „verdienten" Titzenthaler von den Tafeln des Weges beseitigt. Habe er doch viel getan. Habe er viele Wochen in diesen Bergen zugebracht, habe ehrenamtlich Wege instandgesetzt, die Hütten der Sektion, das Hochjochhospiz, das Brandenburger-Haus, die Martin-Busch-Hütte (alias Hermann-Göring-Haus und Samoarhütte) instandsetzen helfen, unermüdlich, versteht sich, ohne Bezahlung. Ein Idealist und „Kämpfer für das Deutschtum" im Alpenverein. Ich zünde keine Kerze an, wenn ich am Denkmal am Rofenberg knapp hinter der Vernagtbrücke vorbeigehe, den frischen Blumenstrauß in der Vase und dort die Inschrift und darunter in der Felswand die Vitrine mit den Resten dieses Mannes, die Urne, die Erinnerung. Das dürfe nicht ausgelöscht werden. Ich habe lustvoll die Diskussion geführt. Der Alpenverein hat die Umbenennung des Weges entgegen den Wünschen des Titzenthaler-Sohnes durchgeführt. Und „ohne die Einheimischen in Vent" zu fragen, zu informieren. Es sind Sachzwänge für den Alpenverein, sage ich, argumentiere ich. Ich stecke dahinter. Habe auf den Alpenverein eingewirkt. So ists im Tal. Von den Schrecknissen habe ich zu träumen angefangen. Das Tal ist schwarzbraun. Auf den hohen Bergen schrumpft der ehemals weiße Schnee der Ferner. Dreckig wälzt sich nach starken Regenfällen und nach dem rasanten Abschmelzen der Ferner bei Hochgebirgstemperaturen über 20 Grad der Bach ins Tal. Dreckig. Ich werde daran erinnert, was ich seit jetzt mehr als 70 Jahren erlebe, vierzig Jahre und mehr weitgehend „unreflektiert". Das bedauere ich. Ich will radikal sein. Sage und schreibe ich. Erst in den vergangenen, den sogenannten reifen Lebensjahren fange ich an aufzudecken, bloßzulegen, zu hinterfragen, Hintermänner ausfindig zu machen. Das macht Spass wie das Handmähen am Steilhang und ist genauso gefährlich. Sollen sie mir das Auto zusammenschlagen, die Reifen aufschlitzen. Alles haben sie ausprobiert. Jetzt demonstriere ich mein Dasein im Tal durch meine wandelnde Visitenkarte. Mein Auto mit dem Imster Wunschkennzeichen

IM-HAID 1

und so wird es bleiben. Franz Senn ist das Vorbild. Wie er allen Widerständigkeiten getrotzt hat. Wie er in seinen Klage- und Protestbriefen ausgeholt hat. Mich erinnert es an den Hessischen Landboten von Georg Büchner.

IM-HAID 1 und trotzdem nicht der Erste im Tal und im Bezirk.

Am kommenden Tag will ich, wenn es das Wetter zulässt, am Talbachle hinaufmähen oder drüben beim Knoschpenkofel und hinaufklettern zu den Schafen. Das ist mir versagt geblieben. Zehn Jahre habe ich es gemacht und habe es erlebt. Mit zehn bis sechzehn meiner/unserer Schafe bin ich mehrere Sommer mehrfach am Nederkogel zwischen den Murenrinnen und den Lawinenstrichen unterwegs gewesen. Weit droben habe ich den Ealer entdeckt und dann die grausam-arme Schafweide in der Flur am allerweitesten von aller Zivilisation entfernt, im HUNGERTAL.

Es drängt mich wieder hinauf. Ich muss die Schafe salzen, grüßen und streicheln, eines nach dem anderen. Sie kennen mich. Ich kenne sie. Die alte EBE ist das beste Leittier und mehrfache Mutter schöner brauner Jungschafe. Sie bemüht sich, die Lecktasche zu erwischen, steckt den braunen Kopf hinein und schleckt. Die andern raufen und balgen sich. Ich schaue zu, rufe und locke sie, streichle sie und will wieder absteigen. Da kommt der Steinschlag. Ich ducke mich hinter eine Felsnase, schreie den Schafen, sie sollen ausweichen, aufpassen, auf die herabstürzenden, herabkollernden Steine und Felsbrocken achten. Mein Schreien nützt nichts. Die Schafe machen, was sie selber wollen. Sie rennen davon, werden immer schneller. Die Steinlawine scheint mich zu erfassen. Ich ducke mich weiter hinter dem Felsen und erwarte meinen Absturz und den Tod der Schafe. Keuchend steige ich aus meinem halbwegs guten Platz und gehe weiter, nein, ich stolpere keuchend, mich im extremen Steilhang mit den Armen festhaltend, weiter bergab, will die steile Rinne überqueren. Die ist immer weiter weg. Sie verschwindet im Nebel, im Staub der immer noch abgehenden Geröll-,

Fels- und Steinmassen. Ich ducke mich wieder schutzsuchend an einen Felsen, unter mir die steile Hölle, die unüberwindlich scheinende Tiefe, der wahrscheinliche Tod. Da packt es mich, wie ich es selten nach den anstrengendsten Steilhangmähereien erlebt habe und gar nicht in diesem Ausmaß nach einer anstrengenden Bergtour, nach anderen beschwerlichen Begegnungen beim Schafesuchen und Schafesalzen und Suugelesuugele rufen. Im rechten Oberschenkel packt mich der Krampf, ein so schrecklicher Krampf, wie ich ihn bisher nie in diesem Ausmaß erlebt und erlitten habe: Da fahren stechende Schmerzen in den Oberschenkel rechts, dann in den Oberschenkel links. Es ist so, dass ich das Heulen unterdrücken muss, dass es mir alle Sehnen meines Körpers zu zerreißen scheint, dass ich in die Knie zu gehen versuche, dass die Schmerzen zunehmen, dass ich drohe abzustürzen, dass ich nicht weiß, wie ich den Absturz verhindern kann. Laut betend und fluchend und das schreckliche und nichtaufhörenwollende Zusammenziehen der Sehnen und alle inwendigen Stränge und Drähte und diese schreckliche, diese vermeintliche Hitze. Ich kann mich nicht festkrallen am Felsen, an der Steilwand. Ich sehe weit weit unter mir die Bäume, den Wald. Könnte ich doch fliegen und unten auf der Wiese landen. Könnte mich dort in meinem Schmerz winden, könnte mir die Überhose herunterreißen. Ich will dort massieren, wo es am meisten schmerzt und reißt und zieht. Ich kann nicht. Da werde ich den Halt verlieren. Ich vermeine, es wäre senkrecht unter mir, ich lenke ab und schätze es auf mindestens vierhundert Meter Fallhöhe. Wenn ich unten liegen könnte, ungestört und von keinem Menschen gehört draufloshenlen könnte. Das kann nicht sein. Ich massiere so gut es geht die Oberschenkel, einmal rechts, einmal links, warte auf das langsame Erlahmen dieses schrecklichen Ungeheuers in mir drinnen. Es nützt auch nicht, wenn ich eine Wallfahrt auf den Locherboden oder besser noch zur Madonna in Kaltenbrunn verspreche. Es hört mich niemand. Es sieht mich niemand: Ich sterbe in Schmerzen, will aber nicht nachgeben, weil ich weiß, wie es nach zehn Minuten wieder zu Ende geht. Wenn es fallweise in der Nacht im Bett auf mich zukommt, kann ich die Knie einziehen, kann mich drehen und winden, kann mich umdrehen, kann aus dem Bett zu steigen versuchen, kann mich auf den Holzboden legen, auf das Schaffell am Boden, kann wild in die Schenkel hineinfahren, kann massierend den Ausgangsschmerz durch den selber verursachten Massierschmerz und das Zwicken und Reißen übertreffen.

Jetzt weiß ich wieder, wie der Schmerz in den eigenen Körper hineinfahren kann. Jetzt kann ich mir, droben weit über dem Ealer und nahe dem Nitl, vorstellen, wie es in den Konzentrationslagern, bei den Torturen in Brutalstaaten, den katholischen Märtyrern ergangen sein mag. Alles weitaus schlimmer und grausamer und unbarmherziger. Sowieso eine lächerliche Kleinigkeit. Meine Schmerzen will ich in einer solchen Weise von mir wegzaubern, wegbannen. Und sowieso hat es wieder aufgehört, ist nur in kurzen Schüben wiedergekommen. Ich habe es ja gekannt, weil es zu meinem Arbeiten dazugehört.

Ich steige ab, verabschiede mich mit „suugele suugele“ von den Schafen und verspreche, in diesem Weidejahr noch einmal die Suugelen zu besuchen und das köstliche Präsent aus der Schäfertasche zuerst aus der flachen Hand herauslecken zu lassen. Dann stülpe ich die Tasche um, schütte die Reste (gar nicht so wenig) auf einen flachen großen Stein. Erst wenn sie gesehen haben, dass die Tasche völlig entleert ist, geben sie sich zufrieden, umkreisen mich noch einige Male bettelnd und in der Lecktasche Nachschau haltend. Dann trotten sie eines nach dem anderen der Reihe nach davon. Das habe ich erst lernen müssen. Sonst sind sie mir nachgelaufen. Sie sollen aber droben bleiben. Um Mitte September möchte ich sie dann holen. Lammfromm im besten Sinne des Wortes drängen sie sich hinter mir talwärts. Immer ist eines der beiden Mutterschafe knapp neben mir. Bis wir im Stall angekommen sind. Ein paar Mal haben sie noch versucht, in der Lecktasche ein paar Kostbarkeiten zu finden. Dann habe ich auf den Krampf vergessen und weiß, dass er wiederkommt. Wenns nichts Schlimmeres gibt.

Das ist ein wunderbares Land. Die Musik kommt aus dem Hinterhalt. In den Gletschern musizieren die Saligen. Die Ferner sind voller Musik.

Die Leute reden in der wunderbar altertümlichen Sprache. Ihr Dialekt erinnert an Gestern und Vorgestern und ist zugleich von Heute und Morgen. Das wissen auch die Schulkinder. Ich weiß es, wenn ich ihnen zuhöre. Wenn sie herüber der Grenze dann wieder Heil Hitler rufen oder Heil dem fetten Buggls. Einer der Söhne ist ausersehen. Wenn er wiederkommen würde der Hitler oder eine Schreckfigur aus dem Fernsehen, mit aufgesetzten Hörnern. Die aber niemand sieht. Mitten drinnen in der Originaltracht mit Edelweiß und dem Geheimzeichen. Wenn sie jetzt von der Grenze herabkommen, Heil Schnaps und Heil Meik rufen, wenn die Talpornografie überall hin sich ausgebreitet hat. Sie kommen nicht mehr vom Similaun herunter, nicht mehr von Mutmal und nicht mehr von Finail. Sie kriechen aus den Löchern, die sie seit dem Zusammenbruch von 1945 sorgfältig konserviert haben. Wie im Ambergstollen und Zitteraal-Tunnel haben sie Zeichen an die Wand gemalt. Zugleich entdecken wir unten im Tal und auf den Bergbauernhöfen wieder die alte schöne Sprache: Sall wöll hoobets wöll genüeg sunna / habt ihr genügend Sonne auf Vorrat? Wenn sie alle gestorben sind, kommen neue Schafherden mit ihren Schäfern von weit her und grüßen, den Hirtenstock in der Hand, die Spielhahnfeder auf dem Hut. Dann kommen sie und werden das Land zurückerobern. Das neue Land der Verheißung ist zweigeteilt. Gier und Geld gegen Dialekt und Schafe. Es sind die Frauen und die Jungfrauen, die Saligen, die Dana, die Disen, die Rusilena, die Geierwally. Ganz hinten wieder die mit den langen hängenden Brüsten. Jetzt kommt sie vom Hangenden Ferner zurück. Sie wird ein neues Alpenreich aufbauen. Kommt und schaut und preist euch selig.

*

An einem ersten Augusttag in meinem sechsten Lebensjahr hat mich Mamma mit ins Besental genommen, auf den Freistabl, wo sie den Lieblingsvetter treffen will, den Vinzenz, den hochgewachsenen Vetter mit dem schneidigen Bart, den Onkel, der jedes Jahr zu uns zum Kirchtag kommt, zu den Krapfen und dem Nüischmalz.

Sie hat mich immer wieder mitgenommen. Im alten Holzhaus ist ihre Mutter geboren worden. Aus diesem Haus ist der Hoferbe unter einer Lawine getötet worden. Diesem Haus, dem Teil eines Jahrhunderte alten Hofes, hat eine andere Lawine im schlimmsten Lawinenjahr seit Menschengedenken das Wirtschaftsgebäude mit Stall und Stadel weggerissen. Ganz knapp sind sie dem Tod, wie die Leute sagen, von der Schaufel gesprungen. Auf Weisung der Landesregierung haben die Verwandten das Haus verlassen müssen. Sie haben eine neue Hofstelle zugewiesen und teilweise auch finanziert bekommen. Jedesmal kommt die alte Vertrautheit zurück, wenn ich den anderen Vetter, den David treffe, beim Besenbinden und wie er meiner Mamma alte Geschichten erzählt. Wir sagen in unserer Sprache, also in unserem alten Dialekt, er hat MAMMEN die Geschichten erzählt. Wie ich wiedergekommen bin, seitdem fast jedes Jahr, habe ich ihn einmal nach dem uns Kindern so unheimlichen Nederer Tüifl fragen wollen. Da hat er aber nicht reden wollen. Da sei der Teufel leibhaftig anwesend gewesen. Die Leute hätten dort so gottserbärmlich wild geflucht. Mehr wisse er nicht. Den geliebten alten Vetter Vinzenz, den Vinzenz, habe ich nicht mehr fragen können. Da ist er schon gestorben. Wir sind in Ehrfurcht erstarrt, wenn er zu uns ins Elternhaus gekommen ist. Der aufgezwirbelte Schnurrbart. Sein Auftreten als ehemaliger, sogar nach Wien abberufener Kaiserjäger, hat ihn vor allen Männern des Tales ausgezeichnet.

An einem solchen Tag im Spätsommer habe ich der Mamma gebeichtet, nach viel Überwindung anvertraut, ich will studieren gehen. Ich will. Das habe ich, soweit ich mich zurückerinnern kann, mehrmals ab meinem sechsten Lebensjahr gesagt. Mein Wunsch ist fix und fertig ausgereift gewesen. Mamma und Tatte haben innegehalten, haben gestaunt, haben sich gewundert. Mammen und dem Tatte habe ich gebeichtet und bin erleichtert gewesen. Das Tal und das Dorf und der Hof haben sich verändert. Mit bloßen Händen hätte ich die alte Erde auf den Steilhängen ausreißen wollen, hätte eine neue Sonne gesetzt, hätte die Mondsichel vom Himmel heruntergeholt. Dann ist die Trauer gekommen. Und ein anderes Mal der Zorn wegen meiner Hilflosigkeit. Alles zuschanden gemacht und verbaut und verdrahtet und geschändet. Den alten Heimathof der Großmutter hätte ich gern gekauft. Ich habe kein Geld gehabt. Dann haben Deutsche das alte Haus gekauft. Und haben es abbrennen lassen wegen einer falschen Benützung des Kachelofens. Da hätte ich heulen können. Und wieder ist die Sonne untergegangen und habe ich den Mond nicht herbeiholen können. Vielleicht sind mir damals meine ersten Dialektgedichte eingefallen. Ich habe sie nicht niedergeschrieben. Ich bin aber ein knappes Vierteljahrhundert später in dieses Tal zurückgekommen. An dem ich so hänge. Solche Vettern, also Onkel gibt es nirgendwo sonst. Und solche schrecklichen Lawinen in solcher Zahl und Wildheit und Unberechenbarkeit gibt es nirgendwo anders und wilder und schöner und dramatischer. Ich verdanke ihnen viele viele Dialektgedichte. Aber ich habe mir vorgenommen, über die Lawinen des Tales und ihre verheerenden Wirkungen zu schreiben, immer wieder zu schreiben, über die Lawinen und die Schafe, über LEENEN und SUUGELEN. Und auch über die innwendige Not und die Verheerungen und Verwüstungen außerhalb dieses Besentales, das sie auch Ventertal nennen und dessen Kirche zu Heiligkreuz auch nach der alten Überlieferung richtiger Kurzlehn heißen müsste. Wir haben den Hof in Unterkurzlehn. Es sind nur zwölf oder dreizehn. Etliche davon mit starken Lawinenschutz-Mauern. Viele Tage und manchmal Wochen habe ich beinahe ausschließlich dafür verwendet, aus unseren Feldern und Weiden die Lawinenreste wegzuräumen. Äste, Steine, Felsbrocken, Schutt, Bäume. Alle Bäume zerzaust, zerrissen, zerfetzt, wie geschändet. Dort hat die Lawine gewütet. Der STIGELAS-LARCH, sagt der Nachbar Erwin, ist die dominante Baumerscheinung gewesen, hat sich Jahrzehnte lang, vielleicht dreihundert oder vierhundert Jahre lang der jährlichen Toolbachlasleenen/Talbachlawine entgegengestellt, hat sie geteilt, hat sie beinahe unschädlich gemacht. Dann ist der mächtige Baum im Winter 1998/1999 von der Frühjahrslawine umgerissen worden, ist mit unvorstellbarer Wucht mehr als hundert Meter talwärts bis zu unseren Feldern mitgerissen worden, ist dort als gewaltige Baumleiche abgelegt worden. Wir haben angefangen, den riesigen Baum Stück um Stück zu zerschneiden, an Ort und Stelle, haben einen mächtigen Hackstock bekommen. Diesen Hackstock noch im Frühjahr über den harten Lawinenschnee gezogen, fast zweihundert Meter. Der Großteil der mächtigen Baumleiche liegt noch immer dort. Zwei Winter später hat eine weitere und wieder mächtige Lawine „unsere" Baumleiche zwanzig oder dreißig Meter talwärts geschoben. Ich habe darauf gewartet, ob eine weitere Lawine den Baumriesen noch dreißig Meter weiter hinabtransportieren könnte. Dann wäre der Baum knapp oberhalb der Straße zu liegen gekommen. Wir hätten ihn bei uns gehabt, hätten von ihm jahrelang, mehrere Winter hindurch unser Brennholz bekommen; er hätte uns gewärmt. Eine Wohltat in diesem kalten Bergtal auf mehr als 1.680 Metern Seehöhe. Knapp neben dem ehemaligen, dem Jahrhunderte alten Standort des Stigelas-Larch ist dann an einer Stelle wie nie oder kaum jemals zuvor die Lawine durchgebrochen, im Winter 2008/2009, ist über den Felsen gedonnert, hat einen Baum, einen solchen mit 15 cm Durchmesser, mitgenommen, einen kleinen Baum also, hat ihn abgelagert; auf dem Dach des Heustadels. Der Heustadel, das Pille, hat es überlebt. Die Lawine hat sich bis zum Stadel geschoben. Der kleine Stadel ist voller Heu gewesen. Um ein paar Zentimeter verschoben. Sonst alles in Ordnung. Nach zwei extrem schneearmen Wintern kann es wieder die längst erwarteten Lawinen und die Lawinenschäden geben. Die Alten, unsere Vorfahren in diesem Tal, die älteren Nachbarn und Nachbarinnen reden nie von einer Katastrophe. Es sind immer nur Ereignisse der Natur, ist immer noch selbstverständliches Hinnehmen der Gefahren. Wir haben dort gesiedelt, haben dort Häuser und Ställe gebaut, Kinder gezeugt, neuen Generationen das Überleben beigebracht, uns mit Fluch oder Gebet darüber hinwegschwindeln können. Aber wir sind geblieben. Wenn es Tote gegeben hat, haben wir sie begraben. In den Dorffriedhöfen von Vent, von Rabenstein und immer wieder finden wir die Totentafeln, die Grabinschriften. Auf dem Sterbebild des Freistabler Vetters, des Bruders meiner Großmutter, Gotthabsieselig mei Naale, lese ich

„Wie war es für den Vater doch so bitter
als er den einzigen Sohn mußt geben
der weiße Tod, der eisige Schnitter
nahm fort sein junges Leben“

In Vent habe ich die andere Totentafel gesucht und gefunden.

„Hier ruht in Gott Karl Plörer, geb. 19.11.1930, gest. 21.1.1951.“
Wieder einer der Toten von 1951:

„Noch hoffnungsvoll
mein Leben lag als jun-
ger Mann vor mir.
Die Lahne kam mit ei-
nem Schlag, nun liegt
mein Leib schon hier.
So sei die Jugend ernst
gemahnt, halt immer
dich bereit, es führt oft
schnell und ungeahnt der
Weg zur Ewigkeit.“

Auch 1951 ist es geschehen, dass im nahen Untergurgl die Lawine auf die kleine Ortschaft und ihre Kirche niedergegangen ist. Da hat es eine zerstörte Kirche und zerstörte Bauernhöfe gegeben und die sechs Toten sind die Marianna Fiegl, der Paul Fiegl, die Rosa Kofler, die Rosmarie Kofler, der Georg Auer und die Rosmunda Auer. Drinnen im hintersten Passeier habe ich im Friedhof von Rabenstein die Grabtafel gesucht und gefunden:

„Hier ruhen in Gott
die beim grossen
Lawinenunglück auf ‚Föss'
ums Leben gekommenen
Kinder am 21.1.1951
Siegfried Reinstadler 5.1.1941
Theresia Reinstadler 7.10.1942
Alois Reinstadler 16.1.1944
R.I.P."

Ruht in Frieden. Seit wöll olle genondr in himml keemen / seid wohl alle zusammen in den Himmel gekommen. Dann hat mir der Karl Lanthaler, der Bergführer aus dem Tal und dann der Alfons Gufler, der Schafhirt von der Gurgler Alm erzählt, dass dann wieder Kinder gezeugt und geboren worden sind und dass sie wieder die Namen Siegfried, Theresia und Alois bekommen haben. Wieder dieselben Namen und wie es sich wiederholt und wie alles wieder von vorne anfangen kann. Unaufhörlich sammle ich die Berichte über Not und Gefahr in den Alpen, vorweg in den extremsten Regionen und Tälern.

*

Ich bin jetzt sechs Monate alt. Sellamool in di Wintlen gschissn. In die Windeln hinein geschissen. Ja ja damals habe ich es auch getan, wie die anderen in meinem Alter. Grobe aus einheimischem Flachs zubereitete Windeln. Nicht mehr zu gebrauchen als Hemden oder gar als Frauenunterwäsche. Dann in den großen Hafen auf dem Herd zum Auskochen. Drei Gehstunden hinter dem Geburtshaus meiner Großmutter, dem „Naale", haben wir zu ihr gesagt, muss der Geometer Doktor Edler aus Innsbruck den Bauplatz ausmessen. Es soll die neue Samoarhütte anstelle der alten und jetzt zusammengebrochenen Samoarhütte gebaut werden. Es soll eine „feste Burg“ sein. Eine Naziburg weit droben im Tal nahe den Gletschern. Der Geometer muss heute dort droben sein. Muss messen und zeichnen. Hinter ihm einer mit der Peitsche. Der Hirt oder der SS-ler aus Innsbruck. Der Weg in den Süden muss freigekämpft werden. Der Weg zur neuen Hütte muss militärtauglich sein, sollte weisungsgemäß zum Transport für die Gebirgsartillerie geeignet sein. Später sollte, und das alles nach dem Endsieg, der Weg auch oberhalb der Hütte taleinwärts bis nahe an die Gletscher gebirgsartillerietauglich gemacht werden und dann für schwere Fahrzeuge, und es soll ein Tunnel durch den Berg gebaut werden. Weit drüben im Tisental soll der Tunnel den freien Blick ins Tal darunter, in den Süden, in das Land der Sehnsüchte möglich machen. Im gepanzerten Kettenfahrzeug den Göring und den Gauleiter Hofer und den Kaltenbrunner und den anderen Stiefelmann, den Ehrengast. Es ist nicht dazu gekommen. Der Endsieg ist ausgeblieben.

In meiner Schreibkammer breite ich zweiundsiebzig Jahre später die Alpenvereinskarten auf dem Tisch aus und zeichne ein, wohin der Weg und dann die künftige Militärstraße führen könnten. Nach Meran, in den Süden, zum riesigen Stausee im Pfossental. Das Tal wird erobert. Ein erster Schritt muss getan werden. Die Schnalser Bauern als Besitzer des Tales müssen ausgeschaltet werden. Enteignet wenn es sein muss. Aber es muss ja sein. Dann legen sie fest, dass sie vorerst bis zur alten Schäferhütte den alten Schafweg zum gebirgsartillerietauglichen Weg ausbauen müssen. Der Rofner Bauer und drei Venter Bauern müssen während der Bauzeit die Verpflegung bereitstellen: Der alte Rofner mit dem Butterschmalz in den selbstgebauten Holzgefäßen, den „Stetzlen“, der erste Venter Bauer die Schafe, der zweite Venter Bauer muss das Brot bereitstellen, der dritte Venter Bauer vom alten Weinhof muss den Wein stellen. Auf diesen neunzehnhundert Metern Seehöhe über dem Meer im Bergtal haben sie den einen der fünf alten Höfe Weinhof geheißen. Dort ist Wein aus dem Süden gelagert worden. Auch der geringste Wein wird durch Lagerung in hochgelegenen Dörfern veredelt. Das haben sie gemeint. So könnte es geplant gewesen sein. Der Weg sollte für den bisher üblichen gebirgstauglichen zweirädrigen Transportwagen geeignet sein. Es sollte diese Type von Transportwagen sein, so steht es in den Berliner Protokollen, die mit einem Kugellager ausgestattet sind, auf dem dann mit einem Pferd auf dem neuen Weg zum neuen Schutz- und Militärbau vier Zentner Baumaterial täglich hinaufbefördert werden können. Es müssten aber zumindest zwei Fahrten pro Tag möglich sein, also mit acht Zentner. Das sollte noch gesteigert werden. Der Oetztaler Bergbote verkündet einige Monate später die Grundsteinlegung; nicht oberhalb von Vent, sondern in Berlin. Mit einem Volksfest, mit alpenländischen Trachten und alpenländischen Musikanten. Alpenfest im Marmorsaal, im Bankettsaal und Nebenräumen des Zoo. Öffnung der Kleiderablage ab 16.30 Uhr. Einlass 17.30 am Adlerportal in der Budapester Straße. „Alle Teilnehmer kommen in der Tracht der Alpenländer." Um Punkt 17 Uhr, wenn die „Bauleute und die gesamte Bevölkerung der Berge im festlichen Zuge vom Tappeiner Weg aus durch das liebe alte Meran zum Bauplatz marschieren. Alle können kommen. Alle müssen kommen". Es ist „Sonnabend", der 4. März 1939. Ich bin ein Jahr und fünf Tage alt.

Es sei eine „Ehrenpflicht", wenn viel Spendengeld gesammelt werden könnte. Das würde die schnellere Fertigstellung möglich machen und es würde die neue Lust und Freude an den Schöpfungen der neuen Herren begründen und festigen. Ich hocke und zeichne und messe nach. Kein Problem: drei Kilometer, vier Kilometer durch den Berg auf die andere Seite. Weitgehend lawinensicher. Ich werde dann acht Jahre alt sein. Oder zehn. Da kann ein zusätzliches Darlehen bei der Tirolischen Landeshypothekenanstalt für den Bau des neuen Hermann-Göring-Hauses aufgenommen werden. Der Gauleiter wird sich darum kümmern. Die Talbevölkerung muss wegen der zahlreichen Materialtransporte vom Talanfang bis zum Hüttenbauplatz beruhigt werden. Alle taleigenen Fuhrwerke und Lastwagen werden in den Dienst der großen Sache gestellt, werden befehlsmäßig in den Dienst der großen Sache gestellt. Wer sich wehrt, wird gezwungen. Wer sich wehrt, wird in den taleigenen Meldestellen der Nationalsozialisten registriert. Wer sich auffällig zur Wehr setzt, wird dem örtlichen Ortsgruppenleiter vorgeführt. „Heil Hitler" und so und dann dem Ortsgruppenleiter vorgeführt. Es folgen die ersten Verhaftungen. Später folgen die sogenannten Verlagerungen. Nachher und nachträglich wissen die Leute im Tal und im Land, dass es die Konzentrationslager gewesen sind. Mein jüngerer Bruder bekommt, ich kann mich wieder daran erinnern, vom stellvertretenden Ortsgruppenleiter einen hölzernen Spielzeugpanzer. Grün angemalen, dass es nach dem Einsatz im grünen Wald ausschaut. Der Vizeortsgruppenleiter Adl wird die Nazi-Patenschaft über den Buben übernehmen. Bieble mit deutschem Gruß und er klopft ihm auf die Schulter.

„Die Dienststelle des Reichskommissars für die Festigung des deutschen Volkstums" wird Mitte Oktober in Berlin gegründet. Eine der ersten Hauptaufgaben besteht darin, für das neue Hermann-Göring-Haus in den Ötztaler Alpen von Berlin aus und von allerhöchster Stelle der Nazis, also konkret der SS, ideologiekonform einen geeigneten Pächter für das neue Haus zu finden, zu ernennen, zu bestimmen, allerhöchst vorzuschreiben. Allerhöchste Nazibosse in Berlin beraten, was mit der neuen Hütte in den Alpen, knapp an der Grenze zu Italien, geschehen soll. Es ist Aufgabe des Reichskommissars für die Festigung des deutschen Volkstums in Berlin-Halensee, Kurfürstendamm 140, wer diese zentrale und dominante Position im Herz der Alpen einnehmen soll. Es geistern bereits die ersten Pläne zum Aus- und Aufbau einer Alpenfestung. Eine der zentralen Positionen wird es im hinteren Ötztal geben.

Ich bin dann sechs Jahre alt. Ich klaube Gesprächsfetzen auf. Mamma und Tatte sind nicht immer einer Meinung. Später werde ich mich erinnern.

Mein Vater, der Tatte, und die Mamma, können noch nicht wissen, was im Tal der Großmutter, im Venter- oder Besental, in diesen Wochen, Monaten und Jahren geschieht. Es wird getarnt und besänftigt, gelogen, eingekerkert, vergast und verscharrt.

Wenn ich dreiundsiebzig Jahre alt geworden bin, fange ich an zu forschen, nachzufragen, aufzudecken. Alles ist vernebelt und dunkel. Meine Auskunftspersonen wissen nichts. Wenn sie etwas wissen, wollen sie nichts wissen, wollen nicht davon und darüber reden. Im ganzen Tal müssten sie es gelesen haben. Der Oetztaler Bergbote kann nicht unbekannt bleiben im Tale. Die mit dem Transport der Waren, der Baugeräte, der Eisentraversen und der Hölzer beschäftigten, in den „Dienst gestellten" Talbewohner, Privatpersonen, Fuhrwerkunternehmer, Bauholzträger, Eisentraversenträger, Zementsackträger und alle gaffenden Zuschauer an den Rändern der Talstraße müssen es gesehen und erlebt haben, müssen nachgefragt haben, müssen von den Nazisympathisanten des Tales, den Gemeindeangestellten, den Gastwirten und

Kellnerinnen gehört haben oder es dem in den Wirtsstuben aufliegenden Oetztaler Bergboten entnommen haben. Ich weiß nicht mehr, ob Mamma und Tatte das Blatt in die Hand bekommen haben, es gelesen haben, es aufmerksam gelesen haben, sich darüber Gedanken gemacht haben. Ich habe von niemandem gehört, der Pfarrer hätte am Sonntag bei der Predigt etwas davon erwähnt, zur Seite schauend, zur Kirchentüre gewendet, Spione vermutend, dann gebetet und den Segen gespendet. Seine Schäflein wohlbehütet im Trockenen. Es müssen viele Leute im Tal gewusst haben. Es wird sich die Nachricht von der Festansprache des Sektionsführers Otto Prietsch verbreitet haben. Nichts wird sich verbreitet haben. Wenn sie den Bergboten in die Hand bekommen haben, werden sie ihn gelesen haben. Dann versteckt, hinter das Kreuz im Herrgottswinkel gesteckt oder ins Feuer geworfen. Ich weiß es nicht. Niemand im Tale, dem ich die Frage gestellt habe nach dem Bergboten, hat etwas davon gewusst, hat nichts davon wissen wollen, hat sich vielleicht geschämt, hat ihn im versperrbaren Wandkasten aufbewahrt. Ich habe niemanden gefunden. Wie in einem Spinnennetz sind sie allesamt eingesponnen gewesen. Die Blutsauger sind später durchs Tal herein gekommen. Auch von diesen habe ich keine Nachrichten gehört. Wie ein geschlossenes Tal des Schweigens ist es mir vorgekommen. Mein verstocktes und verschlossenes Tal habe ich zu hassen angefangen. Übermorgen will ich flüchten. Oder alles festschreiben und bloßlegen. Die Wahrheit hinausschreien, wenn es niemand mehr hören will.

Morgen bekomme ich Besuch in meiner Hütte am Berg.

Der Martin erzählt mir vom Hermann. Er nennt ihn den Hermann, weil er den Hermann gut gekannt hat. Geschätzt hat. Den Fettwanst, hat er gesagt. Stell dir das vor. Ich lupfe und schiebe ihn von der Rampe wie zum Rindviehverladen. Ja, genauso hat der alte Martin gesagt. Sie heben und schupfen ihn auf die Rampe, von der Rampe wie zum Rindviehverladen auf den Pferdesattel, den extra groß eigens für diesen Zweck vom Taltapezierer hergestellten Pferdesattel. Übergröße. Hat er noch nie gemacht. Auf den Sattel gehoben. Zu beiden Seiten starke Talmänner mit festen Seilen, mit Kletter- und Bergseilen, von beiden Seiten ziehen und heben, den Hermann zwischen sich, ja nicht fallen lassen. Wie bei den Prozessionen die größten Fahnen an langen Bändern halten, gegen das einseitige Hinüber- oder Herüberkippen absichern. Laute Schreie. Laute Befehle. Der Ortsvorsteher, der Große, der Größte von allen als Befehlsgeber. Das Rindvieh hinaufgeschoben auf den Sattel. Alles fest angebunden. Es sind wackere Bergführer. Sie haben feste Seile, viele auf Vorrat. Sie müssen den Hermann hinaufbringen. Zuerst auf den Sattel, das Pferd mit dem Sattel festhalten. Es zuckt und stampft. Die Ringsummänner stehen und schauen und staunen. Dann ein Ruck. Der Hermann fest im Sattel und hinauf zur Hütte. Der Hermann auf dem Weg zu seiner Hütte. Ein großes Talereignis. Die Pfeifen aus dem Mund nehmen, den Hut abnehmen, die rechte Hand zum Gruß ausgestreckt. Sie haben das beste Pferd des Tales gefunden. Den „Hermann" haben sie später den Gaul genannt. Aber das ist alles vorbei gewesen. Der Hitlergruß ist noch ungewohnt. Sie werden es noch lernen. Das stärkste Pferd im Tal. Da hat er geflucht, wie ich niemanden bisher so habe fluchen hören. Der Martin erzählt es siebzig Jahre später. Er ist dabei gewesen als Bub. Wie er geschrien und geflucht, der Hermann. Keine solchen Flüche von den normalen Menschen habe ich mir gedacht, sagt der Martin. Hat er geflucht gottsteufelshurenzeugallehexnundteufeleinerleidiesesteufelszeug muss ich so dick und so fett sein. Lupft mich.

Holt den Kuraten. Ich habe von meinen Brandenburgleuten viel gehört vom längst dahingeschiedenen Kuraten Thöny. Der auf unserer Seite. Kommt der Dicke an den Rand. Stolpert über die Rampe, gelangt über die Brücke, der Gaul scheut. Soll mich der Thöny retten, soll kommen, soll herzeigen, wie er den Gruß gelernt hat. Den Segensgruß weit mit den beiden Armen. Jetzt mit einer Hand, der rechten Hand. Der Thöny hastet herbei, die schwarze Kutte und das Kreuz. Meinen die Leute vom Tal. Ist ja gut so. Der Hermann wird den Thöny brauchen und seinen Herrgott. Seiner ist ja auch da. In Berlin und irgendwo im Reiche. Über die Brücke und dann sanft ansteigend bergauf. Ein guter Weg. Militärtauglich. Der Hermann will das deutsche Pferd. Den Edelgaul. Es könnte auch das Militärfahrzeug sein. Grüß Gott und Heil Hitler an diesem denkwürdigen Tag. Oben im Tal, vier Stunden weit, die neue Hütte. „Sein" Haus. Eine feste Burg. Nach ihm benannt. Schreit nach dem Thöny, dem Pfarrer, soll beten, soll MICH, saggra, mich anbeten. Die Begleitung geht und schwitzt und schaut auf die Berge, in den Himmel hinauf. Nur ja kein Unwetter, kein Schneesturm, kein Hagel. Da hat sich der Himmel verdüstert. Schwarze Wolken. Der schreiende Hermann. Gestikulierend. Der da droben soll aufpassen. Werden ihm beim Abladen ein dickes Brett unter den Hintern schieben, ein breites Lärchenbrett, soll herabrutschen. Die Dorfmänner halten und heben ihn. Heben ihn mit allen Männern des Dorfes. Acht Mann, ein dickes Brett, dann schnauft der Hermann, schweißüberströmt. Der Thöny hat geholfen. Ein starkes Leinen zum Schweißabwischen. Ein Stoßgebet. Vom Hermann und vom Pfarrer. Die acht Männer laden ihn ab. Eine Rampe ist aufgebaut. Über das Brett in Sicherheit gerutscht. Von acht Männern mit Bergseilen heil geborgen. Sie heben, schieben und drücken den Fettwanst.

Unvergesslich, hat der Martin später zu mir gesagt. Zuerst der Schweiß, dann der Geruch, dann die dicke Zigarre, dann die Flüche. Ein Wutgeheul. Ein Freudengeheul: endlich in „seiner" Hütte. Nach ihm benannt. Hoch in den Bergen. Die Nazifestung namens Hermann-Göring-Haus. Da zerplatzt die Hose, da zerreißt es den Fettwanst. Schreckliches Fluchen:

Herrgottssakramenteinesolchehurenverdammtescheißerei!

Der Sepp erinnert sich. Der Martin kann sich auch erinnern. Im Hermann-Göring-Zimmer wird das Essen eingenommen. Hermann raucht eine dicke Zigarre. Es kommen die Männer der Reihe nach. Zicke zacke Berg Heil und Heil Hitler und Heil Hermann. Mit dem dicken Zugseil in die Kammer. Die Decken zum Zudecken von fleißigen Frauenhänden rundum Kreuzlstich lauter Hakenkreuze rundherum Hakenkreuze. Vor ihm haben es die Männer unten im Tal geheim halten müssen. Sie erzählen davon. Wenn alles vorbei ist, erinnern sie sich wieder. Erzählen sich Stück für Stück. „Weißt du noch." Jaja sie werden es nicht vergessen.

Im Hintergrund kichernde, heimlich kichernde Dorfweiber aus allen zehn Höfen und dann eilt der Kurat Thöny durchs Dorf. Als Phantom. Das schwarze Pfaffenkäpplein auf dem Kopf. Ein schlaues Mandl. Die Leute reden noch Jahrzehnte später von ihm. Dann sind alle nachkommenden Pfarrer und Kuraten und Geistliche in Vent und Heiligkreuz solche Pfaffenmännlein, die es sich mit den Nazi gerichtet haben. Dann haben sie den Hermann aufgehoben und haben laut gesungen: Großer Gott wir loben dich. Großer Gott jetzt bist du da. Wir loben alle deine Stärke. Hoh ruck und er sitzt wieder im Sattel. Hebt die Hand zum Gruß. Der Pfarrer dankt. Die Masse jubelt, bricht in Jubel aus und singt so laut sie kann: Großer Gott wir loben dich.

Geht alles unter im Knallen der Peitschen. Die Dorfburschen, einige starke Raufer darunter. Packen das Pferd, ziehen, zerren. Der Fettwanst schreit und flucht. Der Pfarrer schaut zu. Sie singen weiter. Unaufhörlich, bis er über Barteben und zum Hohlen Stein entkommen ist. Schnell die Kirchenglocken. Der Rosenkranz. Das Alleluja. Von droben hallt es herunter: Himmelherrgottalleweiberallepfaffenallesamtjetztbinichherrichalleingesegnetseistduallezeit und die Kirchenglocken stimmen mit ein.

Das hätte der große Nazifilmregisseur Steinhoff sehen und filmen sollen.

*

ARBEIT UND LEIDEN AM HOF

Der Vater und die Großmutter sind längst verstorben. Ich habe ein neues Leben gefunden. Und habe es wieder verloren. Das Tal hat mich wieder und es hat mich wieder ausgestoßen. Ich hocke am Steilhang. Unter mir der mächtige Felsen.

Morgen, sagt mein Nachbar, kommt Schnee. Drei Tage und drei Nächte Schnee. Leiser Schneefall und unaufhörlich. Leintücher und Totentücher übereinander gebreitet. Dazwischen die restlichen Fürbittgebete aus der kleinen Kirche am Steilhang. Das Überbleibsel einer alten Zeit. Ich werde mich im Erd- und Bergkeller verstecken. Wein, Schnaps und rohe Erdäpfel.

Vorher muss ich das Lawinenholz des vergangenen Winters aus den Feldern klauben. Ich habe es vergessen. Der nächste Sommer ist gekommen. Der Nachbar kommt und grüßt: Eppan wöll grieß di und genug Heu und gute Schneide und dann geht er wieder. Er hat sich neben mich auf die Bank gesetzt. Wir reden von der Zeit, wie es gewesen ist, 1938 und so und er weiß es nur mehr vom Erzählen. Sein Vater eingerückt gewesen. In Russland. Dann der Tod von drei Kindern. Alle drei Buben im Krieg totgeschossen und elendig verreckt. Im Weitweg-Tal haben sie das alles nicht verstehen können. Dort stecken sie in noch immer dunklen Ställen, in holzgetäfelten Stuben voller Rauch und Vergangenheit, vollgestopft in allen Ritzen mit Sterbebildern und den Fotos der drei im Krieg ums Leben gekommenen Söhne und der Tochter im Kloster mit dem schönsten Lächeln der Welt. Das es anderswo nicht mehr gibt.

Der Nachbar weiß nichts von den Ereignissen von 1938 bis 1945 in seinem Tal, in seinem Dorf. Der Vater hat einmal darüber geredet. In der Nacht hat er schlimme Träume gehabt. Nur im Schlaf hat er manchmal geschrien und geheult und dann gewinselt. Dann ist er aufgeschreckt, hat sich schlafend aufgerichtet, ist aufgestanden, hat einen solchen Traum gehabt, hat alles wieder erlebt. Nach dreißig Jahren immer noch diese schreckliche Erinnerung.

Der Nachbar erzählt mir davon. Sein Vater hat viel leiden müssen. Sage ich, seine Mamma hat noch mehr leiden müssen. Hat drei Buben, die einzigen Buben im Krieg verloren. Hat derselbe Pfarrer Thöny die Leichenrede halten müssen. Der auch den Mannen der Mark Brandenburg den deutschen Gruß geschickt hat. Der vielleicht nicht gewusst hat, was um ihn herum geschieht. Weiß ich nicht, meint der Nachbar neben mir auf der Bank, ob er das alles gewusst hat. Der fromme Dorfpfarrer und der Nazifreund. Und der Tröster, wenn für die drei Buben der Sterbegottesdienst gehalten worden ist. Die kleine Kirche gestopft voll. Aber keine Orgel. Kein Kirchenchorgesang. Stumme Trauer. Keine Abschiedstränen. Die hier wegen der extrem harten Natur nicht fließen dürfen. Hat er mich gefragt, ob ich beim Begräbnis auf dem Friedhof eine einzige Träne gesehen hätte und nasse Taschentücher und im Schmerz zusammenbrechende Kinder und Witwen. Nein nein, sage ich. Wie das Tal so die Leute. Immer in solchen Extremen aufgewachsen. Dann die ersten Autos im Tal und ganz schwere teure Maschinen und ganz entfesselt die jungen Buben mit geliehenem Geld die steilen und kurvenreichen Straßen hinunter, richtig hinuntergejagt, hinuntergeschossen und ins Geländer hinein und das Geländer in der Kurve durchbrochen und 150 Meter steil bergab und vielleicht drunten am Baum hängen geblieben. Oder gleich in die Ache. Sie sind wildgeworden mit dem neuen Auto und dem ersten Geld. Haben den vermeintlichen Rückstand schnell aufholen müssen. Sella taafelen, solche Totentafeln und Erinnerungstafeln hängen fast an allen wilden Ecken des Tales und es sind neue Tafeln dazugekommen.

Der Nachbar erinnert mich an die Ereignisse vom 24. August 1987. Da sind auch zwei Buben vom Feuerwehrkommandanten zu Tode gekommen. Er hätte als zumindest Mitverantwortlicher die Straße sperren müssen. Auf beinahe zwei Kilometer hat die wildgewordene Ache die Straße weggerissen, hat einen ganzen Wald durchs Tal hinaus gerissen. Dreizehn Tote hat es gegeben. In der Dunkelheit sind noch etliche Autos unterwegs gewesen, haben nicht sehen können, dass der Asphalt der Straße nur mehr in der Luft hängt, als Gerippe über dem Bach hängt. Dann sind die Autos weggeschwemmt worden. Sind nie mehr gefunden worden. Sind im wilden Bach zerfetzt und zerrissen worden. Mitsamt den Leuten in diesen Autos. Die Leichen sind nie gefunden worden. Und wie immer bleiben Erinnerungen haften. Und es sind immer sehr langlebige Erinnerungen. Und solche Sterbe- und Gedenkbildchen, die dann in den Stuben hängen, dort neben dem Herrgottswinkel, neben dem Fernseher angeheftet sind und dann die große Steintafel aus heimischem Granit mit den eingetragenen Namen der Getöteten, Gerhard Auer aus Roppen, Simon Falkner aus Umhausen, Klaus Frischmann aus Längenfeld, Rosmarie Leiter aus Umhausen, Claudia Nösig aus Umhausen, Dietmar Nösig aus Umhausen, Gabriel Regensburger aus Umhausen, Gundula Regensburger aus Umhausen, Stefan Scheiber aus Umhausen, Marlene Spilker aus Essen, Stefan Spilker aus Essen, Wilfried Spilker aus Essen, Martin Winkler aus Mils bei Hall. Alles fein säuberlich aufgeschrieben und immer mit dem Alten am Tag des großen Unglücks und bei einigen Personen mit den Köpfen der durch die wilde Ache in den Tod gerissenen Menschen. Seitdem brennen an der Gedenkstätte mit wenigen Unterbrechungen die Totenlichter, werden immer wieder frische Blumen gebracht, verneigen sich in stillem Gebet die Besucher, immer wieder Hinterbliebene, auch Mütter und Väter, Geschwister und nahe Verwandte.

„Familien vom Schmerz wie betäubt,
nur noch die Arbeit hält sie aufrecht."

Zeitungsmeldungen sind als Schlagzeilen die Aufreger des Tages oder von einigen Tagen. Dann geht es weiter und alle warten auf neue Ereignisse.

„Die Katastrophe kann jederzeit wiederkommen."
Die Einheimischen wissen es. „Plusgrade am Gletscher führten zur Katastrophe." Es kann ja wieder kommen. Eher schlimmer als bisher. Eher weitaus dramatischer.

Dem Nachbarn zeige ich das Buch „Sindt-Fluss. Eine Kulturgeschichte der Naturkatastrophen im Alpenraum".

Dem Nachbarn zeige ich einige Ausgaben der Sektionszeitschrift der Sektion Mark Brandenburg des Deutschen Alpenvereins und frage ihn nach dem Pfarrer Thöny und dem Waldemar Titzenthaler, diesem fanatischen Verfechter des Deutschtums und dem wirklichen Motor innerhalb des Deutschen Alpenvereins zum Ausschluss der Juden. Sagt er zu mir: zur Bewahrung und Reinhaltung des Deutschtums. Das ist eine andere Sicht. Ich kann ihn nicht davon überzeugen, dass es schon 1928 geheißen hat „das Ötztal judenfrei von Ötz bis Längenfeld" und dass der Deutsche Alpenverein, Sektion Berlin, im Jahre 2003 den Titzenthaler-Weg umbenannt hat in Cyprian-Granbichler-Weg. Der Titzenthaler hat doch jahrelang Wege hergerichtet, Gäste auf die Hütten gebracht. Sozusagen ein verdienter Mann. Alles zur höheren Ehre und zur schrittweisen Reinwaschung zumindest der Sektion Berlin. Wir beginnen uns in hitzige Gespräche auch pro und contra zu verwickeln. Ich finde den Faden nicht mehr. Er ist zerrissen. Wir reden vom Heu und von den Schafen. Ein anderes Mal wird ein anderer Talbewohner neben mir hocken.

Zwei Sommer später nehme ich zwei frisch gedengelte Sensen, den Kumpf mit dem Wetzstein, drinnen das Wasser bis maximal zur Hälfte des Kumpfes, mit einigen Tropfen Essig drinnen, stapfe vom Hof weg den Steilhang hinauf und fange an. So ist es dann an mehreren Tagen, immer am frühen Vormittag. Gegen 11 Uhr kommt die Sonne. Dann wird das Handmähen eine Plagerei. Am besten in der Früh. Das Gras muss taunass sein. Heute habe ich gute Schneide. Beim Bücken rinnt immer wieder etwas Wasser aus dem Kumpf, den ich mit einem Riemen um die Mitte des Körpers befestigt habe. Macht nichts, denke ich. Rundherum rinnen kleine Wässerchen. Ich denke an die großen und grausamen Pläne der Landeselektrizitätsgesellschaft, dieses landeseigenen Monopols im Interesse der gesamten Bevölkerung. Der Steilhang weit über dem Tal und hoch über dem Land und über dem grauen Monster der scheinbar allmächtigen Wasser- und Strom-Lobby draußen in der Landeshauptstadt, treibt und beflügelt meine Gedanken, setzt sie frei, lässt sie frei hinausfliegen über Tal und Berge. In den Köpfen draußen sollen sie landen und sollen dort den Nachdenkschmerz bewirken. Wie in einer Ferndiagnose und Fernhypnose. Phantastisch, denke ich. Da ein paar Gräser und Blumen, die ich abmähen will, die ich abmähen muss, dort die totale Freiheit der Gedanken und der ferne Berg, der kleine Restgletscher mit der ersten Morgensonne. Weit weg und entrückt.

Mehr als drei Stunden will ich rastlos und ununterbrochen mähen und denken. Alles zugleich. Da bin ich unvorsichtig geworden und habe den Stein, den ich seit fast 20 Jahren kennen müsste, nicht beachtet. Ich bin unaufmerksam gewesen. Der Stein bleibt, wo er ist. Ich mähe hinein. Ich fluche. Nehme die Sense, stelle sie auf, schaue nach der Schneide, sehe die Scharte, fühle mit den Fingern die Scharte. Ich fluche. Da habe ich alle Stoßgebete und alle sonstigen Gebete vergessen und dort draußen die wilde Wasserausbeutungsgesellschaft mit allen Landeschefs oben drauf. Mit dem Wetzstein will ich die Scharte ausklopfen. Meistens gelingt es. Dann nehme ich den Wetzstein, tunke ihn ins Wasser, streife mehrmals über die Schneide der Sense. Einigermaßen zufrieden mit dem Ergebnis mähe ich weiter. Neben dem nächsten Felsen hat sich ein Stein versteckt gehalten. Ich fluche wieder, setze ab, nehme die Sense, will die Scharte ausklopfen. Es gelingt nicht. Ich lege das geschändete Sensenblatt auf den glatten Stein und will die Scharte ausklopfen. Heute habe ich wieder das merkwürdige Eisen vergessen. Es ist der Woosnar, wie ihn die Einheimischen benennen. Das Eisentrumm mit der glatten Oberseite, das in den Rasen gesteckt oder geschlagen wird. Mit dem Dengelhammer kann die Scharte ausgeklopft werden. Die zweite Sense steht bereit. Ich mähe weiter. Um die Steine herum, im Gewirr der Steinplatten und der aus dem Lawinenräumen wirr durcheinanderliegenden Steine kann ich mit der Sense nichts mehr machen. Auch wenn meine Sense nur eine 50-Zentimeter-Sense ist.

Da hilft der „Hacker". Ich hacke. Die Kleinsense, die Minisense, sagen die Experten der Volkskunde, wäre eine seltene Besonderheit aus den Ötztaler Alpen und der nachbarschaftlichen Täler. Ich habe den Hacker mitgenommen. Stehend und auf den Knien rutschend mähe ich. Ich sage, Halm für Halm. Blume um Blume. Immer mit der rechten Hand mähend und mit der linken Hand frische Grasbüschel entgegenhaltend. Mitunter habe ich den aus zottigem Astgeflecht hergestellten Spezial-Wisch verwendet. Alles viel zu mühsam, denke ich. Und für wen? Ich habe keine eigene Kuh, keine eigenen Schafe und keine eigenen Ziegen. Ich bin nur mehr der ALTE VOM BERG. Vertraglich und notariell wäre ich der Altbauer im Ausgedinge. Ich habe alles dem Sohn übergeben. Vieles und beinahe alles habe ich reduziert. Eine meiner neuen Freiheiten ist neben dem Denken und Grübeln das Steilhangmähen, das Hackermähen, das Bergheueinbringen, manchmal auch noch das Heutragen mit dem Ferggl auf dem Kopf. Da muss ich mich mit knapp über dreißig Kilo sehr bescheiden geben.

Unten auf der Straße ab dem mittleren Vormittag Auto um Auto. Mitunter kommt von der Straße herauf das Hupen eines Autos. Jemand aus dem Tal grüßt auf diese Weise. Wir haben Kontakt miteinander, fallweise weniger intensiv und freundschaftlich, mitunter anerkennend, öfters auch skeptisch. Wir sind auf gute Distanz gegangen. Ich oben am Steilhang. Sie drunten auf der Straße.

Am Nachmittag des nächsten Tages will ich das Heu einbringen. Da will ich es wieder mit dem Heutragen riskieren.

*

Als ich zwölf Jahre alt geworden bin, habe ich dem Tatte geholfen die Stierleite mähen. Da habe ich die erste Sense und den ersten Hacker in die Hand bekommen. Wir haben das Heu über den Felsen hinausgeschoben, mit dem Rechen am Steilhang nachgeholfen, uns vor dem Absturz gesichert. Dann haben wir in den Felsen darüber eine Klettertour gemacht. Mamma hat geschumpfen. Wir sollen nicht hinauf. Wir haben uns weit hinaufgewagt bis zum Puitelar-Loch. Dort haust in der Höhle der „Puitelar“, eine wilde Gestalt, die uns unfolgsame Kinder in das Loch hineinzieht. Fünfzig Jahre später wird „meine“ Stierleite gesprengt. Wochenlang dröhnen die Bohrer. Sechzehn Meter in den Felsen gebohrt. Dicke Eisenstangen in den Felsen. Absicherung. Darunter das Geburtshaus und wo das Geburtshaus gestanden hat. Die Felsen abgesprengt.

Neue Tiefgaragen im Berg. Naturkundlich überaus wichtige Gletscherschliff-Felsen abgesprengt. Ein Loch. Eine Ruine. Ein wochenlanges Zersprengen und Zutode-Schießen der Stierleite. Wie ein körperlicher Schmerz. Ich muss es erleiden. Ich habe beim Bürgermeister protestiert. Geld zuerst und dann die Natur. Die Bankenmafia soll leben und der mächtigste Transport- und Baggerunternehmer des Tales soll leben. Am Sonntag zur Kirche. Trachtenhut und Leder und Geldwampe und Rücksichtslosigkeit. Rundum Zerstörung.

Wir rennen im Sommer, es ist lange her, zur Ache und wollen spielen und raufen und erste Abenteuer suchen. Drüben haust ein anderes Wesen. Die Mamma warnt uns. Wir sollen nicht hinüber. Dort ist der „Stinkar“. Ein schreckliches Wesen, das aus dem Wasser und dann wieder aus dem Felsen herauskommt, das schrecklich stinkt und die unfolgsamen Kinder ins Wasser oder ins Loch hineinzieht.

Wenn ich mit den Eltern in Astlehn zum Heuen gewesen bin, haben wir die Mamma nach dem Fräulasloch gefragt. Tief in einer Höhle hausen die wilden Fräulein. Wir wollen hinabsteigen und das erste Fräulein suchen. Es soll sehr schön, aber sehr wild sein. Braven Kindern tue es nichts zuleide. Böse Kinder würde das Fräulein in die Höhle ziehen.

Von Jugend auf haben wir die Geschichten gehört. Dann hat die Mamma, die ja das ZWEITE Gesicht gehabt hat, uns von den Vorweilungen und vom „Maarn“ erzählt. Wie ich vierzehn geworden bin, habe ich die Geschichten aufgeschrieben. Mamma hat gehört und gespürt, wenn jemand aus der Bekanntschaft oder Verwandtschaft stirbt. Sie hat es zumeist an entfernten Orten auf die Minute genau übereinstimmend gehört. Es ist oft das gleichmäßige Tropfen von Wasser in ein Blechschaff gewesen. Dann hat sie beim Mittagessen an einem Sonntag gehört, wie der Alte von der „enderen“ Seite in Lodenpatschen über die Stiege geht. Im oberen Hausgang sind die Mappen aller Grundstücke gesammelt. Dort kommt er nachschauen. Er ist einige Jahre unser „Vorsteher“ gewesen. So haben wir früher zum Bürgermeister gesagt. Einige Male hört sie die schlurfenden Schritte, erkennt ihn am Gehen und sagt: „Der alte Kundelar. Herr gib ihm die ewige Ruh.“ Wir Kinder schweigen ehrfurchtsvoll. Ich kann mich dunkel erinnern, auch die Schritte gehört zu haben. Beinahe auf die Minute genau ist er an diesem Tag im zwei Kilometer entfernten Dorf gestorben. Ich erinnere mich: Nicht zum ersten Mal hat sie den Tod naher Verwandter oder Bekannter gehört. Hat auch manchmal gewusst, wer er ist. Hat „Herr gib ihm die ewige Ruh“ gebetet und hat auf die Totenglocke gewartet.

Wie ich sechzehn oder siebzehn geworden bin, finde ich in den Schriften am Dachboden ein kleines Heft mit „Sagen und Geschichten“, das mein Ururgroßonkel geschrieben hat. Es muss um 1850 geschrieben worden sein.

Dann bin ich vorher und nachher in das Leben hinausgestoßen worden. Die alten Geschichten haben mir keine Ruhe gelassen.

Das alles erzähle ich an einem Sonntagnachmittag einem der Nachbarn.

Wenn ich in der Nacht davon zu träumen anfange, kommen die schrecklichen Bilder daher. Ich habe zu viel gelesen und hineingebohrt.

*

Weiß nichts, sagt mein Nachbar, der Sepp. Magst einen Schnaps? Schon wieder sagt er nein. Nein. Ich fürchte mich. Das Grauen rückt hinter den Bergen und aus den

Gletschern zu mir herunter. Ich sehe die Geschehnisse der kommenden Jahre. Das Grauen erdrückt mich. Jetzt will ich ergründen und erforschen, was die Nazis hier in den Bergen geplant haben. Was noch nirgendwo niedergeschrieben ist. Oder doch? Ich will die Zeithistoriker an der Uni fragen. Es müssten jetzt die Archive geöffnet sein. Siebzig Jahre danach. In Gedanken will ich alles aus meinem bisherigen Leben in diesen Zusammenhang stellen. Auch die Sagen und Mythen, diesen geheimnisvollsten Teil der alten Kultur, des alten Wissens, des Umgangs der Nazis mit den Trachten und den Mythen. Da muss ich erforschen, warum der Göring das Niedertal in den Ötztaler Alpen ausgesucht hat, dieses Tal mit den alten Sagen um den Hohlen Stein, die Kaser, den Marzellferner, das darunter befindliche Reich der Saligen in ihrem Kristallpalast und darüber den weißen Gletscherberg, den wir heute Similaun nennen. Es ist ein Kultberg der alten Göttin. Einer solchen, die der Himmler und der Göring und der Hitler kennt und erforschen lassen. Allen voran der Himmler. Der eine solche Rolle spielt beim Aufbau der NS-Volkskunde, bei der Installierung der Organisation Ahnenerbe. Der mit dem Göring in Konflikt gerät wegen der Verpachtung des Hermann-Göring-Hauses. Seine Gegnerschaft zu Göring ist erwiesen. Die Amtliche Deutsche Ein- und Rückwanderungsstelle ist eine der Lieblingsideen von Himmler gewesen. Er ist ja der oberste Chef als Reichskommissar, wir wissen es bereits, für die Festigung des deutschen Volkstums. Es gibt Spannungen und dann offene Konflikte. Aus Berlin hören wir, es hat wegen der Bewirtschaftung und Führung des Hermann-Göring-Hauses in Berlin Konflikte gegeben. Das wird den Bau und die Fertigstellung der Hütte verzögert haben. Kann schon sein, sagt der Nachbar. Himmler hat überall seine Kundschafter. Sie sollen das alte germanische, das rassenreine, das zumindest indoeuropäische Kulturgut finden, es vergleichen, es mit dem Urdeutschen in Verbindung bringen. Es ist aus scheinbar unerfindlichen Gründen oberste Chefsache in Berlin geworden. Es ist Chefsache geworden. Das Wesen des deutschen, des germanischen Volkes sollte nach den tiefsten Wurzeln erkundet werden. Es sollten die neuen Zuchtrichtlinien erstellt werden. Überall sind die führenden Volkskundler ausersehen worden. Befehlsgemäß. Die meisten haben aus Überzeugung mitgemacht. Es ist um künftige Führungspositionen gegangen. Anhand der alpinen Sagen und Mythen soll eindeutig nachgewiesen werden, welcher Samen für künftige Generationen tauglich sein wird. Das Hermann-Göring-Haus muss eine führende Rolle spielen. Droben im Gebirge. Nahe an den Grenzen. In geschützten Positionen. Zusammen mit führenden Köpfen der Wissenschaft und solchen des Alpenvereins. Ich finde die Grußbotschaft „Mit dem Führer für Großdeutschland" in der Ausgabe Nr. 360 im Oetztaler Bergboten vom April 1938. Da bin ich knapp zwei Monate alt. Unbewusst haben mich Mamma und der Tatte hineingesetzt. Rundum haben die Nazis das Feld übernommen, haben gemäht, gedörrt und geerntet. Die neuen Herren werden von Innsbruck aus feierlich begrüßt. In der am 10. April 1938 datierten Botschaft an den Führer zeichnet auch der damalige 1. Vorsitzende des „heimischen", des bisher Österreichischen Alpenvereins, der bekannte und hochangesehene Professor R. v. Klebelsberg mitverantwortlich:

> „Für den Hauptausschuss des Deutschen Alpenvereins erlassen der 1. Vorsitzende Univ. Prof. Dr. v. Klebelsberg-Innsbruck und der 2. Vorsitzende P. Dinkelacker-Stuttgart einen Aufruf."

Es ist ein programmatischer Aufruf, der inhaltlich und ideologisch sehr präzise den fanatisch-radikalen Umschwung charakterisiert.

„Was die Bergsteiger im Deutschen und Österreichischen Alpen-Verein jahrzehntelang vergeblich ersehnt – ist erfüllt. Der Traum der deutschen Einheit ist wahr geworden!

Im Jubel eines 75-Millionen-Volkes empfinden wir vom D.u.Oe.A.V. solch Glücksgefühl umso herzlicher, je schmerzlicher gerade wir, die an der Zwietracht gelitten haben.

Seit bald 70 Jahren über die Grenzpfähle hinweg in unzertrennlicher Gemeinschaft verbunden, haben wir Bergsteiger – Dank der Fürsorge der Reichsregierung – auch über die bösen Zeiten, die über Österreich hereingebrochen waren, die Einheit der deutschen Bergsteiger gewahrt.

In rastlosem und begeistertem Schaffen haben wir das herrliche Bergland Österreich erschlossen, die Verbundenheit mit dem Bergvolk gepflegt und wo immer Not war, gelindert.

Heute sind wir nach langem Aufstieg am Ziel der völkischen Einigung! Mit heißem Dank an den Führer stehen wir einsatzbereit zu weiterem Wirken mit offenem Willen nach Bergsteigerart.

Am 10. April gilt für alle die stolze Losung:

MIT DEM FÜHRER FÜR GROSSDEUTSCHLAND."

Es ist der Raimund von Klebelsberg, Diener des Nationalsozialismus, Vorreiter, Vordenker (?), 1934 bis 1938 erster Vorsitzender des Deutschen und Österreichischen Alpenvereins, Chef des Chefs der „deutschen" Turnerjugend im Deutschen Alpenverein Tirol, sozusagen Vorturner, Turnervater, Vaterfigur, für sechstausend oder achttausend bergbegeisterte Jungmannen und „Mädeln" der Vater, der geheime Held Martin Busch. Niemals angeklagt. Hat sich niemals dreckig gemacht. Niemals befleckt. Sauber, turnerisch und deutsch. Und der Wissenschafter Raimund von

Klebelsberg, der Hochgebirgsforscher und Nazifreund, jubiliert, weil ihm der Aufbau der „Deutschen Alpenuniversität“ in Innsbruck anvertraut wird, weil er nachweisbar und zugegebenermaßen bei den „Säuberungsaktionen“ an der Uni Innsbruck maßgeblich mitgewirkt hat. Er hat „aufgeräumt“. 1941 wird die Leopold-Franzens-Universität in Innsbruck in „Deutsche Alpenuniversität“ umbenannt.

*

Es reizt mich jetzt, in Innsbruck in den dortigen Archiven nachzufragen, hineinzubohren, herauszufinden, was verborgen ist und was verborgen werden soll, was die hochgelehrten Landesgrößen der Wissenschaft ab 1938 von sich gegeben haben, wo und wie der Herr Klebelsberg einzuordnen ist, wie er sich vielleicht dann ab 1945 deutlich distanziert hat, wie mit den Alpenvereinen auch die Musikkapellen des Landes, die Schützenkompanien des Landes umgeschwenkt sind. Von heute auf morgen als andere Menschen. Wie die Trachtenverbände neue Fahnen vorangetragen haben. Wie Tiroler Komponisten eine Hymne für den Gauleiter Hofer verfasst haben; mit Widmung sowieso. Ich will nicht mehr wissen, warum im Ferdinandeum der Oetztaler Bergbote nicht auffindbar gewesen sein soll. Ich kann es mir denken. Ich will aber nachbohren, warum es über den Martin Busch, den späteren Namensgeber des vorher nach Hermann Göring benannten Schutzhauses in den Ötztaler Alpen, keine Nachrichten zu geben scheint über seine Tätigkeit für das „deutsche Turnen“ in Tirol. Da hat der Alpenverein mitgespielt; zwischen 1930 und 1938 zumindest als Vorfeldorganisation des Nationalsozialismus. Da hat der hiesige Turnerbund mitgespielt, nachweislich eine der wichtigsten Vorfeldorganisationen des Nationalsozialismus. Es muss eine auch ideologisch begründete Motivation gegeben haben, dass der Martin Busch auch Ehrenmitglied der in jeder Weise „deutschen" und radikalsten Alpenvereinssektion Mark Brandenburg gewesen ist. Neben Hermann Göring und dem Pfarrer Thöny in Vent. Das können wir verstehen: Beide sind Ehrenmitglieder der Sektion Mark Brandenburg. Habt ihr verstanden?

Dann hocke ich wieder in Vent und will ergründen, wer nach dem aktuellen Wissensstand der Venter der Martin Busch gewesen ist. Ein strammer deutscher Turner ohne Ideologie? Wer weiß mehr über die Absicht der obersten SS-Führung in Berlin, wer ausersehen wird für die Pacht der neuen Hütte, des Hermann-Göring-Hauses. Niemand weiß Genaueres? Kann ich nicht glauben.

Unter der Oberfläche wird es weiterhin rumoren. Dieser Platzgummer? Wer ist er gewesen? Zugleich auch der Besitzer der Similaunhütte droben auf dem Niederjoch, dieser zentralen Position auf dem ersehnten Weg in den Süden? Ich will gar nicht mehr wissen, wer in diesen Jahren in dieser Region auf Adolfine getauft worden ist. Getauft? Heil Hitler schreiend? Das kann nicht sein. Da kann ich Unheil anrichten im Dorf, im Tal.

Die Genehmigung der Hütteninbetriebnahme hängt mit der Bestellung des Kopfes der Umsiedlerfamilie aus dem benachbarten Schnalstal zusammen. Dann wäre der Weg frei von Vent über Samoar und das Joch in den Süden. Auf dem notwendigen Umweg durch das Schnalstal. Himmler schickt Boten aus. Bestellt die prominentesten Volkskundler, Sagenforscher und Mythologen. Das reiche, das überaus reiche Sagengut in den Ötztaler Alpen muss ihm entgangen sein. Es kann ihm nicht entgangen sein. Dafür hat auch der Leiter der Lehr- und Forschungsstätte für Volkserzählung, Märchen- und Sagenkunde, der Herr Plassmann sorgen müssen und der Herr Richard Wolfram als quasi rechte Hand und Vertrauter in Volkskulturfragen. Zugleich ist der Wolfram abkommandiert als Leiter der Lehr- und Forschungsstätte für germanisch-deutsche Volkskunde. Das kann ihnen, den Herren Plassmann, Wolfram und Himmler nicht entgangen sein, dass es den reichen mythologischen Schatz an Frauensagen in diesem Gebiet gibt. Auch rund um die neue Hütte. Es könnte sein, das Interesse an diesen lokalen Mythen und Sagen wäre nach eingehender Prüfung als nicht so dominant wichtig für die germanisch-deutsche Volkskunde eingestuft worden. Es fänden sich dort ja Reste einer alten Kultur, die nicht eindeutig dem indogermanisch-deutschen Kulturerbe zuzurechnen wäre. Es wären dort Spuren einer höchstwahrscheinlich präindoeuropäischen Kultur feststellbar. Diese wären dominant. Eindrucksvoll wäre im Gegensatz dazu die Präsenz von weiblichen Muttergestalten, die dem Nordischen zugerechnet werden. Das müsste zumindest gelingen. Die DISEN als sowieso namengebende alte „nordische“ Göttin für das Tisenjoch ist wahrlich beispielhaft prädestiniert, einen ersten nordischen Keil in diese Gletscher- und Sagenwelt zu treiben. Die drei unter den Fernern verschwundenen Städte Tanneneh, Onanä und vor allem Dananä werden der alten ebenfalls „nordischen“ Göttin Dana zugeschrieben. Da hat es die ersten Verdrehungen und falschen Zuordnungen bereits früher gegeben. Die Disen und die Dana sind sehr alte europäische Göttinnengestalten. In der verfügbaren Populärdeutung sind sie immer wieder „nordisch“ oder auch „keltisch“. Es sind aber, soweit kann uns die seriöse und vergleichende Wissenschaft weiterhelfen, diese Göttinnen eher und höchstwahrscheinlich weitaus älteren Kulturschichten zuzuordnen, beispielsweise präindoeuropäischen.

*

WIE DAS AHNENERBE DIE BLONDEN BERGWEIBER ENTDECKT UND WIE DER PROPAGANDAFILM VON DER GEIERWALLY INS TAL UND IN DIE DEUTSCHEN KINOS GEKOMMEN IST

Es ist Sommer 1940. Am 13. August 1940 erlebt München den perfektesten Nazi-Propagandafilm mitsamt dem Starregisseur, der Starschauspielerin, den Star-Nebenrollenfiguren, dem Star-Musikmacher die Premiere. Ich denke mir, dass sie alle dabei gewesen sind. Der Himmler hockt in der ersten Reihe. Das Volkstum hat seine perfekteste Vollendung gefunden. Der Volkskulturahnenerbe-Experte, der Richard, hockt auf dem Ehrenplatz neben dem Himmler. Musikmacher ist der bekannte Operettenkomponist Nico Dostal. Mit aller Kraft hat er sich in das Nazi-Kulturgeschehen einbauen lassen. Die lange Liste der Ehrengäste muss erst wieder in den Akten gefunden werden. Sicher ist dort auch der Alfred Rosenberg gehockt. Die alpine Sagenwelt der alpinen Rasse muss sich hier im Filmkunstwerk äußern. Es muss demonstriert werden, wie das „andersrassische alpin-dinarische Wesen" in die arisch-nordische Idealwelt eingebunden werden kann. Phantastisch, klopft er sich auf die Schenkel, ist es gelungen: Was sich in „kulturloser Wildheit, gepaart mit fürchterlichem Aberglauben" da droben auf der Leinwand äußert, kann nicht besser und perfekter dem einfachen Volk vermittelt werden. Eine neue Religion. Allemal. Die alpine Sage der Wilden Frau ist perfekt durchkomponiert. Noch einmal ein Klatscher auf die Lederhose. Der Trachtenhut wird abgenommen. Alle Männer im Saal nehmen die Trachtenhüte von den Köpfen. Die Gattinnen der Ehrengäste lassen ihre Brüste heraushängen. Der Jubel ist unermesslich. Das freut den Tiroler Gauleiter Hofer. Ist das doch sein Land, das jetzt das Herzeigeland geworden ist.

Renaissance der starken mythischen Frauen.
Renaissance in Zeiten spiritueller Trends. Allemal.
Perfekte Inszenierung alpiner Sagen mit modisch-aktueller Naziideologie.
Es könnte nicht perfekter und volksnäher sein.
Die obersten Ahnenerbe-Herren werden es wissen.
Es ist neue Heilserwartung. Es ist Religion.

Der Schuss des Altbauern geht ins Holz. Es ist nur mehr ein Stück altes Holz. Der Korpus dieses Mannes auf dem Kreuz ist aus Holz. Der Schuss entzaubert alpinkatholische Nostalgie.

Im heißen ersten Kriegsjahr wird die Szenerie in die „heile" Bergwelt verlegt. Abseits der Totgeschossenen. Es ist perfekte Ablenkungs-Inszenierung.

Die klassischen Unterhaltungsstoffe der alten Heimatgeschichten rund um Liebe, Verzicht, Gebet, Tracht, Trennung, Musik, segnende Pfarrer, rächende Sagengestalten, Lawinen, Untergang und Erlösung sind perfekt inszeniert.

Der Film ist überwiegend im Ötztal gedreht worden. Der Film handelt authentisch an den Originalschauplätzen Vent und Rofen und Marzell und Similaun und Geierwally und Altbauer und Bärentöter. Es geht um die „Aufwertung der klassischen kämpferischen selbstbewussten Frau. Sie muss die Mobilisierung an der Heimatfront bewirken." So ist es. Die hervorragendsten Repräsentanten der Schauspielerei stehen stolz und aufrecht an der Heimatfront. Allen voran die Hatheyer.

Wie ich nachlesen kann, ist zusammen mit diesem Film und der Produktion des Films an möglichst vielen authentischen Spielorten in den Jahren 1938 und 1939 „eine ganze Phalanx hochrangiger Repräsentanten des NS-Regimes in das Ötztal gekommen."

Musikalisch und szenisch nahezu perfekt in ihrer Ideologie ist die Umsetzung der Szene am Gletscher, wenn die

Saligen aus dem Eis herauskommen, wenn sie als Geist-Wesen und dennoch höchst lebendig über dem Eis schweben, auf die arme Geierwally zu, sie schützend verbergen. Da scheint dem erprobten Star-Regisseur Hans Steinhoff und seinem Musikmacher Nico Dostal eine überwältigende ästhetische Verformung und Vereinnahmung des Natur-Religiösen gelungen zu sein. Die Menschenmassen in den deutschen Kinos sind hingerissen. Der Totalitätsanspruch ist perfekt gelöst.

Trotz der vordergründig trivialen Handlung ist der Geierwally-Film keiner der üblichen Heimatfilme, einfach und derb gestrickt. Es ist ein harter, sehr böser Film.

Alle im Saal applaudieren. Tausend oder tausendfünfhundert oder dreitausend Hände erheben sich zum Hitlergruß.

Die Prominenz des Tales ist eingeladen. Mit Trachten und derbem Gejodel sind sie gekommen, haben Schnaps ausgeteilt, haben kleine Gedenkgläschen verteilt: vorne das Hatheyer-Porträt und hinten das Hakenkreuz. Auf jeden Fall auch wieder das Kreuz. Und die Männer und Frauen aus dem Ötztal?

Der Oetztaler Bergbote macht brav und intensiv Werbung für den Film.

Ich kann mit niemanden im Tale darüber reden. Auch nicht 2012 und schon gar nicht mit Kollegen der Volkskunde. Keiner hat die perfekte und totale und perfide und nachhaltige Vereinnahmung der Sagen und der (sogenannten) Volkskultur durch die Nazis überwunden. Auch noch 70 Jahre danach.

Die Fotos, die Porträts der Ötztaler Frauen und Männer im Buch „Das deutsche Volksgesicht. Tirol und Vorarlberg“ von Erna Lendvai-Dirksen darf ich nicht herzeigen.

Die aufgeschriebenen Erzählungen der Einheimischen aus ihrer Sagenwelt und der anderen Geschichten rundherum soll ich besser in der Schublade belassen. Trotzdem folge ich mit viel Spannung den phantasievollen Ausschmückungen und Ergänzungen und Neuformulierungen der Wilhelmine von Hillern in ihrem 1874 erstmals erschienenen Roman „Die Geierwally" und vermische das alles mit meinen neuen Phantasien auf meiner erfolglosen Suche nach der lebendigen, der menschlichen WALLY in den heimischen Bergen, erstens im längst verschwundenen alten Hof weit oberhalb des Freistabl-Hofes meiner Großmutter und zweitens auf den weiten Weideflächen der viertausend oder fünftausend Schafe im Niedertal, auf Ramol, auf Marzell, auf Samoar und daneben im Rofenberg, am Kreuzberg, am Fuße von Finail und am Weg zum riesigen Gepatsch. Ich muss Jahr für Jahr daher kommen. Immer, fast immer auf der Suche nach diesem Wilden Weib, das die Leute dann Wally genannt haben. Sie ist real vorhanden. Sie versteckt sich. Sie verwandelt sich von der Bauerntochter, die der Vater verstoßen hat, zur wilden Wally und weiter zur Saligen und vereint in sich die Gedanken- und Vorstellungswelt der Einheimischen in den alten Sagen. Ich suche sie real und wirklich, kann sie aber nicht finden. Also folge ich einigen niedergeschriebenen Aufzeichnungen, ergänze und erweitere sie und lass meiner Phantasie freien Lauf.

So ist die Wally unterwegs gewesen. Auf der Flucht vor ihrem Vater und dem vom Vater ausgesuchten Bräutigam. Den die Wally nicht will. Den sie mehr und mehr zu hassen beginnt.

> „Sie fiel und fiel, aber sie konnte nicht zur Tiefe kommen, und da war es plötzlich, als stemme sich ihr von unten ein Luftdruck entgegen, der sie nicht hinunterließe, sondern sie höbe und emportrüge. So schwebte

sie auf, immer kämpfend um das Gleichgewicht, das sie beständig zu verlieren fürchtete, bis zu den Gipfeln Murzolls. Aber sie konnte nicht Fuß fassen auf dem Felsen, wie ein Schiff, das nicht anlegen kann. Ein furchtbarer Wirbelwind hatte sie erfasst, und sie mühte sich vergebens, sich an der nackten Wand anzuklammern. Schwarze Gewitterwolken ballten sich um sie zusammen, durch die gespenstisch bleich der schneeige Scheitel des Berges hindurchragte. Feurige Schlangen durchfuhren die schwarze Masse um sie her, ein Donnerschlag krachte, dass der Berg erdröhnte, und sie wurde wirbelnd zwischen diesen Gewalten hin und her geschleudert. Sie hatte immer die Angst, dass der Sturm sie umkehre, denn sie fühlte, dass, wenn sie mit dem Kopf nach unten käme, sie in die Tiefe stürzen müsse. Und sie bog sich und wand sich wie ein Schifflein auf den schaukelnden Luftwellen und mühte sich ab, den Kopf oben zu behalten. Aber da hob es ihr die Füße auf, und sie fühlte, wie die Schwere des Kopfes abwärts wuchtete. Sie wollte in den Sturm und den Donner und die schwarze Wolkenwand hinein um Hilfe schreien, aber sie brachte keinen Ton heraus. Das Entsetzen schnürte ihr den Hals zu. Da plötzlich ward sie gehalten, sie fühlte festen Grund, sie lag in einer Bergschlucht, wie sie meinte. Aber es war keine Schlucht – es waren riesige steinerne Arme, die sie umfingen. Und siehe, aus dem dichten Gewölk heraus bog sich ein mächtiges Antlitz von Steinen über sie. Es war das greise Antlitz Murzolls."

Es ist wieder die Traumgestalt wie in C. G. Jungs Archetypen. Hier in der Sage. Hier in den Armen des riesenhaften Murzoll. Dort in den Armen der Mondfrau oder in den Armen der Erdmutter. Sie ist nicht zerschmettert und tot. Sie lebt weiter. Sie ist Teil dieser eiskalten, dieser rauhen, dieser schrecklichen Bergnatur und zugleich der wundersam weichen Arme und im Schoß wohlgeborgen bei der Mutter. Es ist der Wally geschehen. Immer und überall sehe ich sie. Dann nährt sie sich von Ziegenmilch, schleckt den Schaum von ihren Fingern. Flüchtet vor dem Vater und sinkt in die Arme des riesenhaften Murzoll. Wird dann im Kristallpalast wohnen. Die Saligen werden sie aufnehmen. Sie ist gerettet, sie wird alle Zeiten überdauern. Auch wenn das schrecklichste, von Menschen verschuldete Unheil über die Berge kommt. Wenn sich die Natur wehrt gegen die in sie geschlagenen Wunden, gegen die durch gewaltige Maschinenmonster und durch gigantische Sprengungen zerschossene Gipfel, gegen die zugeschütteten Gletscherspalten und gegen alles Unheil in den Zeiten der drohenden Bergzerstörung. Geil und reich, wie im neuen Feenreich der Zuhälter des Schnees, der Gletscherherren und der neuen Bergböcke, knapp vor dem Untergang.

Die Wally werde ich weitersuchen. Werde sie aber nicht finden.

Der mächtige Murzoll steigt aus dem Eis der Ferner heraus. Mächtige Pranken. Er kann Berge zertrümmern, Felsen mit den Fäusten zerschlagen. Es werde zu Staub. Er steigt ins Tal hinaus durch Samoar, vorbei am Schalf und an Ramol. Wo er geht, drücken sich die Spuren seiner Zehen in den Fels. In die Schlucht donnern Lawinen von Felsen und Gestein, nachrollende Stein- und Schuttlawinen, das Rieseln des feinen Sandes, das Rauschen der niederbrechenden Felsen, immer weiter talauswärts. Mit seinem mächtigen Bart an den Felswänden gestreift. Wundersame Blüten wachsen. Der Murzoll rauscht aus der Schlucht, steigt über die Felsen, streift mit den Fingern alles Wildgetier von den Felswänden. Nimmt eine

Gämse zwischen die Finger, streift mit dem Finger über das Fell der Gämse, prüft die Stärke der Hörner, prüft die Gesundheit der Euter, prüft der männlichen Gämse die Gesundheit der Zeugungskraft, stellt sie wieder sanft auf die Felswand, lässt den sanften Hauch seines Atems über den Felsen. Schwebend wie eine kleine Wolke. Wie einen Hauch des Mächtigen Mannes.

Der Murzoll wird als Rächer kommen. Eines Tages, wenn die Ferner wieder aus den Karen und Steilhängen verschwunden sein werden. Wenn die Menschen die von den Resten der Ferner herabrinnenden Bächlein aufgefangen haben, weiter drunten im Tale hinter riesigen Mauern gestaut haben werden, wenn das dort zu gewaltigen Stauseen gestaute Wasser durch den Berg durchgeleitet wird. 25 Kilometer durch die Berge, durch zwei Täler, nach 25 Kilometern wieder freigelassen, in Rohre geleitet, zu mächtigen Turbinen. Von den Turbinen in mächtigen Röhren ins Tal hinuntergeleitet, hinein in ein Bauwerk, das sie Wasserkraftwerk nennen, über hoch in den Himmel über dem Tal gespannten Drähten, riesigen Spinnennetzen gleich, übers ganze Land gespannt, vom Land hinausgespannt ins Nachbarland, wo die DEUTSCHEN wohnen, den Strom bergaufwärts leiten können. Wo die Natur ein Ende gefunden hat. Verstromt und verleast und verkabelt ist unser Land. Mächtige Herren herrschen über diesen Strom aus den Gletscherbächen dieses Tales und anderer Täler, vieler benachbarter Täler in unserem Land, im Nachbarland, im Nachbarstaat. Alles was ihnen gehört, haben sie, sagen sie: redlich erworben, der Chef des Landes ist der Chef des Wassers, ist der Chef der gemeinsamen Gesinnung. Alles gleichgeschaltet und verkabelt.

Der Murzoll ist in den dreckigen Resten der letzten Gletscher stecken geblieben. Er liegt im Schlamm, der an den Rändern der ehemaligen Gletscher zurückgelassenen Massen von Erde, Schlamm und nassem Sand. Dazwischen das winzige Getier der Berge: Gletscherflöhe, Spinnen, Wanzen. Der Murzoll vergräbt sich in Sand und Schlamm, gräbt sich immer tiefer. Dann erstickt er. Dann verreckt er. Das Röcheln widerhallt in den Felswänden. Niemand hört das Röcheln. Niemand im Tal weiß etwas vom nahenden Todeskampf. Die Gämsen auf den Felsplatten halten inne. Sie weinen. Sie kratzen sich am Felsen die Klauen wund. Sie rutschen, selbst zum Tod verurteilt, die Felsplatten immer schneller hinab. Rutschen in den Tod. Es könnte eine inwendig-tierische Todessehnsucht sein. Ich weiß es nicht. Im Gehabe ist es ähnlich den selbstmörderischen Lemmingen, wenn die in die Tiefe stürzen. Sie ruhen neben dem gestorbenen Murzoll. Können nicht mehr leben. (Nimmt die Natur dieser Bergtäler keine Rücksicht auf Mensch und Getier?)

IM HOF UND IM TAL

Wieder im wilden Besental. Bei den Lawinen. Das Graben und Stochern in den Lawinenhäufen. Die kaputten Zäune. Jahr für Jahr mit den festen Bergschuhen hinauf. Ein langes Brett, manchmal zwei kürzere auf der Schulter. Es drückt auf die Schulter. Ich stapfe, tappe und rutsche, immer weiter bergauf. Steilhang, verfluchter Steilhang. Mehr als 60 Prozent über 50 Grad. Gerade recht zum Verfluchen und zum Heulen. Dann wieder ausgerutscht. Die Bretter von der Schulter auf den Boden. Auf dem alten Gras gerutscht, hundert Meter und weiter. Die rechte Hand aufgerissen. Es blutet. Die Bretter rutschen weiter. Ich hole sie herauf, stapfe wieder hinauf. Blut an den Händen. Ich verfluche das Tal und den Steilhang. Ich will alle Beziehungen zu den Felsen, zu den Lawinen, zu den Steinblöcken, zu den Wässerchen, zu den Blumen, zu den Regenwürmern, zu den Menschen der Nachbarschaft abbrechen. Alles hinausschwenzen lassen. – Wenn wieder einmal die Saligen Weiberleute mir dabei helfen. Wenn ich ihnen helfen soll beim Wolken anschieben, beim Bächlein aufstauen und ansteigen lassen, es zu einem reißenden Wasser anwachsen lasse, alles verfluchend und den Rosenkranz zwischen den Fingern. Gegrüßet seist du große Not, verfluchter Berghang, gesegnete Wasserflut, donnernde Lawinenmonster. Ich habe sie gesehen. Droben abbrechen. Mit der Saligen habe ich mich draufgehockt, habe ihr zugeschrien: Lass nit locker. Gleim pack es an. Lass es rutschen und rinnen und donnern und heulen! Schreit sie zurück: Befiel der Kirchenglocke, sie solle schweigen. Die Hex ist los. Jetzt bin ich da. Eure Rächerin. Habt geflucht und gehurt und jetzt will ich draufsitzen, mit dir auf der Lawine hocken, mit dir im wilden Bach zu Tal sausen. Lass dieses armselige Bauernzeug sein. Komm zu mir. Ich brauch einen starken Mann. Ich bin die Salige und will Erlösung finden. Dann hat es wieder angefangen zu bluten. Ich habe den Hammer auf das Brett geschlagen, wild drauflosgeschlagen, das Brett bricht mitten auseinander. Ich muss ein neues Brett holen. An diesem Vormittag habe ich zehn Meter Hochmahdzaun aufgerichtet, habe Bretter aus den vergangenen Jahren aus dem Wald herausgeklaubt, bin damit, wie es nicht anders sein kann, ausgerutscht. Im Steilhang der Hölle zu. Den Rosenkranz in die Hosentasche gesteckt. Auf sämtliche Vaterunser und GegrüßetseistduMaria vergessen. Freudenreicher Rosenkranz. Am liebsten den Schmerzhaften. Den sie manchmal am Sterbebett beten. So habe ich die Erinnerung an ein altes Leben bewahren und retten wollen. Die Hexen haben mit der alten Kirchenpatronin gestritten. Santa Katharina. Dich haben sie gerädert. Mein Bergaufstapfen mit dem Brett auf den Schultern, das Abrutschen, das Kopfanschlagen am Felsen, das Bluten, das Blutstillen und das alles ist wahrlich harmlos gegen Santa Katharinas Pein beim Rädern. Ich kann es nicht wie sie: den Schmerz ganz einfach wegbeten, bannen, in den Himmel zu fahren oder sonstwohin und dann auf dem Sterbebildchen meinen Namen finden: Herr gib ihm die ewige Ruh. Verschone ihn und uns alle zusammen.

*

Drüben hinter dem ersten Rücken in einer kleinen Mulde steht eines meiner Mutterschafe. Es hat sich von der Herde abgesondert. Ich sehe, es würde ein Lamm oder auch noch ein zweites aus dem Mutterschaf, die wir „Ebe“ nennen, herauskommen. Ich gehe zur Ebe hin. Sie kennt mich gut. Sieben Jahre habe ich sie kennengelernt. Sie kennt mich. Sieben Jahre lang. Die alte Braune und ich. Dann fasse ich sie. Dann umarme ich sie. Die Ebe wartet und drückt. Ich spüre ihren Schmerz. Es geht kurz und ohne Probleme. Ich schaue ihr zu, wie sie das Lämmchen abschleckt, wie das Lämmchen aufzustehen probiert, wie es tollpatschig hinfällt, sich aufrichtet, aufrichten will, wie die Mamma nachhelfen kann, es aufrichten kann, mit einer sanften Bewegung ihres Kopfes. Und das Lamm steht und will nach wenigen Minuten Milch, Muttermilch. Es tappt unbeholfen unter der Mamma herum, sucht mit dem Kopf, sucht mit dem Mund, will es riechen können, greift und tappt zu weit nach vorne. Das Mutterschaf leckt es am After, treibt es an die nährende Quelle. Und keine zehn Minuten später stößt und säuft das Lamm, das Schwänzchen beinahe rasend schnell auf und ab. Es bildet sich Schaum. Es kommt die Erlösung. Das Lamm lebt und säuft. Leben und Tod nebeneinander. Am Steilhang in der Mulde das neue Leben. Drunten im alten Hof auch hoffentlich bald neues Menschenleben. Da muss ich noch warten. Vorher muss ich die Totalzerstörung des Tales verhindern. Es wird nicht sein können. Der Talterror ist größer und härter und mächtiger. Die oberste Garde der geilsten Touristiker hat uns den Krieg erklärt. Wenn ich ihr komplettes Feindbild geworden bin, werden sie mich abschlachten. Wie ein Opferlamm. Denke ich und will das Lämmchen auf den Schoß nehmen. Die Schafmamma steht daneben und will Leck, Getreideschrot, ein Stück hartes Brot. Das habe ich immer bei mir. Und einen Blutstiller. Und ein Taschenmesser. Manchmal ein Taschentuch. Im Rucksack den Hammer, eine Zange, zwei verschiedene Schraubenzieher, einen Sack Nägel, größere und kleinere, einen Sack Schrauben, größere und kleinere, ältere Kreuzschrauben der früheren Schraubengeneration. Manchmal steckt in der kleinen Tasche am Rucksack ein Zettel. Mehrere Zettel, in einem Wanderhotelbrotbeutelchen aus Leinen und ein Bleistift. Wenn die Schmerzen nachlassen, werde ich ein paar heutige Tagesnotizen aufschreiben und ein paar Gedanken für den nächsten Leserbrief.

Ich will den stumpf gewordenen Bleistift spitzen. Mir fällt nichts ein.

Die bevorstehende Zerstörung kann ich noch nicht in Worte fassen. Das kommt erst nach und nach. Wenn ich aus der Hütte schaue, sehe ich Berge, schöne Berge, hohe Berge, steile mit Felswänden, solche mit Resten der alten Gletscher, solche in der Sonne, solche im Schatten. Oben zwei Schutzhütten. Bergspitzenhütten. Das Alleroberste. Nutzlos. Touristisch vielleicht brauchbar. Alles muss der Brauchbarkeit geopfert werden. Die Steilhangbauern des Tales brauchen diese Tourismushütten nicht. Meine Vorherbauern auf unserem Hof haben die Berge mit den Bergmähdern zum Mähen, zum Heutrocknen, zum Heutragen gebraucht. Eine weitere Kuh mehr im Stall. Einen beschwerlichen Sommer zumindest von Mitte Juli bis Ende August haben sie gemäht, haben den kurzen Bergmäherrosenkranz gebetet, haben geflucht, sind bei einfallendem Schnee beinahe erfroren. Der Rücken nass. Der Korb auf dem Rücken und keine Zeit zum Austrocknen und Heilen. Dann haben sich von Jahr zu Jahr ihre Rücken immer mehr gekrümmt. Sie haben nur mehr auf den Boden geschaut. Die Blicke nicht mehr himmelwärts. Unten liegt eine Truhe bereit.

Ich bastle drei Tage am Schafzaun, rutsche immer wieder aus, nagle die Bretter an die Pfosten, hole aus dem Wald junge Bäume, räume Lawinenreste weg, solche Lawinenschneeäste und alles verbogen und herumgedreht und zum Verrecken zerzaust. Von diesen Lawinenschäden träume ich viele Nächte. Ihr glaubt es nicht. Ich weiß es. 92 auf 93, in diesem ersten dort am eigenen Hof erlebten Lawinenwinter habe ich dann im Frühjahr drei und vier

Wochen beinahe täglich Lawinenreste weggeworfen, die Äste zu Haufen, die Steine zu bereits vorhandenen Steinhaufen, sie immerzu vergrößernd, wie es schon die Alten seit vielen Generationen getan haben. Die Steinhäufen sind gewachsen. Ich werfe Stein auf Stein. Stecke kleinere Steine zwischen die Größeren, weil ich weiß, wie dann die Schafe und die Ziegen auf diesen Häufen herumsteigen und wie sie lockere Steine hinunterkollern lassen, unbeabsichtigt, wie es in ihrem Wesen begründet ist. So gescheit ist das so dahergesagt und dahergeschrieben.

Ich will heute keinen weiteren Zettel mit Bergbauernideen vollkritzeln. Ich will schleunigst hinaus durch das Tal an meinen Archiv-Platz mit den vielen Büchern und dem Schreibpapier in den Kartons.

Wenn ich den Zaun wieder an der beinahe gewohnten Stelle im Steilhang aufgestellt habe, dann kommen im Frühjahr die Schafe und Ziegen und können nicht weiter hinauf in eine neue Freiheit. Sie sind eingesperrt, eingezäunt. Sie düngen die Steilhangwiesen, lassen lockere Steine aus den Steinhäufen in die Tiefe und vorerst auf die Wiesen kollern. Dann muss ich wieder kommen und diese Steine wegräumen, auf den vorhanden Steinhaufen werfen, besser noch, sie so darauf legen und einklemmen, dass sie Schaf- und Ziegentritt gesichert sind. Dann kommt wieder ein Herbst und im Oktober räume ich den Zaun wieder ab, trage die Bretter in den Wald hinein, wo sie hoffentlich lawinengeschützt den kommenden Winter überdauern können und dann wieder im Mai neu aufgerichtet werden können und dann wieder im kommenden Oktober abgetragen werden können, in den Wald hinein an sichere Stellen, an vermeintlich sichere Stellen. Wenn ich denkend und grübelnd wieder dort droben stehe, achte ich zuwenig auf mich wegen der dortigen Steilheit, rutsche ein Stück, ein Brett zersplittert, fügt mir eine Wunde zu, lässt das Blut heraus. Ich bin wieder dort angelangt, wo das Bergbauernleben dem sicheren Ende zugehen muss. Das alles wird sich die kommende Generation nicht mehr antun, denke ich.

Beim Absteigen zum Hof grüße ich den vorbeigehenden Nachbarn, frage ihn nach dem schlimmen Lawinenwinter und wie es den Vis-a-Vis-Hof zertrümmert hat und wie vom Loobferner eine Eislawine ins Tal gedonnert ist und den Seitern die Häuser zerdrückt hat. Ich frage nach der Jahreszahl. Der Nachbar nennt Jahr und Monat und Tag: 29. Februar 1951. Wird so gewesen sein. Dieser Nachbar, mein Nachbar, hat alle Daten im Kopf. Hat alle Talbewohner in seinem Kopf samt Geburtsjahr, Geburtsmonat und Geburtstag und hat alle Sterbedaten im Kopf. Ich weiß von seiner Weisheit und vor allem von seinem Geschick im Umgang mit Holzzäunen, Heustädeln, dem Pille, dem Traggestell, das sie Ferggl nennen und wie Wunden geheilt werden können. Der andere Nachbar kommt am späten Nachmittag und will von mir, dass ich eine Eingabe an die Bezirkshauptmannschaft schreibe und ein Ansuchen an die Gemeinde wegen der Entschädigungen durch die Lawinenschäden des vergangenen Jahres. Schlimmer wie 1993 ist es dann nach dem Winter 1998 auf 1999 gewesen. Das habe ich sorgfältig aufgeschrieben, wie der amtliche Schätzmeister von der Landwirtschaftskammer einen ganzen Tag herumgeschaut und herumgefragt hat und angefangen hat, die Länge der zerstörten Zäune abzuschätzen und in seinen Notizblock einzutragen und wie er dann eine runde Summe von damals 45.000 oder 50.000 Schilling zusammengerechnet hat und eine angemessene Entschädigung aus dem Katastrophenfond versprochen hat und wie dann kläglich-armselige 4.000 damalige Schillinge eingetroffen sind. Darüber rede und schreibe ich immer wieder. Auch vom Zorn auf diese beamteten Bauernleger und Kulturzerstörer; beinahe wie die Seilbahnmonsterherren draußen und drinnen an den Schaltstellen der Macht.

Noch einmal muss ich das kleine Lamm in die Arme nehmen. Es ist weiblich. Wieder etwas für die Aufzucht meiner kleinen Herde, meinen Lieblingen der alten braunen Gebirgssorte. Dann brauche ich wieder einen Widder. Er muss gehörnt sein. Keiner, der auf Menschen losgeht, nicht ein solcher, der einmal auf mich losgegangen ist. Immer von hinten her, wenn ich nicht aufgepasst habe. Es ist alles gut gegangen. Ich bin gesund geblieben. Die Wunden sind verheilt. Das Tal hätte gute, hätte allerbeste Chancen zum Überleben. Mit Kind und Kegel sozusagen. Aber wir haben keine Kegelbahn im Tal. Auch nicht neben der kleinen Kirche und dem Gasthaus. Es kegelt niemand. Die Frauen beeilen sich und müssen zum Kochtopf und in den Stall. Die einzige der übriggebliebenen Kühe soll notgeschlachtet werden. Ich werde mich dem Kuhtransport anschließen und werde mich erschießen lassen. Die Wampe und die Eingeweide der kranken Kuh werden in den Bach geworfen. Vier Kilometer weiter draußen ist alles vorbei. Die Wampe und die Eingeweide sind an den Felsen zerschlagen worden. Alles geht, so sage ich, seinen natürlichen Weg. Ich möchte dabei sein.

Ich werde die Jahre und die Zeit noch erwarten, die alles andere als die gelobte Zeit im neuen Paradies sein wird. Dafür ziehen die verbliebenen Gläubigen am Sonntag zum verpflichtenden Sonntagsgottesdienst in die Bergkirche unter dem Felsen und dem deftig schreienden Sonntagsprediger mitsamt seinen Verheißungen eines Paradieses in der „anderen“ Welt. Gelobt sei Jesus Christus und die Allerheiligste Dreifaltigkeit. Wenigstens dieser Trost ist ihnen geblieben. Manchmal schließe ich mich der kleinen Gruppe an.

Ich weiß aber nicht, wohin es wirklich gehen soll, wer uns helfen und erlösen kann, wer die Milch zum Pfarrer bringen wird, wer das Allerheiligste zum Gebet in der Stube aufstellen wird, wenn der letzte Talmensch verstorben sein wird. „Dahingeschieden" wie die Leute noch immer sagen.

Gottes Strafe kommt mit den Lawinen, den Muren, den schrecklichen Kinderkrankheiten, den debil gewordenen Schnapskindern, den Mohnzuzelkindern. Alles Gute kommt von oben. Sall wöll. Sie haben Jahrhunderte überstanden und sie werden auch noch im Sterben zuerst laut und immer leiser werdend Vergeltsgott sagen, den Rosenkranz zur Hand nehmen, die gnädige Aufnahme in den Himmel erbitten, sich im Stadel an einem Strick erhängen oder so wie immer wieder von einer mächtigen Lawine erlöst werden.

Mein erster Versuch, das Purgatorio zu finden. Meinen Ort der Läuterung droben in den Bergen. Im vergangenen Jahr habe ich den ersten Versuch gemacht. Ich habe droben am Ferner das Tor nicht mehr gefunden. Ehemals sind dort die Saligen aus und ein gegangen. Manchmal Schafe. Der Hirt in der Sommerhitze. Ich will zum großen Versammlungsplatz kommen. Dort will ich eine der Saligen treffen. Eine Heilige. Eine Hure. Eine Madonna aus Eis. Ich suche das Tor. Nahe am Ferner das Rauschen von innen her. Das Tor ist verschlossen. Ich habe für die erste Nacht hinter dem Großen Stein eine Mulde gefunden, habe von unten Latschenzweige geholt, habe mein Gämsenfell draufgelegt, habe das Wasser gehört, bin eingeschlafen, meinen Bergstock zur Seite gelegt. Den Weg der Sonne verloren. Ich habe alles auswendig lernen wollen von der Verheißung des goldenen Zeitalters in den Bergen. Dort soll ich hingehen und büßen. Die „Armen

Seelen“ liegen dort im Eis und warten. Meine Lust nach Buße vergeht. Es wird eiskalt um mich herum. Dann sehe ich im Traum eine Schar, die sich mir nähert. Ich erkenne einige Leute. Meinen Tatte, meine Mamma. Alle in alten Kleidern. Sie summen und beten. Ganz leise kommt der Zug der Toten. Hinter Mutter und Vater kommen die Großeltern, Naale und Neene, die aus dem benachbarten Pitztal, die aus dem Kurzlehnertal. Vrgaltzgött summen sie. Gott möge ihnen vergelten und alles verzeihen; sie wollen ja büßen und beten und ausharren und die Bestrafung erflehen. In alten Gewändern dahinter der lange Zug der längst verstorbenen Menschen aus meinem Geburtsort, lange und kurze, dicke und dünne, sowieso bunt durcheinander Männer und Frauen und Kinder und ein paar haben ihre Ziegen mitgenommen, einen Hund. Das kann nicht sein. Ich träume. Sie murmeln die alten Gebete in der altertümlichen Sprache, wie sie dort vor sechzig oder vor achtzig Jahren gesprochen worden ist. Sie begrüßen sich. Männer nehmen den Hut ab. Frauen haben sich vom Hals bis zu den Füßen in dunkle Gewänder gekleidet, schwarze Kopftücher umgebunden. Geheiliget statt geheiligt beten sie und vermaledeit und sellamool wöll und sie machen das Kreuzzeichen, knien nieder, stehen auf, richten ihre Kleider zurecht. Das Murmeln wird lauter, eintöniger, wie ein Bienenschwarm das Gesumme vieler betender Menschen, Litaneien betend, Rosenkränze betend, „der für uns das schwere Kreuz getragen hat“, „der für uns Blut geschwitzt hat“. Alles ist tot und trotzdem hört das Singen und Summen nicht auf. Ich verstecke mich hinter dem Felsen. Wenn ich mich heimlich bekreuzige, kommt es mir vor, dass alle Büßenden kurz innehalten, sich bekreuzigen, niederknien, wieder aufstehen, weitergehen, weiterwallen, gleichförmig und unaufhaltsam.

Mein Traum geht zu Ende.

Die Schar der Toten verschwindet im Ferner. Das große Tor aus Eis ist geöffnet worden. Der lange Zug der Büßenden ist im Eis drinnen verschwunden. Dann höre ich das Kreischen und Krachen. Das Tor ist zusammengestürzt.

So schnell als möglich suche ich einen anderen Platz.

Mein „Purgatorio" steht noch nicht bereit.

Rundherum in den großen Fels- und Gletscherbergen suche ich in den nächsten Tagen und Wochen die Orte der Verdammnis und des Büßens, suche den Ort der Bestrafung, die Hölle der Berg- und Gletscherwelt, will wie bei Dante die Kreise ziehen, einen ersten Kreis „Limbus", einen zweiten Kreis für die Triebhaften, den geilen Sepp und die Moidl, den dritten Kreis für die Fressgierigen, den Hiasnsepp und die Kaschperlaa, den vierten Kreis für die Habsüchtigen und Verschwender. Da kommt der Dicke auf mich zu, will mich umarmen, will seine aufgedunsene Schwester den Geldbeutel leeren. Suche und erkenne ich den fünften Kreis der Jähzornigen und Verdrossenen. Habe von denen fast alle gekannt, Nachbarn und Verwandte wie in den anderen Kreisen. Im sechsten Kreis schleichen, in dunkle Büßergewänder gehüllt, die Ketzer an mir vorbei. Jetzt erkenne ich sie. Allesamt sind es Leute vom Dorf, vom Tal, Nachbarn und immer wieder die Schar der Verwandten. Zwischen Similaun und Mutmal und den Marzellspitzen irren sie herum. Ich male ihnen den Kreis, schicke ihnen Raketen und will den Ring sprengen. Ich will zumindest einigen von ihnen zu Hilfe kommen. Will für den weniger Sündhaften einen Rosenkranz versprechen, den ich in den kommenden Tagen beten will, und für den anderen will ich einen Tag lang beten. Da sehe ich die Schar der Missmutigen, der Betrübten, der

Traurigen, dieser Sorte ohne deutliche Sünden und Laster und will ihnen helfen. Mit dem alten Arzt Götsch von Tschars will ich an ihnen die Eistherapie anwenden, das stundenlange Liegen im Eis des Kristallberges. Sollen dort genesen. Sollen dort, ja es ist so, Frostbeulen ausheilen. Sollen in den alten Schäferhütten hausen. Sollen darben und büßen. Und ich ziehe die Kreise weiter und unterteile sie, bis ich alle Vergehen, alle Lasterhaftigkeiten, alle Gebrechlichkeiten, alle Bresthaftigkeiten mitsamt allem Gram und Grauen in einen der untergeordneten Kreise eingebunden habe. Ich will alle Höhlen und Gletschertore öffnen, dass sie dort Platz finden. Dort sollen sie beten und büßen und sich gegenseitig in den grausigen Tod hinein martern. Es sind diese, die gegen Gott und den Papst lasterhafte Reden führen, die gegen die Natur sich versündigen, die zeitlebens oder zumindest durch Jahre hindurch als Verführer, Schmeichler, Postenschacherer, Wahrsager, Hexer, Zauberer, Heuchler, Diebe und Räuber gelebt haben, die als unsaubere Ratgeber, als Zwietrachtstifter, als Fälscher und selbsternannte Giganten der Lust und des Verbrechens ganze Dörfer, Täler und Länder verseucht haben. Es stinkt. Ich sage dir und sage euch: Es stinkt. Ich muss daran zugrunde gehen.

Mit dieser ersten Vision beende ich am 27. September 2011 in meiner Schreibkammer das von mir ersonnene Szenario. Ich bekenne, dafür Anleihen in den alten Sagen und Überlieferungen unseres Tales genommen zu haben und ich kann dies alles vergleichen mit dem Szenario, das vor knapp achthundert Jahren Dante Alighieri in der „La Divina Commedia – Die Göttliche Komödie“ vor allem in den Kapiteln Purgatorio und Inferno gezeichnet hat.

Es wird sich alles so abspielen. Das will ich bei nächster Gelegenheit einem meiner Vertrauten und Freunde erzählen. Da will ich auch probeweise dieses Kapitel vorlesen und ihn fragen, ob und wie es mit der Realität in unserem Heimat-Tal übereinstimmen könnte. Ich will nicht übertreiben, werde ich sagen. Es wird stimmen, wird der Freund sagen. Ich will ihm auch erklären, wie ich in meinem neuen Roman als letzten Teil der Trilogie das Tal-End-Szenario entwickeln und darstellen will. Er soll mir helfen, dass ich nicht zu schlimmen Übertreibungen neigen werde. Wir trinken miteinander. Dann gehen wir auseinander. Mein Traum geht in die Zukunft.

Ob ich das Tal wirklich retten will?

In der GEDÄCHTNISWERKSTATT weit droben im Bergdorf bei den Adlern, Lämmergeiern und schwarzen Raben, zusammen mit denkenden Menschen aus dem Tal will ich darüber diskutieren, wie es im Tal aussieht, welche Chancen es geben könnte, wie wir den Untergang verhindern könnten, wie wir es zumindest probieren könnten. Sellamool wöll. Sagen sie, kommt der Haid. Und mit ihm die zumindest vorletzten Denker des Tales. Es kann sein, dass auch einer oder zwei von den Parade-Tal-Touristikern dabei sein werden. Wir machen einen langen Nachtmarsch. Kopfüber hängen wir über der Schlucht. Immer wieder fallen wir zurück. Zerreißen uns die Schuhe. Finden keinen Halt. Im Dickicht der alten Fichten werden wir uns verstecken. Dort werden wir eine Nacht lang liegen und uns zureden und Mut machen und uns tarnen. Sogar Friedensverträge werden wir abschließen und solche Sachen zur Talerneuerung. Und sogar zur Talrettung. Da wird auch zumindest in Gedanken, trotzdem und beinahe leibhaftig ein solcher wie der Luis von Vent dabei sein. Den wir vor ein paar Monaten in Vent zu Grabe getragen. Ins kleine 150-Einwohner-Dorf zuhinterst im Tal sind an die tausend Trauernde gekommen. Seine älteste Nichte kommt mit ergreifenden Abschiedsworten. Onkel Luis, du bist immer das Vorbild gewesen. Auch der Wegweiser und der Arzt, leibhaftig auch der Tröster und auch Tal-Bewahrer. Du hast die schlimmsten Zugriffe verhindert, mit eindringlich machtvollen Worten, hast eine verheerende Naturzerstörung abwenden können, hast einen wahrhaft mörderischen Gletscherstraßen- und Seilbahn-„Zusammenschluss" verhindern können, anno 1980, dem Parade-Bergsteigerdorf zur nachhaltigen Zierde, hast in der alten Klugheit und Weisheit und Vorausschau die positive Vision Zukunft beschworen. Ich bin dabeigewesen. Ich habe einen Freund und Helfer und auch Mitstreiter verloren. Dann habe ich der Nichte gratuliert. Der Luis und der Senn, der Alpenvereinsgründer und der Weltpräsident der Bergführer und das alles in unfassbarem Kontrast zum Wüten der Macht- und Geldgeilen, der Paradetouristiker im Tal, in den eigenen Reihen. Rundum die Sonne, die frisch durch Neuschnee angezuckerten Berge. Hinten drinnen, vom Dorf aus nicht sichtbar, der weiße Berg der weißen Göttin ANA. Hunderte Male wird er dort die Nähe zu seinem Herrgott gesucht und auch gefunden haben. Es ist sein Similaun, sein Göttinnen-Berg gewesen. Der Schnalser Pfarrer hat zum Abschied das dort in der Wallfahrtskirche hochverehrte „Schnalser Mieterle" mitgebracht, ein Abbild der kleinen Madonna im goldenen Schrein in der Kirche im Schnalstal. Das Mieterle hat der Luis verehrt. Ich auch. Ich habe es auch verehrt. Und auch „meine Landgeherin" hat das Schnalser Mieterle verehrt. Inniglich. Da hätte ich weinen können.

UND NACH DER KATASTROPHE

Und nach der Katastrophe? Eine Katastrophe? Woher denn? Wird es sie wirklich geben und wie können wir sie aufhalten, stoppen, verhindern? Wir wissen es nicht. Kann es 2021 oder erst 2051 oder gar erst 2069 oder genau dazwischen sein? Verheerender und schrecklicher in diesem Tal wie 1951? Da hat es ganze Wälder von A bis Z, von Bodeneck bis zum Talbach, fast bis zur Kirche weggerissen. Dort drüben nur sieben Tote. In Vent nur einer. Gott hab ihn selig. Es ist wie Krieg. Es ist wie Krieg gewesen. Die Kanonenlawinen donnern, das Geschütz wie Feuerstrahl und ich stehe dort und warte, krieche in den Stall, fühle mich dort nicht sicher genug, flüchte in den Steinkeller hinter dem Stall, den Lawinenschutzraum, versuche das Beten. Besser geht das Fluchen. Am Schlimmsten ist die Angst. Ob sie kommt?

Es wird so sein: Sie wird wieder kommen. Vielleicht schon 2016 oder 2018. Ich weiß es nicht. Nachher wird nichts mehr so sein, wie es gewesen ist. Die kleinen Bergbauernhöfe werden verschwunden sein. Die Menschen werden abgewandert und ausgesiedelt sein; wie mein Vetter 1951 und es wird dann viel mehr Tote und Elend geben. Dann überfällt uns die Horde der Spekulanten, Falkner und Rummel und Gier und Pein. Ich kann es heute schon von weitem schmecken.

Ich, der Vorkriegsgeborene, der rechtzeitig noch Ende Februar 1938 Geborene, komme dann, knapp Fünfzigjährig, in dieses Tal, kaufe den armseligsten und den am mühseligsten zu bewirtschaftenden Hof des Tales, einen der „arbeitsamsten“ des ganzen Landes und warte in meinem Erdäpfel- und Weinkeller. Mitten unter solchen Extremmenschen. Arm und sehr reich. Bieder und überaus gebildet. Hausverstand über allem drüber und rettend. Mitten unter solchen Bergmenschen der alten Sorte. Hocke dann vor dem Haus und später vor meiner kleinen Holzhütte auf der Bank. Mein alter, mächtiger, alles umspannender, seit mehr als vier Jahrhunderten Haus und Hof-Beschützer ist an einem schrecklichen Lawinentag des Jahres 1999 umgestoßen, umgeworfen, ins Tal geworfen worden. Mein und unser Schutzbaum. Kann jetzt sorglos Heuhaufen anzünden, kann Ameisen zählen, kann allen Vorbeigehenden grieß di zurufen, kann den einen oder anderen, die eine oder andere einladen auf einen Trunk. Hoangarcht und Heimgarten könnte das sein und heißen. Die warmen Apriltage kommen ab der Mitte richtig in Hitze. Die Lawinen kommen. Endlich. Ein Donnern und Krachen und dann die Wolken, weiße Wolken und nahe beim Hof, hoffentlich und dieses Mal nicht zu nahe! Die Sirenen. Die Schutzlärche namens Stigelas, der Stigelas-Larch mitten im Feld, geköpft, geschändet. Ich fluche. Was sonst? Kann es diesmal so glimpflich abgelaufen sein? Nur drei Tote? Zwei Brüder und mein Verwandter, der Erbe. Alles aus und tot.

Mein Vater, der Tatte, erscheint als Partisan. Der Vetter Vinzenz erscheint in der Kaiserjägeruniform. Der größte und gescheiteste Mann des Tales. Der erste Kraftwerkbauer, lediglich und scheinbar armselig nur für sechs oder sieben Haushalte, zur Not halt und wenn nicht alle gleichzeitig das Licht in der Stube anzünden wollen. Mamma mit einem Sack Preiselbeeren, zu denen sie Granten sagen und alles Gute und Gesundheit und es wird niemand krank, nicht bei Fieber und stillen Seuchen. Mamma hat sieben Kilo geklaubt. Alle sollen rundum gesund bleiben. Auch gegen die gefürchteten Plattern, die Ruuselen, sagen die Einen, widersprechen die Anderen, sollen sie ein Wundermittel sein. Alles gegen Fieber und rundum als Mittagstischgetränk am Sonntag, mit reichlich Wasser, kaltem Bergwasser, als Getränk zu Braten, Schnitzel, Bratwurst. Mamma und Oma, das Naale, kennen alles. Beide kochen besentalerisch. Die besten Krapfen. Das beste Nüischmalz. So ist es und wir werden unsere Mundart wieder in den Mund nehmen, werden uns mit der Mundart zur Wehr setzen. Allein mit Worten in unserer Sprache.

Aber der Lawinenabwehr-Larch liegt tot und zerstückelt im Lawinenfeld. Ich habe einen Hackstock herausgeschnitten. Und warte auf eine Lawine, die ihn zumindest einhundert Meter ins Tal schiebt. Er möge am Talbachle, knapp neben der Straße, zu liegen kommen. Meine Baumleiche will ich neben mir haben, will sie streicheln, will ihr die Totenmaske vom Gesicht nehmen, will sie mit allen Segnungen dieser Talreligion bestatten können. Die rote Rinde lösen. Den ganzen Stamm entlang die Rinde lösen und daneben legen. Aber niemand im Tal kann mit einer Mundharmonika den Trauerwalzer spielen. Niemand im Tal kann einen Fotzhobel, eine Geige in die Hand nehmen, kann zumindest herumkratzen, ein paar Töne herauskratzen oder gar einen Trauerwalzer. Niemand im Tal kann musizierend die Menschen erfreuen, auch nicht bei feierlichen kirchlichen Anlässen, auch nicht beim Jubelfest zur österlichen Auferstehung, auch nicht und erst recht nicht bei Hochzeiten und Festen des Tales. Niemand singt. Niemand spielt auf der Geige. Niemand tanzt. Niemand weint. Auch nicht beim Begräbnis von Mamma und Tatte, von Naale und Neene und erst recht nicht von Vetter und Boosa, von Onkel und Tante. Spielt keine Rolle. Der Pfarrer kommt, segnet ein, spricht trostspendende Allerweltssprüche. Segnet. Tröstet. Lässt über den Mesner kassieren. Grüßt der Reihe nach seine illegitimen Kinder. Streichelt dem Buben übers Haar, schmeichelt dem geheimen Töchterlein, verspricht einen Job in der Raiffeisenkasse, vergießt das nicht getrunkene Restbier auf dem Gottesacker. Dann ist wieder Ruhe im Tal.

„Grieß di. Ein schöner Tag heute. Nachmittag kommen sie wieder. Beeile dich." Vom Leenenbach bis zum Roale messe ich mehr als zwei Kilometer. Eine einzige Lawinenschneise. Nicht ganz. Zehn Meter sind frei. Dort verschnaufen wir. Im April ist es gewesen. Meine Frau kann sich erinnern. Wir haben zugeschaut und haben gehorcht und haben gewartet. Auf das Krachen und Donnern. Nur einmal in meinem Besentaler Leben. Dann sind wir über die Petznerbachlawine geklettert. Amen. Es ist diesmal gut gegangen. Aber 2021 oder erst 2051 zum hundertjährigen Jubiläum oder gar erst viel später wird es kommen. Dann wird es das Bergbauerntal nicht mehr geben. Das Lawinental wird abgesiedelt. Die Landeselektrizitätsgesellschaft TIWAG wird endlich draußen die hohe Staumauer bauen können, 170 Meter hoch oder ein paar Meter weniger. Hat schon der langjährige Wallnöfergeselle Hermann Arnold den Plan verraten, das ganze Besental soll unter Wasser gesetzt werden. Hat er mir gesagt. Bin ihm dankbar. Landesherrliche Planung. Gottgegeben und ein Segen für das Land.

An solchen warmen Schneeaufweichungstagen hören wir kein Glockengebimmel, hören kein Auto, sehen kein Auto. Dann sind wir wie im Himmel.

Wenn es doch so ist, so denke ich vor meiner Holzhütte sitzend, wir schreiben das Jahr 2012, es keine Schafe und keine Lawinen gäbe. Und das ganze Kurzlehner-Tal, die vom oberen und die vom unteren Kurzlehner-Tal? Ich werde wieder den Erwin, den Nachbarn von der Puit fragen. Solche Leute und auch die vom Lehen, die ältere und die beiden jüngeren Leahnar Weiberleute, die Adelheid und die Töchter und nahe Verwandte, und die Edeltraud und alle zusammen haben die allerhöchste Begabung. So ist es. Sie haben nicht an Studium und Universität teilhaben können. Ausnahmsweise haben sie die Sängerinnen sein können. Vorübergehend ist ein solches, kleines Glück eingekehrt. Es ist nicht das Heimattal, wenn es nicht das Lawinen- und Schaftal sein könnte. Die Lawinen warten darauf.

Nach beendigtem Zerstörungswahnsinn beginnen wir wieder. Ich werde, wenn ich noch lebe, mitten drinnen stehen. Wir werden wieder von vorne anfangen. Wie vor 9.600 Jahren. Wie vor 5.300 Jahren (als der Ötzi zum Vorschein gekommen ist, aufgetaut ist, weltweit beforscht und missverstanden worden ist), haben wir auch im Jahre 2026 oder 2052 wieder ein neues Bergleben gesucht. Die Lawinen werden wiederkommen. Kinder und Kindeskinder werden auch wieder scharenweise, ganze Klassenzimmer füllend, wiederkommen, werden Heu tragen, Mist streuen, Erdäpfel ernten, vor dem Haus sitzen, Grantensaft trinken, das neueste Handy bedienen, Nachrichten aus aller Welt herunterladen. Was geht das mich an und was geht es das Tal an? Manche werden vielleicht beten. Am Sonntag die frommen Andachten verrichten. Amen und dann wieder sterben. So und nicht anders.

Oben im Wald. Auf dem Rücken liegen. Einschlafen. Träumen. Der Schrecken der letzten 10.000 Jahre; unvorstellbare Einsamkeit in den Bergen. Fromme Andachten in der kleinen Kirche. Bergkirche. Ich liege dort im Steilhanggras und schlafe ein. Sie kommen aus den Stauden herausgekrochen, tausendfach, krabbeln über das Moos, überklettern kleine Hindernisse, Stauden, kleine Äste, kriechen über Lawinenreste, überqueren Wässerchen, kleine aus dem Berg kommende Wässerchen. Ameisen kommen, Waldameisen der letztjährigen Ernte. Hungrig. Gierig. Neugierig. Sie krabbeln über das Moos, übersteigen die Lärchennadeln, erklimmen einen Ast, klettern und laufen. Zu Tausenden und zu Abertausenden. Immer näher kommen sie zu mir. Ich merke es nicht. Ich schlafe. Ich träume vom Mistausbreiten, von frommen Andachten in der Bergkirche, vom schreienden Pfarrer, vom Kanzelredner, von den Saligen, den Saligen Fräulein. Meine Herrin oben am Ferner. Aus dem Ferner herausgekommen, den weißen Mantel aus Schnee und Gold ausgebreitet. Wenn es so wäre. Das Glücklichsein. Alles vergessen können. Ich liege und schlafe und träume. Die Ameisen kommen. Hundert. Dann tausend. Dann zehntausend. Langsam über den rechten Arm. Im Moos und im Streu. Auf den Feldherrnhügel hinauf. Die Nase. Der Trupp nahe meiner Nase. In die Nase hinein. Die anderen folgen. Beide Nasenlöcher ein Tunnel und es kribbelt. Ich merke noch nichts. Ich träume von der Not in den Bergen. Von Abstürzen. Vom Heutragen und Stürzen. Von meinem Begräbnis. Begleitet von zwei oder drei Millionen Bergameisen, alle hinter der Führerin. Ich liege dort. Das ganze Kurzlehner-Tal ist verschüttet. Alle Wälder weg. Sämtliche Wälder sind in die Tiefe geschlagen, in die Schlucht gestürzt. Dazu alle Häuser. Über den Bergen dann wieder die Sonne. Wald- und Bergameisen sind neue Herrinnen und neue Rattengeschlechter sind von draußen ins Tal gekommen. Der steile Bergwald lebt. Ameisenheere haben den Wald erobert. Sie werden warten bis ich tot bin. Bis die Gedärme herausbrechen. Bis die Sonne wieder scheint, ist das neue Jahrtausend gekommen. Der Schnaps wirkt: Ich erbreche. Ein Fest für Ameisen. Tausende kommen, kriechen über meinen rechten Arm, kriechen über meinen linken Arm, erobern den Hals, klettern vom Kinn aufwärts, enden in den beiden Nasentunnels. Ich muss erbrechen. Ich muss niesen. Hundertfach werden sie herausgeschleudert. Sie bleiben am Leben und kommen wieder. Es packt mich das Grauen. Ich zittere.

Sie erobern meinen Körper. Kriechen in mich hinein. Erste Horden erreichen meinen After. Kriechen in den Nabel. Das Maul voll nehmen. Sprichwörtlich und hundert kleine lustige lebendige hungrige Bergameisen in meiner Nase, in meinem After, in meinem Mund. Die Augen voller Ameisen. Die Ohren voller Ameisen. Laufend und kriechend und kitzelnd und erbrechend. Dann will ich sterben. Ein Teil dieser schrecklichen Natur? Sie wollen ihren Ameisenhaufen. Ich will den stechenden Geruch der tausendfach über mich kriechenden und sich ergießenden Ameisen. Das soll sehr gesund sein: über dem Ameisenhaufen das Wasser ablassen. Die Ameisen aufgeilen. Sie spritzen mich an. Ich hebe die Handflächen zum Ameisenhaufen. Gierig sauge und rieche ich das vielgepriesene Heilmittel. Jetzt bauen sie über mir den Ameisenhaufen. Erst wenn ich tot bin, lange Zeit bereits tot bin und wenn ich verwest bin und wenn ich droben am Berghang der Natur wieder zurückgegeben bin, werden sie einen Staat aufbauen, werden als Herrinnen des Waldes noch viele tausend Jahre regieren. Auf meiner Verwesung. Davon träume ich.

Sellamool wöll hat der Nachbar gesagt.

Er hat mich gefunden. Drei Tage später. Jetzt sind wir erlöst. Hat er gesagt.

*

Bei Tagesanbruch hat es das große Beerdigungsfest gegeben. Bei Tagesanbruch läuten die Glocken. Die Leute wundern sich über die Farbe des Himmels an diesem Begräbnistag. „Jetzt ist er hiin“ sagen sie. Er ist tot, sagen sie und also wären sie erlöst von allem Übel der Dreckschleuderer und Nestbeschmutzer. Das Tal ist sauber. Die Wachtposten haben ihren Platz geräumt. Er ist tot. Die

Ameisen haben ihn zerfressen. Ist gut so. Am Steilhang bin ich oft genug ausgerutscht, habe das Piirle Heu über dem Kopf nicht mehr tragen können, bin ausgerutscht, habe die Heulast in die Tiefe geworfen. Niemand aus dem Tal der Neidbauern hat mich beobachtet. Nicht einmal der alte Veitlas. Das Läuten hat nicht mehr aufgehört. Immer mehr dieser geschundenen Bergbauern sind gekommen, werfen Alpenrosen oder den stinkenden Wermut auf den Sarg. Bekreuzigen sich. Es wird wie beim Begräbnis meines Onkels, den wir den Freistabler Vetter nennen, keine einzige Träne vergossen. Wir können das nicht begreifen. Die Nachwelt wundert sich über diese Härte. Wir läuten für die Toten. Für alle auf diesem Friedhof auf knapp tausendsiebenhundert Meter im steilen Bergtal, Lawinental. Der Nachbar Franz Josef, der Nachbar Erwin, der benachbarte Verwandte, das Seppele und seine Frau Waltraud können mich nicht mehr trösten. Ohne Zuspruch vermodere ich dort. Besser wäre wohl gewesen, sie hätten meine dem Fraß der Bergameisen überlassene Leiche im Dorffriedhof oder besser noch auf dem darüber befindlichen Teufelsfelsen verbrannt, hätten die Asche über meinen Bergen verstreut. Ich hätte es begrüßt, wenn sie einen Hubschrauber angefordert hätten zum Verstreuen der letzten Haid-Reste über den Felsen. Erbarme dich der Armen Seelen im Fegefeuer. Erlöse uns von allem Übel. Begreife das Land von Kurzköpflern und Aasgeiern.

Lass seinen Körper ruhen. Von Ameisen zerfressen, von gierigen Raben zerteilt, von meinen Aasgeiern bis auf die kleinsten Knochenreste zerstückelten und aufgefressenen Wirbelknochen für alle Zeiten in diesem Tal befreiten Nestbeschmutzer. Ich werde vom Himmel herunterschauen. Ich werde mich an die alten Sagen erinnern. Ich werde ihnen ins Tal hinunter tausendfach die Botschaften senden: Ihr seid selig und brav und fromm. Kommt alle in den Himmel, bekommt ein christliches Begräbnis, werdet in frommen Nachreden in alle Sphären des neuen Tourismushimmels gehoben. Auf die Ehre der Altäre, wenn es möglich wäre, Luis Pirpamer, Hanns „Buggls" Falkner, Nestbeschmutzer Hans Haid, Alpenguru Reinhold Messner. Alpenmenschen der Ötztaler Alpen.

Das Läuten für die Toten will kein Ende nehmen. Frauen legen die Trauerkleider ab. Männer saufen sich in den Tod hinein. Die einen leise und immerwährend traurig. Die anderen impulsiv und schreiend und polternd. Die Tische brechen auseinander. Die Frauen waschen die vollgekotzten Trachtenanzüge, bürsten die Lederranzen. Der Nachbar Seppl kommt nicht mehr aus dem Stall heraus. Unter der Kuh zusammengebrochen. Der Tag ist noch lange nicht zu Ende. Die Wolken haben sich ins Nachbartal verschoben. Die Ratten kommen aus den Löchern heraus. Am anderen Morgen halten sie das traurigste Begräbnis.

Ich bin mitten drinnen und lass die Leichenreden über mich ergehen. Ich habe mir das Verstreuen der Asche über meinen Gletscherbergen und Schafweiden gewünscht. Als Testament. Oder wenn die Lawine wieder kommt, soll sie mich mitnehmen in den Schneehimmel.

Mein Bergtal und meinen Altbauernbergbauernhof will ich mitten aus dem Denkmalschutz heraus von der glückseligen Lawine in die Schlucht reißen lassen. Ohne Feuer und Segen.

Ich hocke als toter „Haid" auf dem Kamin. Ich warte auf die 220-km/h-Staublawine und will standhalten.

BEGRABEN IM STOLLEN

Ich lasse mir die Geschichte erzählen. Wie der junge Hirt im Berg verschwunden ist. Virgil, Hirt und Freund, der Schäfer von Samoar und Ramol und Mutmal und Schalf, ist mit den Schafen unterwegs. Am Peter-und-Pauls-Tag kommt er zur großen Felswand. Er ist damals noch ein Knabe. In der Felswand sieht er einen tiefen Spalt. Er greift hinein. Es kommt ein kalter, ein eiskalter Lufthauch. Neugierig tastet er die Felswand entlang. Da öffnet sich der Spalt. Das Tor geht auf. Er geht hinein. Neugierig wie er ist. Drinnen empfangen ihn kleine Männlein mit langen weißen Bärten. Alle sind freundlich zu ihm.

Ich lasse mich hundert oder nur achtzig Jahre zurückversetzen. Virgil, der junge Schäfer, geht mir voraus. Ich folge ihm. Drinnen im Berg sind die Schätze verborgen. Allen Menschen verborgen. Virgil ist von den leuchtenden Schätzen geblendet. Er tastet sich weiter. An den glatten Felsen streift er entlang. Unermessliche Schätze haben die geheimnisvollen Männlein aufgehäuft. Durch viele Jahrhunderte aufgestapelt. Alle Schätze der Erde. Weiter drinnen der Gesang. Virgil hört leises Singen. Er kommt näher an den Gesang. Die kleinen Männlein ziehen einer hinter dem anderen wie in einer Prozession in den Berg hinein, immer tiefer. Die Männlein öffnen die erste Kammer. Hier ist alles Gold der Welt gehäuft. In riesigen Platten. Virgil tastet danach. Alles ist weit weg. Die Schätze sind verschwunden. Dunkle Nacht ringsum. Virgil spürt den kalten Wind aus dem Berg. Der Gesang hat sich entfernt. Virgil nimmt seine Hände von den Goldbarren. Sie sind wieder da. Virgil hätte sie nicht berühren dürfen. Dann eine zweite Kammer. Alles voller Edelsteine, in bunten Farben. Das Tor in den Himmel vermeint Virgil zu sehen. Und von weit drinnen der Gesang. Schwillt an. Vergeht. Der Wind fährt durch die Höhle, durch die tiefen Gänge.

Der Gesang wird immer lauter; zuerst noch erträglich, dann immer lauter. Virgil will sich die Ohren zuhalten. Es ist wie ein schrecklicher Schmerz. Dann wird der Gesang leise. Es hört sich an wie das Summen von abertausend Bienen und dann wieder das Singen einer Litanei, einer unaufhörlichen Litanei, auf- und abschwellend. Virgil tappt wieder an den Wänden entlang. Halt suchend. Wieder verschwindet alle Pracht, Virgil tastet mit den Füßen den Boden entlang. Eine Schlange umfasst seine Füße. Virgil stößt einen lauten Schrei aus. – Sofort kommen die hilfreichen kleinen Männlein. Es ist wieder Licht. Mehr als zuvor erstrahlt das Innere der Höhle. Immer heller und stärker scheint das Funkeln und Strahlen. Wie von einem Blitz getroffen wird Virgil auf den Boden geworfen. Seine Knie schmerzen. Es fließt Blut. Er spürt das Blut über die Füße rinnen, will das weitere Rinnen des Blutes verhindern. Virgil jammert. Und wieder kommen die hilfreichen kleinen Männlein. Sie trocknen mit feinen und feinsten Leinentüchern das Blut. Decken die Wunde mit heilsamen Kräutern. Virgil kann alles zusammen nicht fassen und verstehen. Dann wieder der Gesang. Wie das Rauschen eines mächtigen Wildbaches, anschwellend und über einen Felsen stürzend. Immer näher vermeint Virgil dem Ende zu kommen; dem Himmel oder einer Vorhalle der Büßer wie in den dem Virgil bekannten Sagen von der KALTEN PEIN im Gletscher. So kommt es ihm vor. Das Rauschen wie von einem Wasserfall im Inneren des großen Ferners, wo sonst nur die Saligen Fräulein wohnen und wo diese kleinen Männlein allzeit bereit sind zu allen erdenklichen Dienstleistungen. Sie vermehren sich nicht. Sie bleiben in ihrer Zahl beschränkt. Niemand weiß, wieviele es sind. Virgil will sie zählen. Dann hocken sie in der vierten Höhle rundum auf den Steinen. Sie tuscheln und flüstern miteinander. Virgil kann sie nicht verstehen. Ihm wird geboten, aufzustehen, weiterzugehen, die Augen zu verschließen. Der Gesang ist jetzt überaus lieblich. Alles, was er bisher in den Kirchen, bei den Gesängen zur Weihnachtszeit, gehört hat, verblasst gegen diese himmlischen Gesänge und die Stimmen der geheimnisvollen Sängerinnen. Sie sprechen nicht. Die Männlein sind stumm. Sie deuten und weisen ihn. Manchmal mit einem sanften Ruck. Dann geht es wie ein elektrischer Strom, wie ein Schlag. Endlich sieht er in die vierte Höhle, die überaus reich ausgestaltet ist, wo es über alle Maßen glänzt und schimmert und leuchtet und wo von den glatten Kristallwänden der Gesang widerhallt, sich bricht und wieder anschwillt. Da sieht er die Schar der weißen Fräulein. Zwanzig oder mehr. Virgil will sie zählen. Das gelingt nicht. Die Zahl der geheimnisvollen kleinen Männlein mit den weißen Bärten und Haaren hat er finden wollen. Immer dann, wenn er eine erste Reihe durchgezählt hat, ist dahinter eine weitere Reihe erschienen, immer aufgereiht, immer gleich aussehend. Die weißglänzenden weiblichen Wesen will er näher anschauen, will sie zählen, will näher an ihre Lippen kommen. Er will sein Ohr an einen Kopf legen können, will den Gesang in sich hineinnehmen wollen. Kommt er einem dieser geheimnisvollen weißglänzenden und strahlenden Wesen näher, verdunkelt sich die Halle. Will er eine von ihnen berühren und gelingt es, weicht alles Licht. Dann beherrscht völlige Dunkelheit den Raum. Virgil sinkt nieder. Wie von einem Blitz getroffen. Wieder helfen ihm die Männlein. Er weiß nicht, wie lange er durch die Hallen und Gänge gewandert ist. Er spürt keinen Hunger, keinen Durst. Aber er ist müde. Die Saligen heben ihn auf. Breiten ihre Arme aus, umfangen ihn, küssen ihn, hauchen ihm wieder Leben ein. Virgil schläft einen tiefen Schlaf. Er träumt diesen süßen Traum, der ihn immer schon beim Lesen der alten Sagen von den Saligen erfasst hat, von diesen glänzenden und strahlenden Gestalten in der Gletscherwelt, in den tiefen Höhlen und Gängen der Gletschertore. Sie sind hilfreich, weiß Virgil. Nur wer reinen Gemütes ist, wie überliefert wird, kann einmal in seinem Erdenleben in das geheimnisvolle Reich der kleinen weißhaarigen Männlein und der wundersamen weiblichen Gestalten kommen. Nach einem langen und wundersamen und zugleich schrecklichen Traum erwacht Virgil. Alle Männlein sind verschwunden. Die wunderschönen Saligen Fräulein sind weit drinnen im Berg in ihrem Palast aus Edelstein, Gold und Silber verschwunden. Virgil macht zaghaft die Augen auf. Rundum der vertraute Berg, die vertrauten Berggipfel, droben die vertrauten Gletscher und über die Felsen herab das vertraute Rauschen der Bäche, das Anschwellen der Bächlein zu Bächen und Strömen. Virgil wacht auf. Keine Tür ist zu erkennen. Keine Öffnung in den Berg. Er klopft an die Felsen. Niemand hört ihn. Er schreit in den Berg hinein. Niemand hört auf ihn. Niemand reagiert.

Virgil, langsam aus seinem tiefen Schlaf erwachend, erschrickt. Er sucht seine Schafherde. Er ruft nach ihnen: höörla leck leck leck. Er ruft es dreimal, viermal. Keine Schafe kommen. Wo sind sie? Hat er sie mitgenommen in den Berg hinein?

Da kommt endlich das Gebimmel näher, immer näher. Er erkennt die Herde. Er zählt die Schafe, unterscheidet Mutterschafe und Lämmer. Wie es immer gewesen ist. Er vermeint, es wäre immer so gewesen. Sie kommen näher. Es sind nicht seine Schafe. Es sind dennoch Stück um Stück seine Schafe. Er vermeint, es wären seine Schafe. Dort das alte braune Mutterschaf mit dem weißen Fleck am Kopf. Das ist sie. Nein, das ist sie nicht. Dort der Widder mit dem mächtigen Horn. Er ist es. Nein, er ist es nicht. Er erkennt ihn an der langen Ramsnase, an seinem einzigartig schönen Kopf. Das kann nicht sein. Virgil wischt sich die Augen, bleibt stehen und wundert sich. Wo ist der Hirt? Warum ist die Herde so brav und ruhig und bleibt stehen, wenn Virgil sie anschaut, wenn er ihnen zuwinkt. Aber er getraut sich nicht, einem dieser Schafe über den Rücken zu streichen, vielleicht den Widder in vertrauter Weise zu kraulen, ein Lämmlein in die Arme zu nehmen. Sie verlangen nicht nach Salz. Sie kommen nicht an ihn heran, suchen nicht nach Schweiß und Salz, suchen nicht nach dem Leck und warten nicht, dass er den Salzstein herausnimmt. Sie sind weder hungrig noch salzig. Virgil kennt sich nicht aus. Dann hört er den Lockruf, wie er ihn von den Schäfern dieser Gegend kennt, von weit unten am Berghang und dann immer näher kommend. Virgil vermeint, es wäre sein eigenes Rufen und Locken. Immer näher kommt von unten her eine männliche Gestalt. Sie sieht aus, als ob er es selbst wäre, leibhaftig die Wiedergeburt seiner selbst oder einer Gestalt wie aus einem Ei, das von Geburt aus völlig ident ist mit dem einen und das dennoch anders ist, als das vermeintlich erste oder zweite idente Wesen, Männlein oder Weiblein. Jaja das bin ich. Leibhaftig! Virgil ruft. Der Hirt von unten herauf kommend ruft dasselbe zurück. Es sind dieselben Schritte und es ist dasselbe Herabnehmen des Hutes und dasselbe Hochheben der blauen Schäferschürze. Die beiden sind ident. Aber sie sind weder eineiige Zwillingsbrüder noch ist dieser von unten Kommende seine Wiedergeburt, des Virgils Wiedergeburt. Virgil streckt dem vermeintlich anderen oder zweiten Virgil die Hand entgegen, will ihn mit Handschlag begrüßen, ihn nach Einheimischenart auf die Schulter klopfen. Dann ist alles anders geworden:

Virgil sieht und findet ringsum keine Schafherde, erkennt keinen ihm identen anderen Schäfer. Wie im Inneren des Berges hat das Berühren die Verzauberung gelöst. Virgil vermeint zu träumen. Langsam erkennt er die

Gegend wieder, erinnert sich an seine Schafherde, die er weit drunten rund um seine Schäferhütte verlassen hat, steigt ab, erreicht die alte Schäferhütte, findet dort eine Schafherde, friedlich grasend, öffnet die Türe der Hütte. Unsicher geht er hinein. Findet dort die merkwürdige Veränderung. Alles ist anders. Ein gemauerter Herd ist da. Seine Feuerstelle ist eine kleine Mauer gewesen und darüber hat er eine Pfanne gelegt. Die Pfanne ist weg. Das Gestell ist nicht mehr da, das vertraute Holzgestell mit dem Tabak und dem Schnaps und dem Foto von dem Mädchen. Seine ehemalige Lagerstätte, auf der er sich ausgeruht hat und auf der er geschlafen hat, ist nicht mehr zu finden. Ein Bett steht da, überzogen mit frischem Leinen, mit einem Polster aus feinen Federn. Es stinkt nicht mehr. Der Rauch muss nicht mehr abziehen. Virgil staunt über den neuen Blechkasten, wie er einen solchen nie zuvor in seinem Leben gesehen hat. Er klopft daran. Er öffnet eine Türe und dann eine zweite Türe. Im oberen Teil fühlt und riecht Virgil, es müsse vor nicht allzulanger Zeit dort ein Feuer gebrannt haben. Es ist eine andere Hütte. Es ist ein anderer Geruch in der Hütte. Virgil sieht den Kalender an der Holztüre des Kästchens. Virgil erschrickt. So sehr, dass er sich bekreuzigt, dass er sich ein zweites Mal bekreuzigt, dass er sich mit der Hand über die Stirn und dann über die Augen fährt, dass er seine Haare befühlt, dass er aufsteht und den alten Wandspiegel sucht, dass er den alten Wandspiegel nicht findet, dass er einen neuen großen Spiegel an der Innenseite des Kästchens findet. Er schaut hinein: Ja, das bin ich. Leibhaftig, das bin ich. Was ist da geschehen? Er schaut in den Kalender.

Es sind Jahre vergangen. Virgil ist jetzt in einer veränderten Zeit angekommen. Er erinnert sich an alte Sagen und Geschichten vom verwunschenen Hirten im Kristallpalast der Ferner droben in den tiefen Höhlen und Gängen, die manche unserer Berge durchqueren. Er hat so etwas wie einen Zeitsprung gemacht. Vielleicht schlafend. Vielleicht in einem Scheintod. Aber mit dem einzigartigen Erlebnis bei den weißhaarigen Männlein, diesen wohlwollenden Wesen in den Höhlen der Berge und diesen glänzenden und leuchtenden und huldvollen Gestalten, die sie hier in der Heimat des Virgil die „Saligen Fräulein", die „Saligen Frauen" nennen und anderswo die Salzene. Mehr als ein Jahr, ja vielmehr noch als drei oder vier Jahre hat er dort droben geschlafen, hat geruht oder hat wie die Murmeltiere einen Winter und dann noch einen und wieder einen weiteren Winter zugebracht. Immer ohne Nahrung und Wasser. Aber das werden ihm ja, wie mir Virgil dann erzählt hat, die geheimnisvollen Männlein gereicht haben. Und sowieso habe er bei diesen wundersamen Frauen und Jungfrauen unaufhörlich schauen und staunen müssen ob der unermesslichen Pracht und Schönheit. Und er hat alle Zeit vergessen, wenn sie gesungen haben. Da ist er entrückt worden in eine wundersame zeitlose Welt. Wie in einem Paradies. Und so, hat er dann gemeint, würde er sich später einmal das Paradies vorstellen können. Da möchte er hineinkommen.

Noch ist seine Zeit als mein heimlicher Berater und Führer und Philosoph nicht gekommen.

Ich brauche ihn als Begleiter durch den nicht wundersamen, sondern durch den schrecklichsten Stollen durch den Berg, den sich Menschen in grausigster Phantasie vorstellen können. Einen solchen Stollen ohne wohltätige Bergmännlein und Salige haben die Menschen in dieser Gegend gebaut. Wahrlich wie ein Werk des Teufels. Kaum zu überbieten durch die Schilderungen der Vorhölle und der Hölle in der alten Geschichte des Dante in seiner göttlichen Komödie. Virgil ist schweigsam geworden. Und nachdenklich.

Zitteraal und Amberg und alle Schrecknisse, die nicht auszudenken sind:

Ich habe Gelegenheit bekommen, mit einigen Bekannten die zwischen 1942 und 1945 gebauten Höhlenmonster und die mehr als drei Kilometer langen Stollen anschauen, bestaunen, durchwandern und voller Schrecken erleben zu müssen. Ich bin mit Alois, Karin, Peter, Sepp und Franz unterwegs. Das sind reale Personen; allesamt mit geänderten Vornamen. Es ist der 12. April des Jahres 2011. Geheim und geheimnisvoll mit mir dabei ist Virgil, mein Schäfer und Hirt, mein Bewacher und Beschützer. Ohne ihn hätte ich es nicht durchgehalten. Ich habe es zuerst unbewusst und dann perfekt und total bewusst wahrnehmen und empfinden müssen und habe es vor allem nachträglich auch so empfinden wollen. Es ist der reale Abgesang. Mit unvorstellbarer Grausamkeit und teuflischer Berechnung. Eine Tat, wie sie in unserer Vorstellungswelt kaum mehr übertroffen werden kann. Es ist der Kontrast zum wahrhaftigen und erdachten oder ersehnten Kristallpalast der Saligen Fräulein und Frauen, der hilfreichsten und sanftesten Wesen in Gestalt der kleinen Bergmännlein.

Beide können strafen und rächen. Salige und Männlein. Sie können auch in der schlimmsten Vorstellungswelt der Sagen und Märchen niemals so grausam und schrecklich sein wie die Geschehnisse durch Nazis und SS samt und sonders mit Hitler, Himmler, Göring. Gauleiter Hofer und Kaltenbrunner und Co.

Wir kriechen ins Innere des Berges. Auf dem Bauch. Mit festen Bergschuhen. Mit starken Stirnlampen. Warm gekleidet. Wasserdicht und voller Angst. Ich habe die Angst gespürt, wie sie in mich hinein gekrochen ist, Meter um Meter. Ich habe alles im Geiste nachvollziehen wollen, wie es in der Realität gewesen sein könnte, wie es zwischen 1942 und 1944 real und höchstwahrscheinlich auch so geschehen ist. Am Eingang in „unser" Ötztal. Hoch über Haiming. Hoch über Ötztal-Bahnhof. 450 Meter überaus steil hinauf. Tauglich für Abstürze. Erdacht und ersonnen für den Transport von Häftlingen, von Sträflingen, von Überlebenden aus dem KZ in Dachau, von einem reißenden und zu Tal stürzenden Wasser. Drunten aufgefangen und umgesetzt als damals weltweit größte sogenannte Windkraftanlage. Haben „Zitteraal" dazu gesagt. Wegen der Tarnung und wegen der Stromstöße. Haben die stärksten und schnellsten und schrecklichsten Militärmonster ersonnen, erprobt, ausgeführt. Schneller und noch schneller und noch um weitere 200 Stundenkilometer schneller als alle Flugmaschinen der Amerikaner, der Franzosen, der Engländer, der Russen. Weltweit sind wir da führend gewesen, wir Ötztaler Patrioten bis weit hinein ins Tal. Wir haben alle nichts davon gewusst. Sie wollen es bis heute nicht hören. Ich will es auch nicht hören, will es nicht ausdenken, was da an Grausamkeiten in unserem Heimattal geschehen ist. Es ist ja in höchstem Masse tourismusschädlich. Oder es muss markt- und tourismus„tauglich" pervertiert werden. Was denn sonst? Umso mehr habe ich dabei sein wollen beim Erkunden der „anderen" Heimatkunde. Vorher und nachher muss ich beten.

Der Tunneldrache wälzt sich durch den engen Tunnel. O weh o weh. Der Tunneldrache will ins Freie, beim Loch hinaus. Wir sehen das Loch, das winzig kleine Loch einen Kilometer weit weg. Es kann der Tod nicht eine Kurve machen. Der Drache windet sich durch. Frisst, was ihm in den Weg kommt. Auch die Hirschkuh. Eine solche ist von oben in den Rachen des Tunneldrachen gefallen. Ich weiß nicht mehr, wie der gefräßige Tunneldrache aussieht. Was er frisst. Auch Menschenfleisch? Auch von toten Zwangsarbeitern? Auch von diesen? Erbärmlich zugerichtet. Die Haut abgezogen, in den Tunnel gehängt. Quer drüber und hundert Schritte weiter die große Tunnelstube. „Stube" haben sie gesagt. Zwangsarbeiterblut an den Wänden. Schwarze Schriften. Auch heute noch und immer wieder. Sie reden von schwarzen Messen im Tunnel. Zwei Kilometer nur Dunkelheit. – Dann die Häutung. Der für uns Blut geschwitzt hat. Der für uns das schwere Kreuz getragen hat. Und in den Himmel aufgefahren. Durch die Luke in den Himmel hinauf. Wo der Hirsch abgestürzt ist. Gott hab sie selig; die Hirschkuh und die Zwangsarbeiter. Ganz selten eine Frau, ein Mädchen, eine an der Wand gelehnt. Gefesselt. Das alles müssen wir uns vorstellen. Mehr als zwei Kilometer dunkler Tunnel. Kein Licht. Kein Lichtstrahl; erst nach der kleinen Biegung das Licht in der Ferne. Ein Auge und winzig klein. Es ist mir mörderisch vorgekommen. Ich steige in das Wasser. Bretter sind darübergelegt. Auf beiden Seiten Nägel und Eisen in der Felswand. Am Boden von Anfang bis fast zum Ende eine Schiene zum Transportieren, auch der Leichen, auch der Gewänder für ihre schwarzen Messen. Das Spiel mit dem Teufel ist auch vierzig Jahre später nicht zu Ende. Ich verfolge die Spuren. Ich finde die Spuren. Schwarze Farbe auf den glatten Felsen. Dazwischen Zahlen, immer Zahlen, alle hundert Meter mit roter Farbe. Orientierung. Tunnelerfahrung. Totentransport. Eisenstücke ragen aus dem Boden. Ich stolpere, falle hin, reiß mir durch die Regenbluse ein Loch. Ich blute. Ich möchte das Blut auf die Wände schmieren. Ich könnte das Datum mit Blut auf den Felsen schmieren: 12. April 2011 geschmiert und geblutet: hans haid. Sie haben mich gestützt, haben mir aufgeholfen. Langsam bricht die Kälte von allen Seiten in mich hinein. Die Stirnlampen leuchten auf alte Eisenwalzen. Wir wollen mit vereinten Kräften die Walze in Gang setzen, auf den Schienen auswärts fahren. Ich suche das Taschentuch. Meine Begleiter haben es besser. Sind allesamt jünger. Fast alle irgendwie Abenteurer am Berg. Ich kann fast nicht mehr weiter. Ich habe Angst vor der Dunkelheit. Ich schäme mich, weil ich den Häftlingen, den Zwangsarbeitern nicht mehr helfen kann. Habe keine Binden und Pflaster. Es hört nicht auf. Dann erreichen wir die erste Halle. Die Wände sind glatt geschrubbt. Wie von Hausfrauenart. Dort lese ich ihre Botschaften. Es sind Botschaften von gestern und vorgestern. Geile Sprüche darunter. Reste der schwarzen Messfeiern. Signale von Heute. Von Abenteurern aus der AREA 47. Illegale Abenteurerkatastrophenwanderungen von 2002 und 2003 und 2004 und wieder von 2006 und 2007 und 2009. Alles aktuell. Das erhöht meine Tunnelangst. Ich will hinaus. Der Mensch denkt und Gott lenkt, denke ich mir. Es muss alles ins Gegenteil verkehrt werden. Wie komme ich da wieder heraus? Unter mir wieder das Wasser. Ein Brett darüber. Ich trete darauf. Das Brett dreht sich. Ich stecke im Wasser. Meine Füße in den festen Bergschuhen sind nass. Ich spüre die Tunnelkälte, höre von Ferne das Rauschen, weiß nicht woher es kommt, wohin es gehen soll. Dann ein Quergang zum anderen Tunnelausstieg. Ein noch gefährlicherer Tunnelausstieg. Dort senkrecht, beinahe senkrecht 450 Meter in die Tiefe: ALLES SCHWARZ und schaurig.

*

DAS LANGSAME ABSTERBENSAMEN

Wenn ich als toter „Haid“ auf dem Kamin hocke, auf die 220-km/h-Lawine warte und als toter Haid alles voraussehen kann, will ich der Sterbeglocke Lebwohl sagen. Sie wird nicht mehr notwendig sein. Alle Talbewohner aus allen Bauernhöfen sind abgesiedelt worden. Draußen bauen sie den Staudamm. Bis zum letzten Monat habe ich ausgehalten. Der Sohn ist mit dem neuen BMW in den Tod gerast. Sieben Kilometer abgetrieben. Dann am Felsen zerschellt. Ich suche den Nachwuchs. Meine Großmütter haben das Tal verlassen. Anstelle dessen kommen die Lawinen, größer und mächtiger und wilder als jemals zuvor. In den zwei Kilometern Lawinengalerie stecken die letzten Toten im Sterbesack. Ich suche der Reihe nach in den Leinensäcken nach meiner Oma. Wir haben „Naale“ zu ihr gesagt. Sie möchte nie mehr hier leben. Der Sohn hat sich zu Tode gefahren. Der Steilhanghof geht seinem Ende entgegen. Ich schaue seit Jahren, wie die Wiesen nicht mehr gemäht und gedüngt werden, wie der Reihe nach die Lutterstauden, die Weiden, die krummen Legföhren, die allerhöchsten Kreuzdornhecken überhandnehmen. Es nagt keine Ziege. Es räumt niemand die in drei- und vier Jahresabständen von den Lawinen ins Tal geschickten Äste, Steine, die toten Gämsenleiber, die verfaulten Preiselbeeren, die letzten Überreste meiner Haus- und Hof-Beschützungslärche weg. Ins Tal gerissen. Irgendwann habe ich einen Hackstock herausgeschnitten. Ich hätte zehn Hackstöcke schneiden und verkaufen können. Jetzt können die Zäune verfaulen. Ich kann zuschauen wie alles stirbt. Und das Hausdach. Und die morschen Balken. Der himmlische Wind treibt sein Spiel. Ich hocke in der Holzhütte und warte auf die Erlösung.

Dann kommt in der Nacht meines fünfundsiebzigsten oder achtzigsten oder hundertsten Geburtstags meine himmlische Erlöserin, meine Ana, meine „Landgeherin", die ich vor vielen Jahren kennengelernt habe. Jetzt wird sie siebzig oder achtzig Jahre alt geworden sein. Ich stelle sie mir so vor: graue Haare, aufrechter Gang, freches Schauen, stechender Blick, bloßfüßig auch im Winter, in wollenen Gewändern, aufgesteckte Haare, im Gehen und Steigen stark wie ein Mann, stärker als alle Männer des Tales. Ich will sie als meine Begleiterin in eine andere Welt neben mir haben. Der Nachbarhund winselt in die Nacht hinaus. Er riecht und spürt den Untergang. Die Straßen sind leer. Das Tal ist draußen abgesperrt worden. Hinter dem Großmutterheimathof ragt talauswärts eine mächtige Mauer. Das Tal versinkt im neuen See. Unser Hof liegt am Rande des Wassers. Gesegneten Leibes. Da könnte eine Anlegestation für hochalpines Schiffchenfahren angelegt werden. Im alten Hof könnte die Stube als Bauernstube tourismuskonform reaktiviert werden: Kachelofen. Herrgottswinkel. Naale mit dem weißen Kopftuch. Der Neene ausgestopft und den Hut auf dem kahlen Schädel. Der hölzerne Rosenkranz aus Lourdes oder aus Gries im Sulztal oder aus Kaltenbrunn von der Decke herunter. Mitsamt dem Geruch von erstarrter Wollust, mit den Tönen eines geilen Bergbockes, mit dem Winseln der Geschändeten. Alles ist möglich. Das Tal ist über Tunnel erreichbar. Nur mehr durch fünf Kilometer lange und lawinensichere Tunnel voller Geranien und Trachtenröcke, Bauernweiberblusen und Altbauernpfeifen. Dazu der Ton ihrer alten Lieder. Die Trauergesänge vom Abschiednehmen. Perfekte Schnulzen. Immerwährend. Das mögen die Gäste.

Immer noch vegetiert unser Hof, „mein" Hof so dahin. Niemand weiß wohin und wann die Lösung kommt. Das kann nur die große, die alles erlösende Superlawine sein. Im Stall habe ich sieben braune Tiroler Bergschafe. Ich schere sie nicht mehr. Ich warte auf ihr Fleisch. Ötztaler Bauernpratlen ein Leben lang und eigene Erdäpfel im kleinen Garten. Mein Überleben hänge ich anschließend in den Rauchfang. Feine Schafwürste, gut gewürzt, eine echte Delikatesse. Dazu Schnaps und Hollerwein und echtes Quellwasser aus der eigenen Hofquelle.

Meine Ana. Eines Tages ist sie gekommen. Ist in der Früh vor dem Haus auf der Bank gehockt. Hat vielleicht gebetet oder geweint oder nur so in die Luft geschaut, hat mit ihren scharfen Blicken den unförmigen Felsbrocken in tausend und abertausend kleine und kleinste Steinchen zerlegt, hat einen Schwur getan, hat alle Engel herbeigerufen, hat den teuflischen Felsen oberhalb der Kirche wie in einer gewaltigen Explosion zerfetzt. Dann hockt sie neben mir, tröstet mich, legt ihre alte Hand auf meinen rechten Oberarm, haucht mir ins Gesicht, streichelt mir über die Stirn, lässt ihre Arme sinken und beginnt zu beten. Flüsternd betet sie, wie sie es in den Frauenwallfahrtsorten zu Unserer Lieben Frau, in Kaltenbrunn, zu Maria Hilf im Sulztal, beim Schnalser „Mieterle" im benachbarten Schnalstal kennengelernt hat. Miteinander, Hand in Hand wollen wir in den fernen Schnee- und Gletscherhimmel hinauf wandern. Sie hält mich fest. Weit drunten im Tal liegt jetzt mein Hof. Die letzten Hühner hat der Fuchs geholt. Der Widder liegt in der Schlucht. Nachbarn haben hineingeschossen. Wut und Entsetzen haben mich gepackt. Ich bin machtlos geworden. Einige Ansuchen um ein paar Almoseneuro haben nicht mehr helfen können. Ohne Mitgliedschaft beim Bauernbund gibt es keine Förderungen. Ich habe längst schon gekündigt. Die amtlichen Schikanen sind weitergesprungen, von Hof zu Hof, über den Steilhang und den Loob-Schrofen hinauf bis zum Zoager, zum heimlichen Kultplatz. Niemand hat mich begleiten wollen. Jetzt probieren wir eine einsame

Prozession, meine Ana und ich, weit hinauf, vielleicht bis in den Himmel. Ich sagte es schon: bis in den Schnee- und Gletscherhimmel.

Vorher will und muss ich noch die Bedingungen erfüllen: Das Mutterschaf von der Herde absondern, wenn es neue Lämmer herausdrücken will, den Schäferhund wegen der herumstreunenden Dämmerungseinbrecher und der nahenden Wölfe frei laufen lassen, die Wäsche nicht übers Wochenende und erst recht nicht an einem gelobten Feiertag im Freien auf dem Seil zum Trocknen hängen lassen, die Schafwürste vor dem Verschimmeln rechtzeitig essen. Nicht auf das Sauerkraut vergessen. Alle landeshoheitlichen und selbsternannten Hofkontrolleure, Milchmesser und dergleichen sofort vom Hof jagen. Sie haben bei mir nichts verloren. Wenn es dunkel wird, alle Lichter ausschalten und die Kerzen ausblasen. Dann kann die Ana wieder heruntersteigen, kann durch die Haustüre schlüpfen, beinahe unhörbar, wie das leiseste Laufen der Hausmäuse, wenn sie mit mir Frühstücken wird. Dann besprechen wir, wie es weitergehen soll.

In der Früh. Nächster Tag. Alles grau. Der Schnee über dem Hof. Eine große Angst in diesen schrecklichen Lawinenundmurenbergen. Gott sei uns gnädig. Am Teufelssitz Geborgenheit suchen. Ober der Kirche in die Löcher des Schalensteines hineinspucken. Da habe ich in der Früh sehen müssen: Den Stigelas-Larch haben die Lawinen umgedreht. Der Heustadel liegt im Tal. Das Heu liegt weit verstreut in den Bäumen. Der Wind wird zum Sturm. Ins Tal kommt eine Seuche. Zuerst erwischt es die Kühe. Die sind ja hochgezüchtet und ohne Widerstandskraft. Der Tierarzt hat das Tal verlassen. Die Medikamente liegen in der Truhe. Wermut und Schweineschmalz und Steinöl liegen zum Einreiben bereit. Von Tag zu Tag sterben die Kühe. Auch beim Nachbarn und beim übernächsten

Nachbarn. Auch meine Ana kann nicht helfen. Ich lehne am Felsen. Das Wasser rinnt unter mir durch. Es wird versiegen, wenn der Sommer kommt. Es wird alles vertrocknen oder es wird hinweg geschwemmt werden. Jetzt haben meine Nachbarbauern das Reden verlernt. Sie schweigen. Lange genug haben sie still in sich hineingeklagt. Oder sie haben geschrien und gebetet. Das Fluchen hat ein Ende. Sie schweigen. Sie legen sich hin und wollen sterben. Das Tal ist zugesperrt. Draußen am Taleingang bauen sie an der Mauer. Gegen alles Ungeziefer verschone uns o Herr! Gegen Bomben, Stürme, Lawinen, Altnazis, o Herr, verschone uns! Der Stausee soll Segen bringen. Der Nachbar Josef kriecht unter seine graue Kuh. Sie ist mehrfach ausgezeichnet. Beste Milcherfolge. Höchster Fettanteil. Garantiert zwei Kälber. Von einem guten Schlag abstammend. Seine graue Kuh. Sein Liebling. Die Euter sind geschrumpft. Die letzten Milchreste tropfen auf den Boden. Es muss eine bisher nicht bekannte Krankheit sein. Sie erfasst die Nachbarn. Hinter der in Bau befindlichen Staumauer errichten sie eine Schutzzone. Einen ganzen Tag lang schwirren und donnern und rattern die Hubschrauber über das Tal. Sie werfen weißes Pulver ab. Alles soll sterilisiert werden. Vieh und Mensch. Keiner will weggehen. Der Nachbar kriecht unter seiner Lieblingskuh heraus. Droben wachsen wieder die Gletscher. Das hat es seit 170 Jahren nicht mehr gegeben. Droben ist alles finster geworden. Im Radio haben sie einen Vulkanausbruch gemeldet. Weit weit weg. Der Himmel verdüstert sich. Alles wird grau wie ehedem und immer wieder, wenn es den Saharastaub über die Berge, über die teilweise vergletscherten Berge getrieben hat. Wir haben es droben auf Marzell und Ramol und Finail und drüben im Gepatsch gesehen. Rotbrauner Staub. Dann ist der weiß-graue Staub von den Hubschraubern hergetrieben worden. Es heißt offiziell, es wäre die Desinfizierung des Tales. Wer nicht geht, soll verrecken. Wer den Mund zu weit aufmacht, dem soll in altbewährter Manier die Zunge abgeschnitten werden. Sie reden nicht mehr miteinander. Sie können und wollen sich nicht mehr gegenseitig auf den Höfen besuchen. Sie gehen nicht aus dem Haus. Sie verkriechen sich in den Steinkellern. Das habe ich in allerhöchster Lawinengefahr auch getan. Ich weiß, wie das ist. Bei den Kartoffeln und Granten, den eingesottenen Preiselbeeren, bin ich auf der Bierkiste gesessen. Vor dem Essen hat mir gegraust und ich wäre lieber verhungert. Das Licht über dem Tal wird schmutziggelb. Das ist an diesem Sonntagvormittag geschehen. Drei Weiblein haben die zwanzig Kirchenbänke besetzt, haben ihr Harmonium in Betrieb gesetzt. Eine von ihnen hat „Stille Nacht" gespielt und dann „Hänschen klein". Und sie haben dann in das Fürtuch hineingeweint. Haben ein wenig gebetet. Ganz leise haben sie gemurmelt und haben geweint. In der Bank versunken haben sie den Tod erwartet, den schönen Kirchenbank-Tod. Wie selig verklärt. Von einer Talseite zur anderen haben die Antiseuchenbrigaden Drähte gespannt. Wie es die Leute kennen, wenn Flieger drübergeflogen sind und die weißen Streifen über den Himmel gezogen worden sind. Über die Drähte schicken sie Strom, solchen wie ihn die Überlandleitungen der Stromkonzerne zum Absterben jeglicher Widerständigkeit verbreiten. Das unaufhörliche Surren kommt von den Drähten, die knapp über unser Tal gezogen sind, kreuz und quer. Kein Quadratmeter darf ausgelassen werden. Die landes- und bundeseigenen Hubschrauber- und Flugzeugpiloten haben es längst schon erprobt. Beim metergenauen Abtasten bäuerlicher Flächen haben sie vom Hubschrauber aus alles genauestens vermessen; wegen der Förderung und dem eventuell ungerechtfertigten Abkassieren der EU-Gelder undsoweiter. Da haben wir einen Brief bekommen. Das ist vor ein paar Monaten gewesen. Ich bin zum Franz auf den Hof und habe es ihm gezeigt. Hast du das auch bekommen? Bist du zufrieden? Stimmt die Berechnung? Nein nein. Bei keinem der Nachbarbauern hat es gestimmt. Alle sind beschissen worden. Da gibt es eine AMA (Agrarmarketing Austria), eine solche Bergbauernvernichtungsaktion mit Landwirtschaftsministersegen. Von ganz oben kommt die Vernichtungsstrategie zum Austrocknen, zum Aushungern der erbarmungswürdigen Überreste ehemals blühender Bergbauernkultur. Ein Jahr vorher ist es ähnlich gewesen. Genau ein Jahr vorher haben wir den Bescheid bekommen. Amtlich, mit bitterböser Fristsetzung. Wir sollen 3.606 Euro zurückzahlen. Im Amtsformular stehen viele Ziffern und Zahlen. Herabgestuft sind wir von 1,75 auf 0,14 ha und das ergibt für 2006, 2007 und 2008 den eingeforderten Betrag. Das ergibt eine Nachzahlung, die dem in diesen Jahren zugeteilten EU- und Bundes- und Landeszuschuss und Bergbauernzuschuss und Umweltschutzbetrag nahekommt. Es bleibt nichts. Alles ist rundum futsch und Betrug. Ja, sie haben das Gelände, haben die „Ware“ Bergbauernhof überflogen. Haben auf den Quadratmeter genau die gemähten, die beweideten und die lawinendurchsetzten und also nicht mehr mähfähigen Flächen registriert. In dunklen Gehirnen gespeichert. Von erbärmlichen Beamtenhirnen ausgekopft, von schicken kurzröckigen Jungbeamtinnen in den Computer hinein und schon hat eine weitere Bergbauernvernichtungsaktion eingesetzt. Ich gehe zur Nachbarschaft. Ich fahre zur amtlichen Bezirksbauernvernichtungsstelle. Sie wollen mir helfen. Es gibt ja auch einen Denkmalschutz für alte Höfe und eine Hilfe, wenn der Bauer erkrankt oder arbeitsunfähig wird. Und das alles trifft zusammen.

Und ein Jahr später kommt der Spähtrupp über die gespannten Drähte, misst, registriert, allesamt Ausschau haltend nach Widerstandsnestern gegen die geplante Unterwassersetzung des Tales. Sagt der Nachbar, der Seppl: ist alles geplant. Er muss es wissen. Er hat eine Funktion, wenn auch eine kleine, in der Bezirksbauernverwaltung. Die auch eine Vernichtungsagentur geworden ist. Das Tal wird sich touristisch und bergbäuerlich niemals vermarkten lassen. Es ist nichts da außer Steilhang, Lawinen, Muren, Felsen, amselige Bauernhütten und dem Verrecken ausgesetzte Überbleibsel einer längst vergangenen Zeit. Jetzt kann ja der Strom kommen. Jetzt kann ja die Ausrottung angesetzt werden. Gigantische Überlandleitungen werden über das Tal gespannt. Ununterbrochen hören wir das Surren der Überlandleitungen. Bei einigen Bauern sind die Kühe erkrankt. Das bis zum Winseln anschwellende Surren in den Drähten der Überlandleitung geht von Turin und Rom und Karthago und Athen und Wien und Innsbruck und München und Berlin durch ganz Europa. Die aktuellen Überflugschneisen der Überlandflieger via Zürich und Turin und Rom und Athen und Nairobi gehen über uns drüber. Das alles spielt zusammen.

Ich habe resigniert. Mein Kämpfen ist vorbei. Das von mir gefürchtete, das schreckliche Staudamm-Monster zuhinterst im Tal mit mehr als 120 Millionen Kubikmeter gestautem Wasser hinter einer 170 Meter hohen Staumauer, wie sie sagen „bombensicher“, ist nicht gebaut worden. Zumindest vorerst nicht. Die Herren und Macher draußen warten ab, bis der letzte Widerstand bricht. Sie werden es erwarten können, wenn das Tal abgesiedelt ist, wenn die letzten Bäume in der Schlucht liegen, von beinahe jährlichen und immer schlimmeren Lawinen ausgerissen, entwurzelt, verkrüppelt, ins Tal gerissen, in die Schlucht gezerrt. Die Schlucht ist verstopft. Dann kommen wieder Hubschrauber und sie kommen mit den dicken Seilen zum Bergen der Höfe, der Menschen, der Kühe, der Schafe und Ziegen. Und weiter draußen residiert die allmächtigste Tourismusausbeutungsstation Österreichs, vielleicht die allerschlimmste der Alpen. Ein Herzeigmonster in den Bergen. Nirgendwo sonst gibt es solche Kontraste.

Der Nachbar klettert mühsam unter seiner Lieblingskuh heraus. Sagt kein Wort. Schweigt. Wischt sich heimlich eine Träne aus dem rechten Auge, dann aus dem linken Auge, nimmt den Hut ab. Nicht dass er jetzt, der zeitlebens fromme Mann, beten würde. Diese Zeit ist jetzt auch in diesem Tal vorbei. Es sind drei Weiblein übriggeblieben. Sie beten. Rosenkranz um Rosenkranz. „Hörst Du es?“ „Was.“ „Na das Rauschen.“ „Ja.“ Der Nachbar kriecht hinauf zum Felsenloch, das sie Bären-Loch nennen und wo vielleicht vor Jahrhunderten ein Bär gehaust hat. Dorthin will er zum Sterben. Das Eheweib, seine Amalia, ist seit Jahren tot.

*

Da ist an diesem Nachmittag auch noch der Gletscher gekommen, auf den sie gewartet haben. Ein mehrere Häuser großer Eisbrocken hat sich von dem über den Felsen hängenden Ferner gelöst und ist ins Tal gestürzt. Alles ohne Aufregung. Ist immer wieder passiert. Hat Häuser durchbohrt. Hat Dächer durchgeschlagen. Niemals ist ein Mensch getötet worden. Alles halb so schlimm. Jetzt ist die Eismasse ins nagelneue Bergrestaurant gestürzt. Alles hin. Als ob es die Vorsehung und die allmächtige Macht des Stromkonzerns so gewollt hätte: Es war sowieso ein Auslaufmodell in diesem Tal. Die Abschlagzahlung wäre in die Hunderttausende gegangen. Jetzt ist sowieso ein sozusagen „natürliches“ Ende gekommen. Zwanzig sauber eingerichtete Gästezimmer, eine bauernbarockähnliche Saufbar, zwei Waschmaschinen, ein automatischer Trockner, hundertzwanzig Gläser und eine auf den neuesten Stand gebrachte Bar mit edlen Schnäpsen und perfekter alpiner Sauf-Kultur sind zugrunde gerichtet worden. Und es gibt eine Entschädigung für die erlittene Zerstörung. Zehnmal unsere amtliche und jetzt vernichtete Bergbauernförderung. Der Nachbar rennt, wie von einer Kugel getroffen, zurück in die Bärenhöhle, klaubt aus seinem Rock ein Stück Speck und hartes Brot. Ein Taschenmesser hat er sowieso bei sich. Er legt den Speck auf eine kleine Steinplatte, unterlegt den Speck mit einem Stück flachen Holzes, nimmt den Speck, nimmt das Messer, schneidet vorsichtig und behutsam schmale Scheiben herunter, zerteilt die Scheiben, quer und immer weiter zerkleinernd, greift zum harten (selbstgebackenen) Brot. Sorgsam, geradezu behutsam, ich würde sagen sogar ehrfürchtig, beginnt er mit der Zeremonie des Speckessens. Er zelebriert wie der Pfarrer mit der Hostie zur Heiligen Kommunion. Da bekreuzigt sich der Nachbar und führt die ersten Stücke Speck zum Mund, kaut, denkt nach, reicht sich weitere Kostbarkeiten, beißt vom Brot ab, kaut langsam, kaut bedächtig, müsste auf diese Weise über das Leben und das Überleben dieser Speck-Köstlichkeiten nachdenken, müsste das eigene Leben an sich vorüber ziehen lassen. So zufrieden und so genügsam. Was soll mehr in diesem Leben geschehen? Und sowieso wäre es die beste Vorbereitung zum Sterben und zum schnellstmöglichen Aufstieg über diese Felsen und Ferner in den Himmel, den er zumindest ganz weit oben vermuten würde. Weit weit über dem Petznersee und dem Mutkogel und dem weißen Berg auf dem Weg zum Paradies. Immer nach oben. Die Kalte Pein wird ihm erspart bleiben. Er weiß es. Sein Leben ist einfältig, bescheiden, gottergeben, ohne Unzucht und weltlich-schlimme Belustigungen (wie er meint) vorübergezogen. Wenn er könnte, würde er sich niederlegen, würde sich am Bauch des alten Bergbären wärmen können. So träumt er und so habe ich ihn nach ein paar Tagen in der Höhle gefunden. Nicht gerade heiligmäßig ist er gewesen. Sagt der Pfarrer. Sagt der Bürgermeister. Die Nachkommen sind alle gekommen. Auch die Bresthaften und die Sündigen. Alle haben ein bisschen gebetet, haben Weihwasser gesprengt. Aber niemand hat geweint. Solche Leute in solchen (Extrem-) Tälern haben für solche Selbstverständlichkeiten des Dahinscheidens in eine vermeintlich bessere Welt keine einzige Träne in Reserve. Mehrmals habe ich es gesehen und erlebt, auch miterlebt bei allernächsten Verwandten, Freunden und Freundinnen in diesem Tal. Es wird nicht geweint. Aber umsomehr ist stille, aber trockene Trauer eine wirkliche Trauer.

So wird auch das gesamte Tal mit den mehr als ehemals knapp über hundert Einwohnern zuerst von Jahr zu Jahr reduziert werden, zumeist durch Abwanderung und es werden schließlich und unmittelbar vor der endgültigen Totenruhe noch fünfzehn oder zwanzig übrigbleiben.

Zwei oder drei Jahre später werde ich zu meinem Fünfundsiebziger oder dann noch einmal zehn Jahre später zu meinem Achtziger das Tal aufsuchen, werde über die Staudämme schleichen, unbefugt, „Betreten der Anlage bei Lebensgefahr verboten". Ich werde unter dem Wasser die Ruinen der alten Höfe suchen, werde meine Schlafhütte finden, werde einen Stein und einen Gruß hinabschicken, werde schnell wieder umdrehen, werde in meiner Schreibstube die Akten der Vernichtung ausheben, werde die allerneuesten Nachrichten aus dem Jahre 2011 wiederfinden. Dann denke ich: nein nein und alles nicht so schlimm. Und dann blättere ich und lese von einem

Weltuntergang und von einer der schlimmsten Katastrophen oder wie sich das phantasievolle Wissenschafter ausgedacht haben. Dann beginne ich zu träumen. Sehe und erkenne mich als der „Alte vom Berg". Es ist eine Phantasiegeschichte daraus geworden. Ich habe sie erstmals am Stefanitag des Jahres 2010, also dem Tag des Heiligen Märtyrers Stefanus niedergeschrieben und dann wieder in geänderter Fassung am 13. Juli 2011. Erst dreieinhalb Monate später lese und höre ich in der Regionalzeitung und im Regionalradio in anderer Form und den ansatzweise identen Kernaussagen wieder davon. Ich könnte bereuen, die Geschichte nicht schon vor dem Oktober 2011 publiziert zu haben. Ich befrage meinen philosophisch bewanderten Freund und lasse mich fast überzeugen, dass alles nur eine phantastische und aufgeblähte und zugleich phantasievolle Geschichte ist; nahe meinen Untergangsgeschichten der Apokalypse in den Bergen. Story (ich schreibe jetzt diesen Begriff wider meine sonstige Scheu vor solchen Begriffen) sein könne. Aber es hat Bezug zu dieser Region, zu diesem Tal, über das ich schreiben muss. Den Untergang des Dorfes und des Tales habe ich nicht geträumt. Es ist brutale Realität gewesen, drüben im Schnalstal, bei den alten Höfen von Vernagt. Sie sind unter Wasser gesetzt worden. Ein Stausee ist entstanden. Das Los der Bewohner, der ehemaligen Bewohner, tritt weit hinter die Profitgier der Wasserkraftlobby zurück. Ehemalige Bewohner beklagen den Untergang. Ganz schrecklich, wenn der Stausee zur Wasserkraftgewinnung abgelassen wird, wenn die Turbinen in voller Kraft laufen, wenn bei ruhigem Wasserstand die Umrisse der alten Höfe sichtbar werden. Dort ragt der kleine Kirchturm. Bald werden die Gemäuer im Wasser liegen. Nur die Erinnerung bleibt.

*

UND IMMER WIEDER DIE SUCHE NACH DER WEISSEN FRAU VOM BERG

Ich habe einen Traum. In der Nacht ist sie über Finail erschienen. Eine weiße Frau. Wallende Gewänder. Sehr schnell. Von einem Berg zum anderen und schon wieder über Samoar und zuhinterst im Schalf. Meine Ana oder meine Wally. Ich habe dort droben zwei Frauen. Die Dritte versteckt sich im Hangenden Ferner. Ich werde sie suchen. Ich bin erschrocken. Ich habe weitergeträumt. Ich wandere über ein großes Gebirge. Der Weg ist einsam und wild. Immer schwieriger wird das Überklettern der Felsen. Da kommt eine Frau vom Berg herab, huscht über die weiten Gletscherflächen. Ich vermeine, sie würde mich anlachen, würde mich herbeilocken. Ich erwarte schon seit Monaten meine Erlösung. Droben im Eis bei der Saligen. Ich kann auch Wally zu ihr sagen. Die fremde weiße Frau deutet mir, ich solle näherkommen. Ich solle sie begleiten. Sie breitet den Mantel aus. Alles ist hell und weit. Ich kann darunter Platz finden. Es ist eine mit leuchtenden schwarzen Augen. Mit Feuer in den Augen. Sie verschwindet wieder, huscht über die Gletscher, nähert sich dem Marzellferner, verschwindet in der Tiefe des Ferners, im Eispalast der Saligen. Ich will ihr nachlaufen. Da kommt mir ein dunkles Ungetüm entgegen. Ich erkenne, es hat Ähnlichkeiten mit einem Bär, einem solchen schrecklichen Bär, der im Sommer einige unserer Schafe reißt, sie mit seinen scharfen Krallen zerfetzt, Brocken Fleisch herausreißt, gierig verspeist. Ich habe gehört, er kann auch auf Menschen losgehen. Es muss der Hunger so stark angewachsen sein und dass er keine Schafe und kein Wild findet. Jetzt merke ich das Fehlen meines starken Bergstockes und will mich unter einem Stein verstecken und er kommt schon ganz nahe an mich heran. Und wieder sehe ich die weiße Frau auf mich zukommen, in wallendem Gewand, mit glühend schwarzen Augen und wilden Haaren, vom Sturmwind übers Gesicht geblasen, wieder weggeblasen. Sie steht neben mir. Sie steht schützend vor mir. Der Bär steht neben ihr. Der Bär lässt sich langsam nieder. Ich kann weitergehen. Der Bär und die Salige bleiben in der Höhle. Ich erkenne, dass sie Macht hat über das wilde Getier und dass sie Macht haben kann über uns Menschen, über alles Lebendige und Erstarrte in dieser grauenvollen Bergnatur.

*

In der folgenden Nacht träume ich vom Bär. Ich träume von der Rettung. Auf meinem Hof angekommen, steige ich am kommenden Tag zur Höhle auf der anderen Talseite in derselben Höhe wie unser Hof und klettere zur Höhle hinauf. Es ist die Höhle unter der Felskuppe, der in der Sprache der Einheimischen der Bärenoppm heißt. Das ist der Hügel des Bären. Drinnen hat der Bär gehaust. Das kann hundertfünfzig Jahre her sein. Ich suche nach dem Bärenfell. Ich suche nach Knochenresten, wühle in der dunklen Erde, suche nach dem Gebiss und nach Resten von Menschen. Ich hocke dort und warte.

Die Mutter hat mich aufgefangen. Sie hat mich erlöst: Die alten Sagen und Legenden lassen mir keine Ruhe. Ich suche in biblischen Geschichten abseits der offiziellen Lehrmeinungen. Ich finde wieder die Apokalypse und die Göttliche Komödie und greife gierig nach den Forschungen und Deutungen der merkwürdig rätselhaften Geschichten, die ich gerne als etwas Archetypisches erkennen will. Voller Leben, denke ich, ist diese unheimlich wilde Bergwelt, überall hausen merkwürdige Venedigermännlein, treibt der Niederjoch-Putz seine Späße mit verirrten Schafherden, thront auf den höchsten Bergen und über den Gletschern die Göttin, die hier Dana heißen kann oder die sich hinter den Disen versteckt. Und in den Gletschern drinnen wohnen die Saligen. Alte und junge und eine ganz alte: eine solche Mutter hat mich gerettet.

Ich suche weiter und durchstreife, wenn die Schafe noch nicht übers Joch und über die Ferner herübergekommen sind oder wenn sie im Herbst schon wieder über den Ferner und übers Eisjoch hinübergezogen sind, die wohlvertrauten Berge. Da suche ich nach Höhlen und alten Hirtenbehausungen. Überall suche ich die Spuren meiner Wally. Ich habe ihr diesen Namen gegeben, weil sie bei uns im Tal so genannt wird. Und wie die alten Geschichten überliefern, hat sie dort gelebt. Es kann hundert oder zweihundert Jahre zurückliegen. Es kann auch gestern geschehen sein, dass sie die alte Schäferhütte verlassen hat und ins Tal gezogen ist. Ich weiß vom Privileg der Venter Bauern und derer aus dem Besental, dass sie ganz kurze Zeit nach dem Aperwerden und dann wieder nach dem Zuschneien ihre eigenen Schafe und Ziegen dort weiden dürfen, wo die Weideflächen seit alter Zeit den Bauern aus dem Schnalstal und dem Vinschgau vorbehalten sind. Das hat die Wally alles mitgemacht: Sie ist vom Vater auf eine der alten Schäferhütten verbannt worden. Dort hat sie zehn oder zwölf Ziegen und Schafe weiden dürfen. Bis Mitte Juni die Herren von drüben kommen; mit zweitausend und mehr Schafen. Da muss die Wally wieder verschwunden sein und darf erst nach Mitte September das übriggebliebene Gras abweiden lassen. Alles sehr kärglich und armselig. Und es sind ja nicht Hütten gewesen, solche zum Wohnen, aber solche zum Erfrieren, als Absterbensamen und als Verbannungsort.

„Kein Bauer der ganzen Gegend schickt seine Hirten da hinauf, sondern sie hatten die Weiden verpachtet an die Schnalser jenseits des Jochs, denen sie näher lagen, und diese schickten ein paar halbwilde, wetterharte Gesellen herüber, die sich in Felle kleideten und, auf Stunden voneinander entfernt, in Steinhütten wie die Einsiedler hausten und nun verdammte der Höchstbauer, der seine Weiden bisher auch immer verpachtet hatte, sein eigenes Kind zu dem Leben der Schnalser Hirten. Aber über Wallys Lippen kam keine Klage. Sie rüstete sich still zu der freudlosen Alpfahrt."

Eine Frau hat über eine Frau geschrieben. Eine Deutsche hat über ein Ötztaler Mädchen geschrieben. Wilhelmine von Hillern über die Geierwally. Alles erlogen und frei erfunden. Das sagen die Einen. Vom wahren Kern reden die Anderen. Wer die alten Geschichten von der Gewalttätigkeit der wilden Gletscherberge, der schrecklichen Muren, der losbrechenden Wassermassen und der niederstürzenden Lawinen kennt und sie nach der Wahrheit zu erforschen trachtet, wird fast alles zur Wahrheit dazunehmen; fast alles im Leben der Geierwally. Mit Ausnahme der Geier-Erfindung. Die Wally lebte in engen Zusammenhängen mit den alten Sagen und Legenden. Sie hat nach der mündlichen Überlieferung und wie es mir der alte Vetter vom Freistabl erzählt hat, weit über den Häusern von Unter-Kurzlehn auf einem alten und inzwischen verschwundenen Hof auf 2.000 Meter droben gehaust. Niemals als reichster Bauer des Tales. Immerhin einer mit sagen wir fünf Kühen, dreißig Schafen und fünfzehn Ziegen.

*

Ich werde wieder darüber lesen, wenn ich ins Tal komme, wenn ich neue Kräfte sammeln kann, die ersehnte Wally zu finden. Murzoll heißt der Ferner. Murzoll heißt der

Berg. Vom Berg herab hängt der Ferner. Der herabhängende Ferner heißt der Hangende Ferner und es sind die Brüste der Frau, ungleichförmig links und rechts. Jaja weiß ich: wie bei der LANGTÜTTIN, die ihre Brüste mit Milch und Eiter gefüllt hat und die vom Wilden Mann dort hinauf verbannt worden ist. Und jetzt droben hängt. Immer wieder brechen Eismassen ab, stürzen krachend in die Tiefe, sind gefürchtet bei den Hirten. Immer wieder sind Schafe erschlagen worden. „Mutmal" nennen sie einen dieser Ferner, auch einen dieser Berge und haben es sich zurechtersonnen, es wäre der vermaledeite Mut-Berg. Und es ist eine der Berggestalten in diesem Teil der Alpen, denen die ersten Menschen, die in diese Gletscherwüsten vorgedrungen sind, solche alten Namen aus den ältesten Sprachen gegeben haben: Mutmal und Ramol und Marzell, auch Murzoll und Schalf und Firmisan.

Dort lebt, wenn die Schafe ins andere Tal gezogen sind, wenn der Schnee über die Jöcher und Berge kommt, wenn die „tote Ruhe" gekommen ist, der alte Hirt, jetzt der Murzoll höchstpersönlich, der Wächter der Bergwelt, der Beschützer der geheimnisvollen Frauengestalten in den Fernern tief drinnen. Da hat kein Mensch, kein menschliches Wesen Zugang.

Also muss ich warten, bis wieder der Frühling kommt, bis der Schnee schmilzt, bis die Venter Bauern das Recht haben, das erste Gras den ausgehungerten Schafen und Ziegen schenken zu dürfen; nur einige Tage oder vielleicht auch zehn Tage. Dann gehört der Berg mit allen Weiden den Schnalsern. Deswegen haben sie immer wieder gestritten. Deswegen hat mich der alte Hirt niedergeschlagen. Ihm und den Seinen gehört alles.

Ich will wiederkommen.

*

DER LANGE WEG ÜBER EALER & NITL

Oben ist das Joch. Ich gehe den beschwerlichen Weg über Ealer & Nitl ins Hungertal. Hinter dem anderen Joch leben die Nachbarn. Von dort kommen die Schafe und die Hirten.

Ich bin jetzt ein Jahr alt.

In diesem Jahr 1939 wird der Pakt zwischen Hitler und Mussolini geschlossen. Dem Pakt folgend haben rund 86 Prozent der Südtiroler, der Nachbarn, die Wahl getroffen. Sie gehen aus dem Land. Sie gehen in ein von den Nazis versprochenes neues Land im deutschen Norden. Mehr als 75.000 Südtiroler verlassen Haus und Hof und Dorf und Tal und Land. Die „Neuordnung" der ethnografischen Verhältnisse bedingt, dass ein Stab von Wissenschaftern ins Land kommt. Sie sollen sorgfältig erheben, aufzeichnen, fotografieren, filmen, was an sogenannten Volkskultur im Lande vorhanden ist. Nach ihrer „Umvolkung" sollen sie ein neues deutsches Land finden, wo ihre Volkskultur maßstabgetreu wiedergegeben ist.

Es ist Angelegenheit des Ahnenerbes.

Die Herren und Mannen und auch einige Forscherinnen sind auch im direkt angrenzenden Ötztal unterwegs. Einige Hirten und ein paar Frauen sind übers Joch gekommen. Wie die Schafe. Die Herren Quellmalz für die Volksmusik, Karl Horak für die Spiele, Sprüche und sonstige Reime, Gustav Sauser für das Messen der Schädel, Eberhard Kranzmayer von 1942 bis 1944 für das Dokumentieren der alten Dialekte sind eifrig unterwegs. Richard Wolfram bekommt im April 1944 gut honoriert von Berlin aus eine dreiwöchige Forschungsreise nach Südtirol bezahlt.

Ich hocke droben auf dem Ealer und will ins Hungertal. Dort sind die Schafe verhungert. Ich suche die verhungerte Kultur. Nicht einmal ein einziger kultischer Schalenstein ist hier zu finden. Nur nackte Ödnis. Steinwüste.

Dort finde ich meine Schafe. Allesamt verhungert. Ich habe sie überall gesucht. Wieder einmal bin ich aufgestiegen, habe gesucht, habe gerufen HÖÖRLA HÖÖRLA LECK LECK LECK und sö meine Suugelen. Drei Stunden, vier Stunden steilwärts. Auf Rutschbahnen. In Geröllschluchten. Über Felszacken. Die Hand aufkratzen und weitergehen. Oben erwarten sie mich. Ich finde sie nicht. Auf alle Berge dieses Tales gestiegen, Feuer entzündet. Ein kleines schreckliches Land voller Steine, Geröllhalden, Rutschbahnen, Felszacken. Zuletzt im Hungertal. Weit oberhalb vom Nitl knapp unter der Seiter Scharte das kleine Paralleltal, das Quertal, quer zum Bergkamm hinter einem Felsrücken versteckt. Von unten nicht einsehbar. Wenn ich sie gesucht habe, habe ich sie nicht finden können, haste den Bergrücken hinauf, hocke auf dem Stein, wische den Schweiß, klaube aus dem Rucksack den Lecksack und rufe. Sie haben sich versteckt. Dort droben ein Freudenfeuer anzünden.

Es soll leuchten und funkeln, wenn ich sie gefunden habe. Wenn mich niemand mehr sucht drunten im Tal. Ganz droben im Hungertal. Sie nennen es Hungertal. Das Quertal ohne Gräser, ohne Nahrung. In der Sommerhitze sind sie hinaufgestiegen, haben den erfrischenden Schnee gesucht, wollen auf dem Schnee liegen, rasten, widerkäuen, denken, aufstehen, absteigen, immer das alte Mutterschaf voraus. Meine braune Ebe. Dreimal gelämmert. Zusammen fünf Lämmer. Ins Hungertal verirrt. In der Ödnis. In der Wildnis. In der Steinwüste. In der Luft der schwarze Tod. Raben drehen ihre Kreise. Mein zweitältestes Mutterschaf wird bald lämmern. Die Raben warten auf den Augenschmaus. Auf die ausgepickten Augen des Lammes. Nichts als Ödnis und schwarze Raben und das wilde Gekreische der Raben und das Zwischendurchsichniederlassen auf einem großen Steinblock und mit den Flügeln schlagen, so mach doch weiter, drück das Lamm heraus, lass es auf den Boden fallen, wir werden kommen und es in den Himmel hinauf tragen, so lass es doch liegen, wir haben Hunger, wir sind im Hungertal in der schrecklichsten Ödnis dieses Nederkogelberges.

Bevor es dämmert, will ich wieder drunten sein bei den ersten Stauden. Will mich an Alpenrosenstauden festhalten, an ihnen mich hinausschwingen lassen über den Abhang nahe am Felsen vorbei, will jauchzen und dann sterben.

Im Hungertal trinke ich eine Flasche leer. Lege mich auf eine Steinplatte. Träume von meiner wilden Frau.

Wenn ich sie hier nicht finde, wird sie im Gegenüber-Tal sein, irgendwo versteckt in einer alten Schäferhütte oder oberhalb der Schäferhütte auf den rutschigen Felsplatten, wo immer wieder Schafe zu Tode gestürzt sind. Wenn es nass ist, wenn die ersten Wässerlein von Stunde zu Stunde zu Eis erstarren, ganz langsam Eis ansetzend, darunter noch einige Zeit das letzte Wässerlein rieselnd, dann das letzte Wässerlein zu Eis erstarrt, das Schaf von oben herab auf der Suche nach dem kleinen Grün und dann das Ausrutschen. Unaufhaltsam hundertfünfzig Meter über die Felsen in die Tiefe. Knapp hinter der Schäferhütte wieder einmal drei vier Schafe übereinander liegend und zu Tode gefallen. Sagen die einheimischen Hirten „Beim Schaftod“. Sie könnten auch das Bildnis der Mutter Anna dort anbringen, naiv gemalt, auf ein Brett genagelt, in einen Felsspalt geklemmt. Weiter droben ein anderes Bild „Beim Bild“. Ehemals die Madonna vom Eis. Daneben eine Steinplatte mit den Rillen und Schalen. Wenn sie mit den Schafherden übers Joch ziehen. Hier eine kurze Rast. Der Hirt und die sieben Treiber nehmen den Hut vom Kopf, halten inne. Einer probiert das Zusammenfalten der Hände und es sollte ein Gebet herauskommen und der gute Wille und dass sie heil übers Schnalser Jöchl kommen. Alle Stationen ihrer Reise haben Namen und ich überlege, welche Namen ich für mich und meine Suche als einen roten Faden auslegen könnte: vom Hof zum Ealar. Vom Ealer zum Nitl, dann ins Hungertal, dort eine Flasche Wein und auf den Hungertod warten. Am nächsten Tag mühsam unter dem Kogel herum zum „Zoagar", dem markanten Punkt, dem Aussichtspunkt mit den drei aufeinander geschichteten Steinplatten und auf der anderen Talseite der andere „Zoagar" wiederum mit den drei anderen aufeinander geschichteten Steinplatten und hinauf zum Mutkogel und wieder herunter zur mächtigen Steinsäule, zu den Steinaufschichtungen, den geheimnisvollen Kraftplätzen.

*

Mühsam steige ich bei Tagesanbruch aus dem Hungertal weit hinab zu den ersten Häusern des Tales. Raste dort. Ich verstecke meine Aufschreibungen, mein Notizbuch. Nehme Speck und Brot aus meinen Rucksack und habe kein anderes Ziel als die Wally. Ich muss sie dem alten Murzoll entreißen. Wie er so tut, als ob er an Vaters Stelle die Obhut über die Wally übernehmen würde. „Dein Vater hat dich verstoßen. Ich nehme dich auf an Kindesstatt, denn das kalte Gestein fühlt eher ein Rühren als ein verhärtetes Menschenherz. Du gefällst mir. Du bist von meiner Art: Es ist etwas von dem Stoff in dir, aus dem die Felsen geworden sind. Willst du mein Kind sein?" Schrecklich wie er das fragt und wie Wally einwilligt. Und sie „schmiegte sich an das steinerne Herz des neuen Vaters". Und die Wally darf nicht mehr an den in ihrem Tal zurückgebliebenen Geliebten denken. „Er ist ja nur ein Gämsenjäger und meine Töchter haben ihm den

Untergang geschworen. Komm! Ich bringe dich zu ihnen, dass sie dir das Herz abtöten." Und der starke Murzoll hat sie, die Wally, das starke junge Weib, in seine Arme genommen und hat sie durch „weite, weite Hallen und endlose Gänge von Eis hindurch" getragen und sie sind in einem großen Saal angekommen, rundum alles ganz durchsichtig wie von Kristall und die Sonnenstrahlen sind hereingefallen und brechen sich in Millionen Funken und da kommen die Gestalten aus dem Eis heraus und „da spielten weiße, schneeglitzernde Mädchengestalten in wallendem Nebelschleier mit einer Herde Gämsen" und es ist alles so lustig anzusehen gewesen, wie sie flink und gewandt hierhin und dorthin huschen, sich wieder verstecken und sich vor dem Murzoll verneigen und der in den Armen des Murzoll geborgenen Wally. Sie tanzen, sind neugierig auf das Menschenkind, wollen es anfassen. Die Wally erschaudert. Alles eiskalt, alles gefroren, alles ein totes Kristall.

Von dort muss ich sie befreien. Sie hat jetzt weitere 150 Jahre warten müssen. Wenn ich nicht komme und sie befreie, wird sie weitere 150 Jahre und noch viele weitere Jahre warten müssen.

Wo soll ich suchen? Wo soll ich Heimat suchen, wo ich mich nicht hineinfallen lassen kann? Mein Talsterben hat vor dreißig Jahren angefangen und dann ist das grausam-einheimische Bauernsterben gekommen und das Absterben der alten Lieder. Leere Ställe. Überall im Tal leere Ställe.

*

GNADENBOTSCHAFT

In meinem 75. Lebensjahr möchte ich den Hof und das Tal verlassen. Als „Toter Haid“ habe ich auf dem Kamin hockend drei Jahre lang den Tod erwartet. Den sichersten Todesplatz, wenn ab Mitte Dezember die ersten Petznerbach- und Fuchsbachlelawinen kommen. Über den Stadel drüber zum Hausdach. Wie die Lawine die große Steinplatte, die alte Kaminabdeckung, mitreißt und auf die andere Talseite hinüberschleudert. Dort hat mich die zweite Lawine des Winters, weitaus größer und schneller und gefährlicher und unheilvoller, auf die andere Talseite schleudern können. Ich habe es mir gewünscht, dass sie mich hinaufschleudert zur Bärenhöhle unter dem Felsen des Bärenoppen. Dort will ich rasten und kann das sterbende Tal überblicken. Wie der Wald wiederkehrt. Wie die Stauden nicht mehr abgefressen werden. Wenn keine Ziegen auf die Weide getrieben werden. Wenn die Steilwiesen ober dem Knoschpenkofl nicht mehr gemäht werden. Das erste Jahr habe ich die Lawinenverwüstungen nicht mehr beiseite geräumt. Habe im kommenden Sommer nicht mehr mähen können. Drei Sensen habe ich, alt und senil, nein nein, ich bin immer noch jung, an den scharfen Granitsteinen zugrundegerichtet. Die Äste und Bäume habe ich nicht mehr angezündet. Zuerst habe ich noch mit Freunden und Freundinnen „Feuer in den Alpen“ am zweiten Samstag im August entzündet. Immer weniger habe ich vorher Jahr für Jahr geräumt und Steine geklaubt und kleine Steinmäuerchen aufgeschichtet. Von drüben, unter dem Schutz des mächtigen Felsens, kann ich alles überblicken. Dann ist das langsame Absterben des bis dahin dahinfließenden Autoverkehrs wie ein Leichentuch dahergekommen. Kurz darauf, wenige Jahre danach beginnt das hinterste Dorf des Tales abzusterben. Drei lange Lawinengalerien haben sie gebaut. Ab dem

Freien Stabl ist alles abgesperrt. Ich hocke im Loch und sinniere. Ich habe genügend Zirbelnüsse gesammelt. Ich habe alles in einen Leinensack gesteckt. In meinem Rucksack habe ich die Notreserve. Und eine Flasche Schnaps. Dann, ich kann ihn unten auf seiner Wiese sehen, wie sich der alte Erwin abmüht. Mehr und mehr von Jahr zu Jahr, von Winter zu Winter, ist sein Rücken gebeugt. Seine Füße zieht er hinter sich her. Er richtet sich auf, sehe ich, wie er sich dazwischen aufrichtet, wie er dazwischen mit den Händen an seinem abgeschundenen Körper entlang streicht, sich wieder aufrichtet. Es kommt mir vor, dass er mit seinen alten Händen heilen will oder den Schmerz lindern. Er ist abgestürzt. Er ist erlöst. Wahrlich, ich sage euch, er wird mitten ins Paradies hinauf wandern können, zusammengeschunden und heimlich heulend. Ein Meister altüberlieferten Wissens beim Zaunmachen und Mistzerteilen ist nicht mehr. Ich weiß noch, ich habe es als Zeuge miterlebt, wie er im Herbst den Mist mit dem kleinen Gespann, vorne die Kuh, dahinter der Schlitten, der Mistschlitten, auf dem Mist drauf die Gabel. Daneben die Bretter, eine Handhacke und Holzpfosten und wie er den Mist auf den Steilhang schüttet. Wie er ihn sorgsam herunterkratzt, dass so wenig als möglich in der Steilwiese unkontrolliert Richtung Felswand und Schlucht und Bach kollert. Den abrollenden Mist muss er zurückhalten. Legt ein Brett quer über den Steilhang, sichert es zweimal mit den Holzpflöcken, streift langsam den Mist von der Truhe auf die Wiese. Er wiederholt das an diesem Vormittag zwanzigmal. Der Mist ist zu schmalen Streifen quer zum Steilhang aufgelegt. Ist aufgebreitet wie das Bett zum Nächtigen, zum Ausrasten. Ich habe ihm immer wieder zugeschaut in den ersten Jahren von 1990 bis 2003 oder 2004 und habe dann im Frühjahr, wenn der Schnee zurückgewichen ist, zugeschaut, wie er wieder gekommen ist und den im Winter hart gefrorenen und nach und nach im Frühjahr auftauenden Mist mit der Gabel in weitem Schwung auseinander geworfen hat. Der Mist ist durch den winterlichen Gefriervorgang in kleine und kleinste Stücke zerfallen, ist dünn wie Pulver und verteilt sich am gleichmäßigsten im Boden. Ich schaue ihm zu, wenn er an der mühsamsten Mistausbreitungszeremonie tätig ist. Er kommt mit einer selbstgebastelten Mühle, alles aus Holz und einem einzigen Eisenrad, ähnlich den händischen Obstzerkleinerungsmaschinen, stellt das Gerät an einen sicheren Platz. Stützt fallweise durch Keile und Pfosten ab. Dann schüttet er Schaufel um Schaufel Mist in die kleine Holzkiste, beugt sich nieder und dreht an der Kurbel. Der Mist wird zerkleinert, wird beinahe zermalen. Das macht heute niemand mehr. Nur der Erwin. So geht es einen ganzen Tag und dann noch einen. Mistzerkleinerung in allen Stufen von mittelfein bis ganzfein. Er schöpft den Klein-Mist in einen seiner Rückenkörbe. Alle selbst angefertigt. Er hockt sich am Steilhang nieder. Hat den vollen Mistkorb hinter sich, nimmt die beiden Träger, zieht sie über die Schulter, hält kurz inne, schnauft, macht einen kurzen heftigen Ruck und richtet sich auf. Der hart gebeugte Rücken. Alles schmerzt. Er beißt sich auf die Zähne. Vielleicht betet er. Oder er flucht. Der Alte geht bergauf. Droben angekommen, leert er seitlich den Mist auf die Wiese. Dasselbe in den kommenden Tagen und zwei Wochen, zuerst auf den Wiesen des Heimgutes, dann auf den gepachteten Bergwiesen. Am Sonntag steht er mit den anderen Männern des Tales vor der Kirche. Ich schaue ihn an und sehe, dass er sich kaum aufrecht halten kann. Ich müsste ihm einen Sitzplatz in der Kirche anbieten. Müsste ihn hinführen und in eine der Männerbänke hineinschieben. „Gehts?“ Wohl wohl. Es geht. Er singt nicht mit. Er betet. Unaufhörlich und während der ganzen

Heiligen Messe Perle um Perle des Rosenkranzes durch seine Finger ziehend. Die älteren Frauen kennen nichts anderes: niederknien, im Knien verharren, während der Predigt kurz niedersitzen, zur Kommunionspendung aufstehen und nach vor zum Speisegitter gehen. Ich denke mich ein Dutzend Jahre zurück. Drei Weiblein empfangen das Heilige Sakrament. Lassen es sich auf die Zunge legen, gehen langsam zurück auf ihren Platz. Ich kann nicht feststellen, ob sie die Heilige Hostie zerkaut haben. Oder ob sie das Dahinschmelzen des „Leibes des Herrn" abgewartet haben und dann schlucken. Ich denke ein Dutzend Jahre zurück. Zehn oder fünfzehn Frauen mittleren Alters sind nach vor gegangen. Auch zehn Männer und Halbwüchsige sind mit nach vor zum Kommunionempfang mitgegangen. Haben die Heilige Hostie schneller zerbissen und geschluckt. Sie warten auf das Ende der Heiligen Messe und auf die Zigarette, die Pfeife, auf noch eine Zigarette, auf ein Glas Rotwein bei der dicken Wirtin, auf die neuesten Preise für Kühe und Kälber und auch für Schafe. Da hat alles noch einen großen Wert gehabt. Der Pfarrer hat sie auf die Seligkeiten im Himmel vertröstet. Der Ortsvorsteher kennt die neuesten Preise und berichtet vom Rückgang der Förderungen. Das hat sich ja abgezeichnet. Ich will nicht mehr länger warten. Auf das stille Sterben warten. Das ist so schön. Ohne Lärm. So hat es angefangen. So wird es enden.

Bei der Verkündung der Gnadenbotschaft verlasse ich mich auf die Wilhelmine von Hillern, die gar nicht aus dieser Gegend stammt, die aber mit aller Leidenschaft und Inbrunst sich in das Leben der Geierwally hineinvertieft hat. So können wir vermeinen, sie wäre im Tal aufgewachsen und hätte alles genau gekannt, die Zwiespältigkeit der beiden Klotz-Brüder vom Rofenhof, die brutale Bauernhärte des alten Bauern vom reichen Hof oberhalb des Tales, die Durchtriebenheit eines Bärentöters, die Eifersuchtsszenen in der Zerrissenheit zwischen Bauernsohn (vom Vater verordnet) und dem freien Jäger. Sie hat sich mitten in die Geierwally hineinversetzt und vermeint die Mentalität des wilden Weibes zu erkennen. Alles will sie beschreiben. Hinter allen Schnulzigkeiten suche ich einen wahren Kern, eine wahrhaftige Wally zwischen dem Murzoll und den Saligen.

Der Pfarrer hat es nicht verhindern können. Die Wally mit ihrem harten Grint und unbeugsamen Stolz will wieder hinauf in die Einsamkeit der Hütte droben bei den Gletschern. Die Wally sucht den Murzoll. Einen Vater aus Stein?

Ich suche hundertfünfzig oder hundertsechzig Jahre später nach einer in den Sagen des Tales noch immer lebendig-überlebenden Wally und den Saligen Fräulein. Der Starrsinn ist stärker. Sie wird mich nicht fallen lassen. Der Absturz aus vierhundert Metern vom Mutmal über die Gletscherbrüche kann mir nichts anhaben. Knapp unter dem Gipfel rutsche ich auf der Eisbahn mitten drin im Ferner in die Tiefe. Dort wird sie wohnen. Ich schreie. Es widerhallt in den Steilwänden des Gletschers. Ich rufe nach ihr. „Du armes Menschenherz." „Nein nein", hallt es zurück. Kein Menschenherz kann so hart sein. Droben auf dem Grat steht sie. Sie winkt mir zu. Vorne im Abbruch des Ferners, wo der Eisturm zu wanken beginnt, sehe ich sie stehen. Ich will sie warnen. „Zurück zurück." „Nein", widerhallt es. Sie versteht mich. Sie hört mich. Wilhelmine von Hillern hat ihr die „Gnadenbotschaft" gewidmet.

> „Hoch oben auf dem einsamen Ferner, bei dem steinernen Vater, sitzt wieder das ausgestoßene, einsame Menschenkind, als wär es hierher gebannt, wie ein Teil des schwindelnden Felsens, von dem es hinabschaut

auf die kleine Welt da unten, die keinen Raum hatte für das große, fremde, in Wildnis und Gletscherstürmen gereifte Herz. Die Menschen haben es verjagt und verstoßen, und es hat sich erfüllt, was der Traum verheißen, dass der Berg es annehme an Kindes Statt. Den Bergen gehört es; Stein und Eis sind seine Heimat – und dennoch kann es nicht selbst versteinern und das arme heiße Menschenherz verblutet sich schweigend hier oben zwischen Stein und Eis."

Ich bin zeitlos zurückversetzt in die Jahrzehnte und Jahrhunderte. Wie die Träume zeitlos sind. Wie die Sagen zeitlos sind. Wie sich alles rundum aufgelöst hat: die Hostie des Pfarrers als Leib Christi? Ich suche den lebendigen Leib der Wally in mir. Will ihn schlucken und will alles vergessen. Nicht Jahrzehnte und Jahrhunderte zurück, sondern Jahrtausende. Sie altert nicht. Ist immer schön und wild. Wenn es möglich ist, werde ich mit ihr zusammen vom Gipfel durch den Ferner hindurch und die Gletscherschlünde hindurch und mit dem mächtigen Turm aus Eis in die Tiefe stürzen, unten aufgefangen von der weißen Frau. Oder vom allmächtigen Murzoll. Vom Geschrei der tausend schwarzen Raben. Mitten in der warmen Obhut gelandet.

Weit weit weg sehe ich mein Ende inmitten der Gletscherwelt. Zusammen mit meiner leibhaftigen Wally auf die große Lawine warten.

„Tiefste Kirchhofsruhe lag über der regungslos erstarrten Welt hier oben. Traumhaft von mittäglichen Dunstschleiern umwoben lag die Ferne mit ihren unermesslichen Gebirgszügen. Similaun, das braune Riesenhorn nebenan, ward umschmeichelt von einer kleinen, lichten Wolke, die sich kosend an ihn schmiegte, aufsteigt, sich wieder senkte, um endlich an den scharfen Kanten des furchtbaren Felsens zu zerreißen, zu zerfließen."

Es stürzt der wildzerrissene Ferner von Mutmal auf Marzell. Es ist die eigentliche Heimat des „Wilden Mannes", den sie auch „Murzoll" nennen und zu dem die Wally hat flüchten können. Eine unwirkliche Welt.

Knapp über dem Joch ist das andere Joch. Zweimal sind es die alten Wege der Schafe. Sie gehen wie seit Jahrtausenden immer und immer wieder über weite Gletscherfelder. Knapp über dem Schnalser Joch und dem Hochjoch das dritte Joch. Ein dritter Weg der Schafe über das Tisenjoch.

HOCHJOCH

Gräuel der Verwüstung nebenan. Teufelsegg und Lifte. Bahnen und Raupen. Zerstörung pur. Keuschheit wohin? Salige Fräulein von „Schneekatzen“ zu Tode geschunden. Die letzten Reste alpiner Glückseligkeit? Die schlimmsten Zerstörungs- und Kontrastwelten habgieriger „Zuhälter des ewigen Schnees“.

Wenigstens hätten sie scheinhalber eine glitzernde Kapelle des „weißen“ Lichts auch dort bauen lassen können. Mit den landesweit besten Architekten. Einer Gondel voller Weihwasser und Sekt.

Ich denke an die in der Phantasie der Frau Wilhelmine von Hillern ersonnene Wally mit dem verlogen harmonischen Ende. Sie kommen zusammen und heiraten, der Bären-Josef und seine Wally. In der kleinen Heiligkreuzer Kirche haben sie sich küssen dürfen. In Beisein des Pfarrers.

Ich denke an das weitaus weniger harmonische Ende in der Oper „La Wally“. Dieses Finale ersehne ich für mich und „meine“ Wally hundertfünfzig oder hundertsiebzig Jahre später. Da bin ich bereits tot. Aber vereinigt mit der Wally und dann will ich verfügen, meine Asche möge über Marzell, Murzoll, Mutmal, Schalf, Similaun und Samoar verstreut werden. Mit dem Gebimmel von dreitausend Schafglocken und den letzten Jodlern des Tales.

Wally und Giuseppe klettern immer höher hinauf. Endlich vereinigt, haben sie keine Zeit für einen flüchtigen Kuss. Giuseppe will noch weiter hinauf. Nahe an den Fernern und dem Steilabhang des Mutmal.

„Nur Mut!“, schreit die Wally

„Versuch es durch die Felsen.“

„Es geht nicht.“

„Versuch es noch einmal.“

Dann das erlösende Grauen und ein schrecklicher Schrei der Wally.

„Die Lawine!"

(Regieanweisung:

„Man hört das schreckliche Krachen der Lawine. Der Stoß ist so heftig, dass Wally mit Gewalt zu Boden gerissen wird. Sofort danach eine große Stille. Wally schleppt sich bis an den Rand des Abgrunds, den die Lawine gerissen hat und beugt sich so weit vor, dass sie mit dem Oberkörper über der Kluft hängt. Sie sieht mit gläsernem Blick hinab und stößt einen Schrei aus.")

Sie hat sich wagemutig über die steile Wächte nach unten gebeugt, hat den Todesschrei ausgestoßen. Dann stürzt sie kopfüber in die Tiefe. Direkt in den zweihundert Meter tiefer befindlichen Marzellferner. Dort wird sie von den Saligen Fräulein empfangen, wird gleichsam sanft aufgefangen und in die Tiefe des Gletschers gezogen, wird gezerrt und getragen. Das fremde Geschöpf aus der Welt der Menschen gehört einem anderen Leben an. Es ist wie die Realität einer Operninszenierung am Marzellferner. Die Wally ist eine inszenierte Puppe. Wie eine riesige Trachtenpuppe schwebt sie über den Marzellkamm Richtung Ferner. Der Regisseur hat die perfekteste Alpin-Show inszeniert. Den Lawinenabgang haben sie jahrelang erprobt. Die Katastrophenmeldungen sind medial die internationalen Volltreffer. Das bringt neue Gästeschichten. Die perfekte Inszenierung kann alles Bisherige auslöschen und vergessen machen, alle Totenprozessionen, alle Gletscherkatastrophen der vergangenen Jahrhunderte, den Untergang von Donanä, Onanä und Tanneneh, die Weltsensation des Piccard-Absturzes auf den Gurgler Ferner, die Katastrophe mit den neun Toten über dem Rettenbachferner bei diesen Rekordflügen des Hubschraubers und wie das Seil gerissen ist und die wilden Ausbrüche der Ache und wieder hat es 14 Tote gegeben. Das zählt nicht gegen die neuesten Inszenierungen. Es müssen Weltsensationen inszeniert werden. Solche vom Weltuntergang. Wir bauen die Hölle. Wir bauen die neue Alpenfestung.

*

Ich bin in eine tiefe Kluft hineingefallen.

Die alten Kulte sind nicht auszurotten.

Die katholische Kirche versucht sie seit mehr als tausend Jahren auszurotten. Jetzt rennen ihr die Gläubigen davon.

Heil und Sieg wie zu Hitlers Zeiten?

Die Kluft geht immer weiter auseinander. Wo ist das Rettungsseil in die Tiefe?

Mamma hat zeitlebens gebetet.

Mamma hat zeitlebens auf dem Friedhof die Gräber von guten Bekannten und Angehörigen, von weitschichtig und weniger weitschichtig Verwandten gepflegt, hat Wasser hineingegossen, hat Blumen gepflanzt, Blumen wieder aufgerichtet, hat Grablichter gekauft, hat Grablichter angezündet. Weit im Friedhof verstreut. Ruhe sie, die arme Seel.

Ich habe viel daraus gelernt. Ich will altes und ältestes Glaubenswissen der Region kennenlernen. Will vergleichen. Will verbinden. Gnadenfäden ziehen. Für die „armen Seelen“ beten. Für den alten Buggls Ortsgruppenleiter. Den Fettwanst Hermann aus Berlin. Alle Bergführer und Verführer in unseren Tourismusstationen. Seit jeher auf den Hütten droben die schlimmsten „Nagler“. Alles bleibt in der Höhe droben verborgen. Es wird zugenagelt. Dann beten sie miteinander. Saufen Schnaps und Rotwein.

MEGATONNEN UND DER ALTE BUGGLS UND DIE MEGASCHEIBE

Ist es der WILDE MANN von hinten drinnen im Tal? Tourismuspionier, Bauernschänder, Landschaftsmörder. Dann die Glühende Sonnenscheibe über dem Tal. Wie es in alter Überlieferung bewahrt ist? Genau über dem Heimatdorf mit den Gletscherschliff-Felsen. Dem ist mit Poesie nicht mehr beizukommen. Die neue Bedrohung ist die größte Bedrohung. Wenn wir die Hölle bauen wollen, müssen wir den Ambergstollen hundertfach durchs ganze Tal hinein verlängern. Bis Murzoll, wenn wir die tote Wally gefunden haben. Das Begräbnis mit meiner Wally. Ich habe den sumerischen Astronomen gesehen. Er ist in der Nacht gekommen. Aus dem Zweistromland. Wo unsere grauen Rinder hergekommen sind, die Zither und die Harfe und unsere alte Sprache. Sowieso akkadisch oder so wie beim Gilgamesch. Wir hängen zusammen und gehören wieder zueinander und werden miteinander und ineinander verschmolzen. Dort der alte Buggls als Held Gilgamesch. Die Scheibe ist aus dem Zweistromland losgeschossen. Wie ein riesiges Luftschiff und drinnen haben sie meine braunen Bergschafe versteckt, meine graue kleine Kuh, schau wie sie dich anschaut und die harfenspielende Nachbarin mit der karierten Schürze, dem Augenaufschlag, die Augen sind dunkelgrün, die Lippen violett, das geheime Wissen unter dem Mieder versteckt. Es könnte meine Wally gewesen sein. Dann lese ich von den „Herrinnen der Tiere“, den Beschützerinnen der Gämsen, dem Kreisziehen über den höchsten Bergen dieses Tales. Heimatgeruch oder Moder. Dann träume ich und lese es in der Zeitung, die mir der Antonio aus Verona zugeschickt hat. Oder der Herr der weißen Schafherden aus den Lessinischen Bergen. Wo unsere Vorvorfahren vor 900 Jahren hingezogen sind. Asiago und rundum

120.000 Schafe. Der Antonio ist geächtet. Seine wissenschaftlichen Neidbrüder schicken mir einen Protestbrief. Der Antonio wird alles wissen. Er wird es geahnt haben.

Am Himmel streift vier Minuten lang ein leuchtendes strahlendes feuerspeiendes Monster vorbei. „Der sumerische Beobachter verlor ihn schließlich über dem Mittelmeer aus den Augen. Der Feuerball, der Feuerbrocken speiende Berg fegte über das Wasser, über das Mittelmeer, näherte sich den weißen Gletscherbergen und schlug bei einem Ort auf, den sie später Köfels genannt haben. Das aber ist erst der Anfang der Katastrophe gewesen." Alles hat in schrecklichen Katastrophen das Ende gefunden. Der Feuerball des mächtigen Berges, glühend und strahlend, formt sich zu einer Kugel, dreht sich, nimmt eine neue Bahn. Das ist der Anfang einer solchen Katastrophe, wie die später in diesen Gegenden wohnenden Menschen sie wirklich wie eine Endzeit erlebt haben und wie sie in den weit entfernten Ländern ihre Sagen und Mythen erfunden haben. Sie haben aus weit entfernten Tatsachen den Untergang von Atlantis in ihre alten Geschichten vom Leben und Sterben vom kurzen Glück und langen Elend ersonnen. Für die Nachwelt überliefert. In 24 Generationen. Dieser ferne Antonio hat uns die Geschichte erzählt. Hat den Feuerball in bunten Farben gemalt, hat die Meere gezeichnet und die hohen Gletscherberge. Er hat uns alles getreulich überliefert. Über dem Ort, den sie später Köfels genannt haben, ist der Feuerball in den Berg gestürzt. Ein ganzer Berg wird zerstört. Es ist erst der Anfang. So berichten neueste Forschungen vom Ende des Jahres 2011. Aber das hat nichts zu tun mit dem vorhergesagten Weltuntergang ein Jahr später. Diese Forschungen berichten davon, wie vor mehr als 8.000 Jahren der Feuerball den Berg zerschlagen hat, Megatonnen in 1.800 Grad heißer Schmelzglut ins Tal hinab geflossen, hat der Feuerball, stellt euch vor, eine Drehung gemacht, ist aufgestiegen, hat sich in Richtung Levante, rasend schnell und alles vernichtend auf Sinai zu bewegt, rast über das alte Land, das wir jetzt Ägypten nennen, hinweg und biegt wieder in die Erdatmosphäre ein. Ich habe es gefunden. Aber ist nicht dasselbe. Die Menschen haben die alten Geschichten, die von den Katastrophen und der erhofften Erlösung immer wieder weitererzählt und irgendwann einmal aufgeschrieben. Und die Bibelschreiber haben ihre Geschichten geschrieben und die Schreiber aller Sintflutereignisse und Erdbeben mit tausenden, mit abertausenden Toten.

> „Da ließ der Herr Schwefel und Feuer vom Himmel herabfallen auf Sodom und Gomorrha und vernichtete die Städte und die ganze Gegend und alle Einwohner der Städte und was auf dem Lande gewachsen war."

Verschone uns o Herr von diesem Elend. O Herr, du hast auch die ehemals glänzenden Städte in den Gletschern vernichtet und alle Menschen und alles Getier und dann ist wieder eine neue Geschichte erfunden worden. Mein Antonio weit drunten in Verona hat mir die Berichte zugeschickt, ergänzt mit Zeichnungen und Karten, hat mir Namen ferner Forscher aus England und aus Rom zugeschickt, solche von Apokalyptikern und Phantasten und viele Menschen haben daran geglaubt. Diese beiden merkwürdigen Raketenforscher Hempsell und Bond. Ich weiß nicht, wohin ich sie in meiner Alpinapokalypse stecken soll. Ob ich ihnen glauben soll. Der Absturz des Feuers in der Nähe des Ortes, den die Menschen später Köfels genannt haben, ist eine Tatsache solcher Art, dass dort ein ganzer Berg abgestürzt ist, zusammengesackt ist, von dreitausend auf zweitausendzweihundert nach heutiger Messung, dass dabei eine derartig gewaltige und unvorstellbare Reibungshitze entstanden sein soll, dass der Felsen geschmolzen ist, dass der geschmolzene Berg wie ein Lavastrom zu Tal gefahren ist, vielleicht und teilweise nur langsam hinabgeronnen ist, dass es in diesem Teil der Ötztaler Berge eine geheimnisvolle Fundstelle einer dunklen Masse gegeben hat, zu der die Gesteins- und Lavaforscher der ganzen Welt gekommen sind und die Steine mitgenommen haben. Dann ist alles leer gewesen. Die Bauern haben die dunklen Steine zu Mauern ihrer Häuser verwendet. Die Frömmsten des Dorfes haben die Steine gesammelt und haben damit eine neue Kapelle gebaut. Kann alles so sein und kann so gewesen sein. Die weltweit einzigartige Gesteinsverformung haben die Forscher dann weltweit KÖFELSIT genannt und haben weitere Wunderforscher ins Tal gelockt. Es ist wie ein Bimsstein. Aber es ist kein Bimsstein. Und es ist Köfelsit.

Es ist das Megaereignis des Tales und viele andere Ereignisse sind vorher gewesen und viele andere Ereignisse sind nachher gekommen und viele viele vielleicht noch schrecklichere Ereignisse werden nachfolgen.

Es kann und darf keine Idyllengeschichte meines Tales sein.

Lieber lasse ich mir die Hände abhacken. Das Maul verkleben. Meine Schreibstube in die Luft sprengen. Für Idylle und Romantik ist kein Platz. Anno 1938 und 1939 und 1940 und 1941 und auch noch 1942, 1943, 1944 und bis in den April 1945 hinein hat der berüchtigte Naziortskommandant gewütet. Dann kommt der Bub. Der Bub ist reich, stinkreich, sagen die Leute, ist ein perfekt vollgefressener Hurensohn und Lebemann. Und hat das Tal unter sich. Die Berge über sich. Die allmächtig scheinende „Schneekompetenz". Es hat dort den Göring gegeben und einen Gauleiter mit allen seinen Vernichtungsplänen. Beide, der Göring und der Gauleiter, die Hände an die Seite gestemmt, herrschaftliches Auftreten, Macht und Fülle. Dann kommt der Ambergstollen. Mein Heimattal ist unter

Wasser gesetzt. Der Vater, der Tatte, muss einen Ersatzbauernhof suchen. Vierzig Kirchen und Kapellen sollen unters Wasser kommen. Wären vielleicht in sechzig Jahren überflüssig geworden.

Ich bin am Beginn einer neuen Ära, genau Ende Februar des Jahres 1938 in diese Bergwelt hineingeboren worden. Und wiederum 100 Jahre später verfallen und vermodern die Kirchen, die Kirchlein, die Kapellen, die Wegkreuze. Einige sind der neuen pervers-touristischen Nutzung und Vermarktung ausgesetzt, Wegweiser zu den Puffs, zu porno alpin, zum Trachtenumzug, zur Jodelwerkstätte. Dann kommt der Weltstar auf den Gletscher. Die Kirchenfahnen werden aus den hohen Kirchenfahnenkästen geholt und dann geschwungen. Zu Ehren der Allmacht. Aber soweit sind wir noch nicht.

2038 wird alles wiederkommen, in Pracht und Herrlichkeit.

Ich bin hundert Jahre vorher in der Elternkammer im ersten Stock, straßen- und kirchseitig auf die Welt gekommen, bin dort frommkatholisch erzogen worden. In diesen hundert Jahren hat sich in diesem Tal und auch anderswo in höchst komprimierter Form mehr geändert und grundlegend gewandelt wie in den vorherigen neuneinhalbtausend Jahren von der taleigenen Mittelsteinzeit bis in das Jahr 2038. Mein Finale. Vielleicht kann ich aus der Schlafkammer hinauswinken, den Perlmutterrosenkranz schwenkend, gleichsam grüßend, aus Lourdes heimgebracht und dann mir geschenkt. Alles, beinahe alles hat sich ringsum verändert.

*

DAS ALLES IN MEINEM TAL

Ich hocke in meiner Schreibkammer. Ich lese und staune und erschaudere und schwitze und es rinnt der Frost über den Rücken und ich greife zuerst nach dem Hollersaft, dann mache ich einen heißen, Grippe verdrängenden Grantensaft, Preiselbeersaft, schlürfe ihn langsam. Es nützt nichts. In Fieberträumen erwache ich dann. Ich stehe auf, gehe rund um die Hütte, schaue und dann schreie ich so laut ich kann, sehe den Felsen auf der anderen Talseite erglühen, sehe die Dreitausender in der heißen Glut zusammenbrechen. Das Niederbrechen erinnert mich zuerst an die vertrauten Lawinen. Alles wird lauter und schrecklicher. Es sind nicht mehr weiße und dann immer dreckiger werdende Nass-Schnee-Lawinen, solche „Schöerleenen“, die alles, alle Bäume und Hütten und Höfe und Dörfer und Hotels mitsamt allen Menschen dahinraffen. Es sind feurige Monster, nichts anderes als Monster, grausame Vernichtungsmonster. Da kann ich mir denken, wie es hätte gewesen sein können, sagen wir vor zehntausend Jahren. Da haben die ersten Menschen unsere Berge durchwandert, haben sich in Felsüberhängen aufgehalten, haben sich Feuer gemacht, haben sich am Feuer erwärmt, haben sich umarmt, haben sich geliebt, haben Kinder gemacht. Meine Vorvorfahren sind vielleicht vor neuntausendneunhundertvierundachtzig Jahren darunter gewesen.

Ich umwandere hastig, immer schneller werdend, die Hütte, sehe die Berge erglühen, den Nederkogel und sehe die Gletschermassen des Loobferners zerrinnen und als mächtige Flut zu Tal sausen, alle Bäume, Gämsen und Rehe mit sich reißend. Das Feuer sehe ich und ich rieche den Tod, diesen Tod, diesen Abgesang. Das denke ich mir. Das erinnert mich an das Weltgeschehen, an die Weltereignisse, an die ganz nahen und an die ganz fernen. Ich schreie die Berge an. Ich lasse den Schall wiederkehren, suche den Felsen mit dem besten Echo, klettere in noch nie gekannter Hast zum Teufels-Felsen, zum Hexentanzplatz, zur Fräulashöhle, verstecke mich eine Nacht lang in der eiskalten Kirche, bete einen Rosenkranz nach dem anderen, verfalle in einen holdseligen Traumzustand. Ich werde aufgeschreckt durch ein anderes Schreien, dann durch einen beinahe nicht mehr aushaltbaren Knall und vermeine diese Stimme zu hören:

„ATOMBOMBE LITTLE BOY
FALLE NIEDER UND ZERMALME
ALLES WAS DA LEBT UND KREUCHT"

Das kann nicht sein. Ich laufe zurück in die Hütte, suche hastig die Zettel und die Zeichnungen und die handschriftlichen Anmerkungen meines fernen Freundes aus Verona und den Lessinischen Bergen und suche weitere Nachrichten, die über die schlimmsten Kriege und die Atombomben über Hiroshima und Nagasaki Nachricht geben. Es drängt sich ein Zusammenhang auf. Die schrecklich berühmte Zerstörungsatombombe von Hiroshima, 1945 über Hiroshima abgeworfen, hat es, wie Wissenschafter nachher gemessen haben, auf die Maßeinheit von „nur" 13 Kilotonnen TNT gebracht. Bis zu 90.000 Menschen sind dort gestorben. Atombombenopfer. Die ersten der Welt. Die ersten einer aus den Fugen geratenen Menschheit, einzelner Menschenmonster mit bisher ungeahnter Grausamkeit. Ich habe die Verbindung zu Köfels gefunden. Und zum Untergang von Atlantis. Die Verbindung der Feuerscheibe mit dem vermeintlichen Untergang von Atlantis und dem Niederstürzen in Köfels. Zum Abbrechen der riesigen Steinmassen des vorherigen Berges, dieses „Dreitausenders", sind Monsterdimensionen notwendig gewesen. Forscher, die nicht und noch immer nicht ernst genommen werden, haben errechnet, zum Abschmelzen des Berges sei eine Energie von 4,5 oder 4,6 Megatonnen TNT notwendig gewesen. „Nur" 13 Kilotonnen TNT waren es in Hiroshima gewesen. Diese schreckliche Atombombe haben sie „little boy" genannt, den kleinen Buben. 13 Kilotonnen von Hiroshima stünden demnach bis zu 4.600 Megatonnen in Köfels gegenüber, das mehr als dreieinhalbtausendfache. Unvorstellbar. Dieses erniedrigende Verharmlosen bis zum „kleinen Buben". In diesem selben Jahr, wie der Köfelsit entstanden ist, meinen einige Forscher, wäre auch Atlantis zugrunde gegangen.

Noch weiter ins Detail wollen die Forscher Hemsell und Bond gehen. Sie benennen den Berg. Es ist der Gamskogel. Sie berechnen die Größe des Feuerballs. Das Objekt mit einem Durchmesser von fünf Kilometern „kam aus dem Süden und rasierte geradewegs den Gipfel des Gamskogels ab. Die Höllenwalze rollte ins Tal, schmolz den Stein." Alles nur Spekulation? „Seit Ende der Eiszeit", so möchte auch der bekannte Forscher Alexander Tollmann bestätigen, „haben die kristallinen Alpen nämlich keinen derart heftigen Bergsturz mehr gesehen."

Ich will noch tiefer in diese alten und ältesten und möglicherweise künftig wieder möglichen Szenarien hineinbohren. Vergleichsweise sind „normaler" Treibhauseffekt und Klimawandel, von Menschen zu siebzig oder achtzig oder noch mehr Prozent herbeigeführt und (mit-)verursacht, eher harmlos, auf jeden Fall vergleichbar langsam. Wenn der „Mensch" zu Hiroshima mit den 13 Tonnen Zerstörungswut fähig ist, wird er auch zum Zehn- und Hundertfachen und Tausendfachen „fähig" sein.

Dann werden wir noch vorher die WIEDERKEHR der RELIGIO erleben. Wir werden sie vielleicht erleben müssen, um uns gegen den wahrhaftigen und definitiven Gräuel der Verwüstung ablenken zu können. Zum Überleben wird es nicht reichen.

Vorher kommt der Bau der Militärstraße zum Hermann-Göring-Haus und weiter bis zum Gletscher. Von dort weg wird der Tunnel gebohrt, gesprengt, wird betoniert und werden die Toten in den Tunnel eingegossen. Keine Zeit zum Abtransport. Der OBERSTE vom Ahnenerbe hat seine Pflicht getan. Alles ist aufgezeichnet, niedergeschrieben, auf Tonband und in Protokollen festgehalten, fotografiert, gefilmt, dem Führer ins Führerhauptquartier gemeldet. Der Adolf ist tot. Selbstmord. Suizid vor vier Jahren. Auf der Baustelle hockt droben auf dem Riesenbagger der Gauleiter.

Ich bin jetzt zehn Jahre alt. Meine Mamma bringt mich zu den letzten Verwandten im Tal. Ich hocke auf dem Knoschpenkofel und lass unter mir die Kolonnen der Kettenfahrzeuge, Bagger, Lastwägen vorbeifahren. Drauf hocken die Zwangsarbeiter. Drauf hocken die Aufseher. Der Hofer schreit. Er findet mich droben auf dem Felsen. Ich bin zu jung für die Waffen. Unter mir läuft die Zeit, rinnen die Jahre, die Jahrzehnte. Ein halbes Jahrhundert.

EINSAM IN DER SCHÄFERHÜTTE UND DER STILLE TOD

Dort habe ich den alten Schäfer Hans, der mein Bruder sein könnte, besucht. Seine 145 Schafe zusammengetrieben. Sie stehen um die Hütte herum. Sie warten. Das Gras ist verdorrt. Oder abgefressen. Hänge sind kahl. Der erste Schnee und die Kälte sind gekommen. Morgen helfe ich ihm, die Schafe über den Bach treiben. Auf seiner blauen Schürze lese ich vom Hinteren Eis und von Samoar. Hat nichts zur Sache, sagt er. Ich komme 65 Mal über das Joch und den Ferner. Im „Hinteren Eis“ wohnen die Saligen. Wie drüben auf Marzell und drinnen im Schalf. Seit zehntausend Jahren, sagt er. Soso sage ich. Auf dem Tisch der Speck. Fett und sparsam durchzogen. Ohne Brot. Aber mit Wein. Für ihn muss es Weißwein sein. Vergeltsgott sagt er. Schneidet eine Scheibe ab, reicht sie mir über den Tisch. Mahlzeit sage ich. Draußen bei der gemeinsamen Hütte hat er das frische Fell aufgehängt. Ich frage ihn, warum. Er weiß es nicht. In der Nacht sind dann die Berggeister gekommen. Haben das Fell von der Stange gerissen. Sind die Krähen gekommen. Dann die Füchse. Dann der Geier. Es bleibt nichts übrig.

Auch von mir nicht, denke ich. Und frage den Hans: Glaubst du an Geister? Hast du schon die Saligen gesehen oder zumindest gehört. Nein nein. Da ist nichts. Ich habe nichts gehört. Aber sie sind dagewesen. Die Schafe haben es gemerkt. Sind nicht so dumm wie wir Menschen meinen. Magst noch ein Stück Speck? Ich habe kein Brot mehr da. Kann den Speck auch ohne Brot essen. Aber einen Wein dazu. Magst? Jaja mag ich. Wieviele Schafe hast du heuer? Hunderteinundzwanzig. Alles weiße. Die Kleinen. Die Schnalser. Die habe ich als Sonderrasse angemeldet. Soso. Dann steckt er Stück um Stück in den Mund. Eine Halbe Wein dazu. Steht auf. Macht das Kreuzzeichen. Auf die Stirn, auf den Mund, auf das Kinn. Legt das Messer in seinen Rucksack. Steckt den Rest vom Speck in seinen Rucksack. Zieht seinen Rosenkranz heraus. Betet. Betet mit mir. Gegrüßet seist du Maria voller Gnaden, der Herr ist mit dir, gebenedeit unter den Weibern. Unter den Weibern sagt er, weil es in seiner Jugend so geheißen hat. Das sind die Frauen. Auch die Madonna. Draußen im Bildstock. Er betet ein Gesetzchen des schmerzhaften Rosenkranzes. Ich bete nach. Also wiederhole ich. Der für uns Blut geschwitzt hat. Der für uns das schwere Kreuz getragen hat. Der für uns gekreuzigt worden ist. Und wieder und immer wieder in aller Einfalt und Eintönigkeit: Ehre sei Gott dem Vater und dem Sohn und dem Heiligen Geist. Amen. Gelobt sei Jesus Christus. Und er blättert im alten Gebetbüchlein. Betet. Kannst mitbeten. Wenn du willst. „Gebet um ein glückliches Ende." Der Hans blättert. Stellt das Glas auf die Seite. Kniet sich auf den harten Steinboden:

> „Heilige Maria, Mutter der Barmherzigkeit, steh auch du mir bei in meinem Todeskampfe. Bitte für mich, du Heil der Kranken,
> du Zuflucht der Sünder,
> du Trösterin der Betrübten,
> du Helferin der Christen.
> Erflehe mir Nachlass der Sünden, Befestigung im heiligen Glauben, Hoffen, und in immer zunehmender christlicher Liebe,
> ausharrende Geduld, einen glücklichen Ausgang aus diesem irdischen Prüfungsleben und
> Eingang in die himmlischen Freuden."

Amen. Das sagen wir beide. Ich habe geschwiegen. Das alles ist seit Generationen verschwunden und vergessen, denke ich.

Er schließt das Büchlein. Vier mal sechs Zentimeter. Reich geschmückt mit Blumen und Girlanden, mit Approbation des hochwürdigen bischöflichen Konsistoriums. 4. Juni 1897, Zahl 3633, gedruckt in der katholischen Verlagsanstalt Steinbrenner in Winterberg, Wien und New York.

Umfassende Lehre und heute vergessen. Einige Relikte weit abseits. Auch in den Bergen. Hans sucht das Gebet für Schafe. Er findet keines. Alle Hirten und Treiber verehren und fürchten gleichermaßen die Saligen, Fräulein oder Frau, gleichermaßen. Wenn sie segensreich das Vieh beschützen. Den Hirten vor dem Absturz bewahren. Den Steinschlag bannen. Sie bringen Unheil und Katastrophen, die wilden Wasser nach reichlichem Niederschlag, das Abgehen der Muren nach Donner und Hagel, das Losbrechen der Lawinen. Alles kommt von dort. Daneben und trotzdem beten sie zur Madonna. Schauen auf das Kreuz. Ziehen den Hut beim Wegkreuz, nehmen den Hut ab. Glauben gleichzeitig und nebeneinander an Salige und Hexen und den Wilden Mann und die boshaften Nörggelen und die kleinwüchsigen Venedigermandln. Rundum ist alles voller Gestalten. Im „Hinteren Eis“ stecken sie hinter jedem Steinblock, in jeder Spalte des Ferners.

Jetzt steht er auf, greift in den kleinen Weihwasserbehälter neben der Türe, benetzt den Zeigefinger der rechten Hand, zeichnet auf meine Stirn das Kreuz. Sollst gsund hoam kemmen.

Geht zur Türe hinaus, lockt „höörla leck leck leck“ seine Schafe. Sie folgen ihm. Das Klingen der Glocken bleibt zurück. Und die trostlose Leere und Einsamkeit. Morgen oder übermorgen wird der Schneesturm kommen.

Ich bleibe zurück. Rufe ihm nach „Pfiet di!“

Ich gehe in die Hütte zurück. Dort will ich ein paar Tage und Nächte bleiben. Noch einmal will ich nach der Wally suchen.

Ganz allein bin ich nicht geblieben. Der Hans hat mir zwei weibliche Ziegen zurückgelassen und hat mir gezeigt, dass für zwei Wochen etwas Heu vorhanden sein müsste. Für alle Fälle. Es könnte ja morgen Schnee liegen und übermorgen auch und dann den restlichen September und dann würde alles Überleben für Mensch und Ziegen unmöglich.

Ich habe die Vorräte sortiert. Den Speck und den weißen Leinensack mit Polenta. Ich hole aus dem Rucksack das harte Brot. Hocke mich hinter den Tisch. Stütze den Kopf in meine Hände. Alles geht mir durch den Kopf. Ich sage Schädel dazu. Ob ich einen Rosenkranz bei mir habe? Nein. Ich finde einen zerbrochenen im kleinen Holzkasten an der Wand und die zerschlissenen Reste eines Gebetbuches und die aus einer Illustrierten herausgerissenen Seiten mit großen nackten Brüsten und solche Sehnsuchts-Seiten. Das wird so sein.

Die Wally wird ja auch eine solche Frau gewesen sein. Und diese schönen Fräulein in wallenden Gewändern und deutlich sich abzeichnenden Brüsten. Das wird als Sehnsucht übrig bleiben. Denke ich an den alten Hans. Denke ich an den Schafhirten. Zweimal in den drei Monaten ist er mit seiner Frau zusammengekommen. Einmal ist sie übers Joch „von entn her“ zu ihm gekommen. Einmal ist er drüben „endern Joch“ zu ihr an den warmen Küchenherd und dann ins warme Bett gekrochen. Beide haben sich niedergekniet. Haben den Rosenkranz gebetet. Am nächsten Morgen ist er wieder zurück. Neun Monate später ist der Nachwuchs gekommen. Wieder ein Mädchen. Jetzt sind es vier und dazu drei Buben.

Der Abend ist gekommen und eine kalte Nacht. Kein Holz bei der Hütte aufgestapelt. Nur warme Decken und die letzten Holzvorräte. Da kann ich wieder an meine Wally denken. Ich kann die ältere Ziege melken. Sie gibt reichlich Milch. Sie ernährt mich. Das Kitzlein werde ich in den nächsten Tagen schlachten. Die zweite Ziege ist bald zum Kitzn. Dann habe ich ausreichend Milch und kann Käse machen und kann jeden Tag Mus essen und kann das fette Mus in mich hineinstopfen. Manchmal kann ich vorher das Kreuz auf Stirn, Mund und Kinn machen. Oder ich lasse es bleiben. So meine ich, die alten Zeiten wären längst vorbei. Widerwillig und tagelang dasselbe. Das fette Mus hineinstopfen. Das Musmehl wird grau. Ich muss erbrechen.

Dann kommt über die Grate her der Schnee, angetrieben vom Schneesturm. Jetzt können die bösartigen Saligen den Sturm und das Grauen losbrechen lassen. Da werde ich meine Wally nicht mehr finden können. Sie ist eine von denen. Ja, von denen, die alles zugleich können. Ich habe gesündigt. Habe unkeusche Gedanken und Wünsche. Werde bestraft. Die böseste von den Saligen Fräulein schickt den Schnee und lässt die Lawinen losbrechen. Keine von diesen kommt zu meiner Erlösung.

Ich will nicht weichen. Will und muss in der Schäferhütte bleiben. Ich habe das Zicklein zum Schlachten, die Ziegenmutter für Milch und Käse und die neue Ziegenmutter als Nachfolgerin. Unter der großen Steinplatte finde ich altes, ehemals steinhartes, jetzt aber aufgeweichtes Brot. Noch nicht verschimmelt. Wie frisch aus einer Tiefkühltruhe hätte ich erwartet. Ich fluche hüernteiflsplundr sapprlött. Und ich weiß von geheimen Fleischvorräten droben beim Ferner im Eis, gut konserviert. Ich will dort droben bleiben. Will ausprobieren, wer es länger aushält, die wilde Wally oder ich als Mann im „besten“ Alter. Ich werde morgen zum Gletschertor gehen und dort die Spalten im Eis suchen, wo ich die eingefrorenen Vorräte erwarten könnte.

Aus dem Rucksack ziehe ich, solange es halbwegs hell ist, einen Notizblock und einen Bleistift. Ich will mich zurückziehen und schreiben. Jeden Tag solange es hell genug ist, vier oder bis zu zehn Seiten. Vielleicht kann es ein Roman werden. Die ersten drei Gletschergedichte habe ich geschrieben. Drunten im Tal habe ich zu viel Wilhelmine von Hillern und ihr Buch von der Geierwally gelesen und habe ein erstes Gedicht probiert. Ausnahmsweise schriftdeutsch. Ja, ausnahmsweise, weil der Giuseppe vielleicht ein Lied singen sollte. Wir haben drunten im Tal einen Kapellmeister der Trachtenmusikkapelle, der das vielleicht machen könnte. Ich hätte es ihm als Vorlage geben können.

„es ging auf den murzoll
ein mädchen wunderschön
hinauf den steilen pfad
ganz steil den berg hinauf
zum gletscher auf murzoll
die winde flüsternd fragen:
wohin mein kind
mein schönes kind
dein seufzen und dein klagen
die grelle sonn steht auf
geht über schnee und eis
zur steilen wand
des berges gipfel ist erreicht
o schönes kind
O WILDES WEIB
wie schimmert dort der weiße schnee
wie schimmert dort dein weißer leib."

Ich schäme mich. Lese noch einmal. Zerreiße das Blatt Papier.

Spätestens morgen kommt der erste Schnee.

Erst wenig, dann mehr. Am zweiten Tag ohne Unterbrechung. Am dritten Tag bin ich eingesperrt. Die brave Ziege gibt Milch. Ich taufe sie „Wally". Ich nehme die Reste des zerrissenen Rosenkranzes, bete um Segen und ausreichend Milch, zeichne das Kreuz auf ihre Stirn.

Heute gibt sie weniger Milch. Das Zicklein kann nur mehr zwei oder drei Tage bei uns bleiben.

Der Schnee ist gekommen. Mannshoch am dritten Tag. Am vierten Tag das unheimliche Heulen in den Wänden. Ich denke an den steilen glatten Fels, den sie „Beim Schaftod" nennen und von wo Lawinen herabkommen. Es ist nicht so weit. Die Hütte und ich und die Ziegen sind unter einer zweimal mannshohen Decke eingesperrt. Am vierten Tag ist das Donnern und Brüllen gekommen. Ganz wild und unheimlich. Habe gemeint, es kommt das Ende. Denke an das Gebet um eine glückliche Sterbestund aus dem alten Gebetbuch und an den alten Hans. Ich habe den Ziegen jeden Tag einen kleinen Schüppel Heu gegeben. Die Mutterziege hat dem Kitz und mir jeden Tag eine Schüssel Milch gegeben. Vom Überschuss habe ich in den ersten Tagen Weichkäse machen können. Habe den Käse mit dem pulvrigen Laab zubereitet. Habe mich ganz schrecklich über meinen Erfolg gefreut. Habe sogar das erste Käslein gesegnet. Sowieso. Denke ich.

In der drauf folgenden Nacht ist die Lawine gekommen, ist über die hinter dem mächtigen Felsen geschützte Hütte hinweggedonnert. Ja, ich sage gedonnert und alles hat gezittert und die Ziegen haben Töne von sich gegeben, die ich bisher noch nie bei Ziegen gehört habe. Sie haben geheult. Die Mutterziege hat kurz geschrien wie in Todesangst. Und ist dann still geworden. Hat sich niedergelegt. Ich habe gemeint, sie ist tot. Aber sie lebt und lässt das verängstigte Kitz trinken. Alles gut, denke ich, streiche den beiden erwachsenen und dem Jungkitz über den Rücken, kraule sie, rede ihnen gut zu. Ich meine, sie verstehen mich. „Giizele giizele“ sage ich und will auch „Wally“ sagen, unterdrücke es aber und warte und lausche. Immer noch höre ich und das geht minutenlang so, das immer leiser werdende Herabrollen und Nachrollen der Schneemassen und will hinaus schauen. Alles finster. Beinahe stockfinster. Denke ich mir: bin wohl viele Meter in meinem Grab drinnen. Niemand hört mich. Niemand vermisst mich. Es ist mein weißes Grab. Meine Begräbnisstätte. Und dann bin ich sehr still und hocke auf der Bank und beginne zu sinnieren.

Ich denke an ähnliche Begebenheiten irgendwo in den piemontesischen Alpen. Davon habe ich gelesen und bin erschüttert gewesen. Und habe mir eine lange Leidensgeschichte vorstellen können. Im Jahre 1999 habe ich einen kleinen Wink bekommen. Jetzt denke ich an die dunklen und unsicheren Stunden auf unserem Hof und das totale Eingesperrtsein. Das hat aber nur zweieinhalb Tage gedauert. Es ist damals eine andere Angst gewesen. Der ganze Hof ist in allerhöchster Gefahr gewesen. Die Lawinenschutzmauer ist in einem armseligen Zustand gewesen; zum Hinunterbrechen hat der Lawinen-Heumader gesagt. Jetzt aber bin ich sicher hinter dem Felsen. Wie im gelobten Land mit allerbester Ziegenmilch und frischem Käse und meinem Notizbuch und den Gedichten und den frommen Ziegen. Das alles sollte viele Stunden und Tage dauern.

Ich denke an die Geschehnisse anno 1755 im kleinen Bergdorf Bergemoletto. Darüber habe ich in meinem Lawinenbuch geschrieben und das hat mich seitdem nicht losgelassen.

Es könnte auch sein, dass ich die folgenden Tage und Wochen lediglich geträumt hätte, immer umsorgt von heilsamen Sprüchen und Gebeten sowie dem armseligen Reste des Rosenkranzes mit den vielen fehlenden Perlen. Aber das Kreuzchen ist heil geblieben. Und der Glaube an die Wally als die wildeste und geheimnisvollste der Saligen.

Die Ziegen haben Heu gehabt. An der Decke der Hütte hat der Hirt Heu hineingestopft. Als Isolierung. Unter dem Schlafsack liegt altes Heu. In den Ritzen steckt Heu. Wasser tropft durch die Decke. Ich fange es im Kessel auf. Wir alle haben ausreichend Trinkwasser. Meine Notdurft schicke ich in weiten Bogen durch die Ritzen ins Freie. Den Dreck lasse ich draußen gefrieren. Den Dung der Ziegen will ich trocknen lassen. In so kurzer Zeit kann es nicht gelingen. Von der kleinen Holzhütte neben der Schäferhütte angle ich mit großer Mühe wieder ein Scheit und lege es auf die Glut. Das will und kann ich tagelang wiederholen. Ich kann auch die die Holzhütte abreißen, Stück um Stück. Am dritten oder vierten Tag, ich weiß es nicht, ich kenne weder Tag noch Nacht, hat es neben und über der Schäferhütte ein wenig zu tauen angefangen. Wohl auch durch die Wärme der Ziegen und durch meine eigene Ausdünstung. Die Ziegen haben gierig das Wasser aufgesogen. Das Heu an der Decke, in den Ritzen und überall ist immer spärlichere Nahrung für die Ziegen geworden. Da habe ich die Mutterziege, die fromme und zugleich wilde Wally auf die Schulter genommen und habe sie ganz von oben die vermeintlich letzten Reste an Heu herunterziehen lassen. Und wie sie eine Freude gehabt hat und sogar freudig gemeckert hat.

Ich weiß nicht mehr, wie lange wir in diesem Eis- und Schneegrab stecken. Es kann eine ganze Woche gewesen sein. Und das ist schrecklich gewesen. Die brave Wally hat immer weniger Milch gehabt. Es hat nicht mehr für uns beide gereicht, für das Kitzlein und für mich.

Da habe ich es abstechen müssen. Dann habe ich geheult, habe schreckliche Kopfschmerzen bekommen. Ein noch viel schrecklicheres Bauchweh ist über mich gekommen und ich habe mehrmals das stinkige und halbverdaute Essen der letzten Tage erbrochen. Gierig sind die Ziegen drübergestürzt, haben sofort nachgelassen, haben sich in einer Ecke verdrückt. Ich habe das Blut des Kitzleins trinken wollen, habe es saufen wollen, das warme Blut, habe wieder erbrochen. Bin „käsweiß" hinter der Bank gehockt und dann gelegen. Zum Sterben übel. Ich sage es euch.

Aber ich habe wieder ausreichend Milch gehabt und habe wieder kleine Käseleibe beiseite legen können.

Dann habe ich der zweiten Ziege das Euter befühlt, sie angeschaut und betastet. Und habe gemeint, sie müsste oder könnte in einigen Tagen kitzen, also Nachwuchs bekommen. Da aber hätte ich vorerst ausreichend Milch und Käse, aber die Heuvorräte, diese kärglichen Überreste würden aufgebraucht sein.

Also werde ich mitsamt der Wally und ihrer Schwester in meinem Grab verhungern. Im Frühjahr, vier oder fünf Monate später würden die Bauern und der Jäger vielleicht die erste Spur finden. Erst Tage später würde ich dann gefunden. Sowieso tot. Aber hartgefroren.

Es hat in den kommenden Tagen immer mehr das Tropfen von der Decke herunter eingesetzt. Ich habe eine alte Decke gefunden. Habe die Löcher verstopft. Habe Tropfen aus anderen Löchern aufgefangen. Habe von der Schäferhütte einen schmalen Spalt zur daneben befindlichen kleinen Hütte, in der ein wenig Holz und auch Heu und auch das Salz gelagert gewesen ist, durchbrechen können. Das hat mich viel Mühe gekostet. Ermattet, erschöpft bin ich wieder auf die dreckige Pritsche gekrochen. Habe kurz geschlafen. Habe schreckliche Alpträume gehabt, wie alle Leute sich denken können. Aber ich habe für mindestens eine Woche, so habe ich sorgfältig ausgerechnet, wieder Vorräte und kann vielleicht noch eine Weile überleben. Der zweiten Ziege habe ich den Namen Ana gegeben. Weil sie so schön ist.

*

„Am 19. März 1755 gingen in dem kleinen Ort Bergemoletto bei Stura di Demonte (Provinz Cuneo, Piemont) zwei Riesenlawinen ab und verschütteten 22 Personen.
Drei Frauen wurden in einem Stall unter einer Schneedecke von rund 20 Metern begraben. Am 25. April, also nach 36 Tagen, konnten die drei vollkommen abgemagerten Frauen gefunden und gerettet werden."

Auch diese drei Frauen hatten mit Ziegenmilch und herabtropfendem Wasser überleben können. 36 Tage lang 900 Stunden lebendig begraben.

Ich habe, wie die drei Frauen von Bergemoletto, die Ziegen lieb gewonnen. Deswegen habe ich beiden Ziegen einen Namen gegeben und habe sie getauft.

Der schlimme Frevel. Der schlimmste Frevel der Hirten. Sind wir alle wegen Blasphemie verdammt? Es gibt in der Alm- und Bergkultur nichts Verderblicheres?

Sowieso tot?

Über das mühsam gesammelte Wasser soll ich das Kreuzzeichen machen?

Dreimal hintereinander?

Hineingehaucht. Alles schmerzt. Der Wahn hat mich gepackt. Habe ich kein Taufwasser gehabt. Habe die Finger benetzt. Habe der Wally die Hand auf den Kopf gelegt, zwischen die zwei Hörner hinein und sie gestreichelt.

Ich taufe dich. Ich taufe dich im Namen aller toten Ziegen und der Milch aus euren Eutern.

Mich überkommt das Grauen.

Ich nehme auch die liebe Ana und taufe sie:

Ich taufe dich. Ich taufe dich im Namen aller Berggeister, Lawinen und Saligen.

Da war es, als ginge die Welt unter. Über die Berge herein ist es gekommen. Sowieso alles dunkel in der Hütte. Dann diese Dunkelheit. Kohlrabenschwarz. Ungeheuerlich. Es hat mich auf den Boden geworfen. Es hat mich durchbohrt. Der Bannstrahl. Das scharfe Messer. Ich denke zuviel an den Zitteraal vom Ambergstollen. Draußen ist die tagelange Totalstille durchbrochen worden. Ein schreckliches Krachen und Donnern.

Dann schlägt der Blitz ein.

Strafe für den schrecklichsten Alpfrevel.

Ich erinnere mich an die Geschichte mit dem Hirtenknaben auf der Alp Surenen in der Schweiz. Der hat sein schönes geliebtes Lamm getauft. Er hat sich auf dem Weg nach Attinghausen begeben, ist in die Kirche hineingeschlichen, hat den Taufstein aufgebrochen, hat Taufwasser daraus geschöpft. Unbemerkt hat er sich davongeschlichen. Auf der Alp hat er das vergötterte Tier getauft. Nach christlichem Brauch. „Da war es, als ginge die Welt unter. Über die Berge herein kam es kohlrabenschwarz. Ungeheuerliche Wolkengestalten mit Köpfen und Armen jagten über den Himmel. Dann begann es zu donnern und ein Unwetter kam, dass die Erde bebte. Ein Blitz schlug wie ein Riesenhammer in die Hütte und zerschmetterte sie.“ Und es ist das Schreckliche gekommen. Ich erinnere mich, in einigen alpinen Sagen davon gelesen zu haben; von einem Ungeheuer. Von einem Drachen oder einem vorsintflutlich gewaltigen Stier. Ich erinnere mich. Nach meiner schrecklich abscheulichen verderblichen Tat der gotteslästerlichen Blasphemie habe ich nicht daran denken können.

Vor dem jungen Hirten ist „ein entsetzliches schwarzes Ungeheuer“ erschienen. Zu Tode erschreckt wollte der Bub davoneilen. Aber das Ungeheuer stürzte ihm nach und in Sekunden ist der Bub zerfetzt und zerrissen worden. Und von da an ist es nicht mehr geheuer gewesen auf der Alm. Das Ungeheuer ist, so erinnere ich mich an mehrere Schweizer Sagen, vor allem aus dem Kanton URI, das GREISS genannt worden. Es hat auf den Almen Mensch und Tier getötet.

Was habe ich in meinem Schäferhüttengefängnis getan?

Ich will mich mit Traum und nahendem Wahnsinn rechtfertigen. Wenn ich es doch rückgängig machen könnte!

Erst eine „reine Jungfrau“ hat das Greiss bändigen können. Wie der Heilige Romedius den Bären, wie der Heilige Magnus ebenfalls den Bären. In vielen alpinen Kulten und Vorstellungen ist es das unüberwindlich Große, das Schreckliche. Gesühnt muss werden für Sakrileg und Blasphemie. Die kleinen Sünden sind uns ja vergeben, heißt es, wenn wir bereuen.

Ich erinnere mich: Auch die Männer auf den Almen, wenn sie drei Monate auf den Männeralmen ohne Frau und Weib und weiblichem Wesen hausen müssen, werden von der Gier übermannt. Dann suchen sie die Frau. Allgegenwärtig ist die Suche nach der Saligen, diesem sagenhaften weiblichen Wesen in den Bergen, das strafen kann, das aber lieben kann. Salige sind unnahbar. Wie es auch die Madonna ist, die Mutter Gottes, Maria die Keusche. Alte Kulte und Glaubensvorstellungen überdecken einander. „Heidnisch-vorchristlich“ und christlich. Die Älpler auf Männeralpen, wenn sie von Gier und Lust überfallen worden sind, haben aus Holz oder Teig oder Butter an solchen dunklen Abenden eine Frau geformt. In allen Berichten werden die Brüste beschrieben, wird der andere weibliche Körperteil sagen wir „schamhaft“ verschwiegen. Weil schon längst die kirchlich-moralischen Vorschriften gewütet haben. Lust ist verdrängt worden. Heimlich auf Almen bei dreimonatigem Entzug bricht die Natur durch. Neben ihnen in der Hütte lehnt das Weib, das „Toggeli“, die „Sennenpuppe“. Sie wird gefüttert. Es wird ihr fettes Mus in den Mund geschmiert. Dann grinsen die Männer und wollen sich schämen, wollen sobald als möglich beim Pfarrer oder beim Pater im Beichtstuhl die Verzeihung erbitten und um Nachlass der Strafen.

Wenn ich zurückdenke, werde ich mehr als einen Monat in dieser Lawinenhölle überlebt haben. An schreckliche Abende und Nächte muss ich mich erinnern.

Es muss alles zusammen ein langer Traum gewesen sein.

Ich habe zuviel von diesen schrecklichen Sagen und kirchlichen Verdammnissen gelesen. Die alpinen Sagen und nicht nur diese sind in vorwiegend katholisch geprägten Gegenden allgegenwärtig und präsent. Kleine Kinder werden damit geschreckt und vor vermeintlich schrecklichem Unheil gewarnt.

Am vermeintlich 32. Tag bin ich herausgekrochen, habe den Schnee beiseite schieben können, habe endlich freie Luft atmen können.

Es ist allerhöchste Zeit gewesen.

Die Vorräte sind endgültig zu Ende gegangen. In der beinahe völligen Dunkelheit habe ich beinahe den Verstand verloren. Die zweite Ziege, die Ana, ist zugrunde gegangen. Die Leute sagen, sie wäre „verreckt“. Meine Ana ist ehrsam gestorben. Ich habe sie hinter der Hütte in den tiefen Lawinenschnee gesteckt. Im Frühjahr wird sie ausapern. Mit meiner Wally grabe ich mich durch den tiefen Schnee. Dann wird der Schnee hart. Der beinahe zu Beton gehärtete Schnee erleichtert das Gehen. Ich komme schnell vorwärts. Am schnellsten geht es über harten

Lawinenschnee. Ich kenne den Weg. Nach einem sehr langen und überaus beschwerlichen Gehen komme ich am Abend ins Dorf zu den ersten Häusern.

Wie sind da die Leute erschrocken.

Sie vermeinen ein Gespenst zu sehen, eine Schneeleiche sehen zu müssen. Ich habe die Sprache verloren. Meine Haare sind grau geworden. Ein langer Bart erschreckt die Leute, belustigt die Kinder, die daran zupfen und ziehen wollen. Meine Ziege Wally ist knapp vor dem Ziel gestorben. Ich habe auch sie mit allen Zeichen und Symbolen und christlichen Ritualen und Gebeten begraben.

Es ist meine schreckliche TOTENPEIN im Schnee gewesen.

Durch die Kalte Pein habe ich durchgehen müssen. Vielleicht habe ich Sünden abgebüßt. Ich weiß es nicht. Es hat mich niemand danach gefragt. Ich bin allen Menschen im Tal, in den nächsten Häusern und draußen im Dorf aus dem Weg gegangen. Wohin ich gegangen bin, weiß ich nicht.

Wem ich gefehlt habe, weiß ich nicht mehr.

Vielleicht habe ich niemandem gefehlt. Ich habe doch, wenn ich wieder zur vollen Besinnung komme, mich daran erinnern müssen, dass ich Frau und Kinder und Enkelkinder habe. Ich habe mich irgendwann von allen verabschiedet, habe angekündigt, ich würde übers Joch und über die Gletscher ins andere Tal gehen, würde dort gute Bekannte treffen, würde nach Schalensteinen und Steinmännern suchen, würde vielleicht auch die Steinfrau finden und eine der Saligen oder gar die Langtüttin droben auf dem Joch.

Ich werde einige Wochen unterwegs sein. Wartet nicht auf mich. Es geht euch allen sowieso gut. Ich verabschiede mich. Und „pfiet enk“ habe ich gesagt. Ich habe wieder einmal in das tönerne Weihwasserkrüglein hineingegriffen, habe mir selbst das Kreuz auf Stirn, Mund und Kinn gezeichnet.

Der Rucksack ist schwer und voll gewesen.

Ich will noch einmal den Steilhang hinaufkriechen. Alt geworden. Die Glieder schmerzen. Das linke Knie immerfort geschwollen. Die Sense kann ich noch klopfen. Der Hammer fällt aus der Hand. Für die Wally und die Ziege und den schwarzen Widder will ich noch Heu machen. Im alten Pille kann ich Heu hineinstopfen. Dort kann ich auch schlafen, ruhen, träumen, denken, sinnieren. Vom Tal und der Veränderung.

Meine Sense voller Blut. Rund um einen Felsblock aus der Eiszeit. In den Jahrhunderten abgewetzt von Lawinen, mitgerissen von Lawinen, zerstückelt. Alles in dieser Natur unaufhörlich am Verderben, Sterben, Anderssein. Zwei Tonnen haben sie den Felsblock geschätzt. Ich darf ihn nicht entfernen. Ich darf draufhocken, wenn ich rasten will. Das Kreuz an den Stein drücken. Die Schmerzen über den Rücken herunter. Der Stein müsste warm sein, müsste heiß sein. Dass ich mich anlehnen kann, von innen her wärmen kann. Das Denken wieder in Gang setzen. Noch einmal versucht, die Sense zu schärfen, den Kumpf mit Wasser anzufüllen, den Wetzstein mit mächtigem und dann sanftem Streichen über das Eisen gleiten zu lassen. Mit dem Finger testen, drüberstreichen, die Fingerkuppe drüber streichen lassen, die Härchen am Unterarm wegrasieren können. So scharf muss es sein. Ich hocke am Stein und raste und träume. Unter mir auf der Straße, knapp über dem Abgrund eine Votivtafel. Abgestürzt beim Mähen. Das Bild dabei. Der Bauer mit dem Heu auf dem Kopf. Das Umstürzen und Hinabfallen. Kopfüber Mensch und Heu und das Traggestell, Ferggl, in die Schlucht hinunter. Hundert Meter weiter die nächste Tafel in der Kurve über dem Abgrund: ein Mädchen und ein Auto. Die Leitplanke durchstoßen. In der Kurve. Das Eis. Herr gib ihr die ewige Ruh. Hats zu schnell gemacht. Ist abgestürzt. Und wohl dann auf Wiedersehn. Wo auf Wiedersehn. Im Fegefeuer, im Berg der Läuterung. Im Eis drinnen bei der Kalten Pein und den Büßern. In der Höll o weh o weh. Ich derleids. Bete drei Vaterunser und Ave Maria. Pfiet enk.

Ja, ich möchte mich von allen und nach überallhin verabschieden.

KALTE PEIN und GLETSCHEREIS habe ich erleben und erleiden müssen.

Eine Fotokopie des zwölften und des zweiunddreißigsten Gesanges aus dem INFERNO in der Göttlichen Komödie von Dante Alighieri habe ich bei mir im Rucksack. Wie Speck und hartes Brot und meinen Notizblock. Und den dreißigsten Gesang aus dem Paradiso habe ich mir extra mitgenommen. Zum Trost. Manchmal habe ich auch die „lauretanische Litanei“ bei mir, wenn ich vermeine und hoffe, an den kleinen Kult- und Kraftplätzen auf dem Weg über die Jöcher vorbeizukommen, auf der „Kaser“, „beim Bild“, drüben „am Schnegg“, knapp über dem Tisenhof an der alten Bildsäule mit dem Schaf drauf.

„Heilige Jungfrau aller Jungfrauen
Du allerreinste Mutter
Du allerkeuscheste Mutter
Du ungeschwächte Mutter
Du unbefleckte Mutter
Du liebreiche Mutter
Du wunderbare Mutter
Du Mutter vom Guten Rate
Du weiseste Jungfrau
Du ehrwürdige Jungfrau
Du mächtige Jungfrau
Du Pforte des Himmels

Du Heil der Kranken
Du Zuflucht der Sünder
Du Trösterin der Betrübten ..."

Und dann wird das Lamm beschworen. Rundum weiden dort im Sommer viertausend Schafe. Sie weiden auf dem Gemälde oberhalb der Kirchtüre von Vent. Schafe und Madonna und die Salige sind überall anwesend. Das Lamm soll die Sünden der Welt hinwegnehmen. Bei Dante ist es seine Beatrice. Bei mir ist es die Wally, die ich verehre, die ich suche. Bin ich durstig und schwach, will ich mich an einer der Brüste der Langtüttin laben. Kann dort auch das schrecklich sündhafte Eiter aus der zweiten herabhängenden Langtüttin-Brust herausrinnen lassen. Droben wird es ewige Sonne und Freuden geben. Dante hat den wundersamen Glanz der himmlischen Erscheinung getrunken. Und es erscheint der tausendfältige Kreis der Seligen. Dort möchte er eingereiht werden können.

„Die Schönheit, die ich sah, sie übersteigt
die uns gegebene Fassungskraft; ich glaube,
dass nur ihr Schöpfer sie so ganz empfindet"
(XXX. Gesang, Verse 19-21)

Ganz oben ist Dante „im reinen Licht" angelangt. Dasselbe reine Licht strahlt vom weißen Similaun. Erzeugt ein fiebriges Zittern, steigert sich zu höchstem Erleben.

Eng beisammen und ineinandergreifend sind die alten Mythen zusammen mit den unfassbar aktuellen Deutungen von Madonnen und Heiligen Frauen und der „Großen Bergmutter" und auch noch mit den Erinnerungen, die wie archetypisch in uns wirken.

Es könnte ja sein, dass sich eine Erneuerung der Riten der katholischen Kirche aus diesen alten und ältesten archaischen Vorstellungen heraus entwickeln könnte. Der „Teufelsstein" und der „Hexentanzplatz" an markanten Stellen auf Hügeln, Kuppen, Bergen, beispielsweise den mehr als 30 Mut-Bergen im Bereich der Ötztaler Alpen sind fatal missverstandene Umdeutungen alter Kult- und Kraftstationen. Es könnte ja sein, dass wir von dieser Seite eine zumindest teilweise Erneuerung erleben könnten.

Denken wir uns in die Vorstellungswelt der Menschen in den hochalpinen Regionen hinein. Sie suchen und finden Kraft und auch Trost. Dann verlegen sie das Fegefeuer auf die Gletscher hinauf. Dort können die Sünder in der Kalten Pein büßen. Die schlimmste Pein können wir in Dantes Inferno nachvollziehen; im 32. Gesang. Da finden wir weitgehend idente Formulierungen mit der alpinen Kalten Pein und in den Walliser Sagen vom „Totenheer" über die Gletscher.

Totenheer und Kalte Pein:

Dort stecken sie im Eis. Sie büßen. Ich werde sie wieder suchen und wenn es gelingt, auch besuchen, im Eis der Ferner eingefroren. Mit gespaltenen Zungen.

Dante hat es für uns vor Jahrhunderten nachempfunden, was in den zentralen Gletschern der Alpen seit Jahrhunderten, seit Jahrtausenden vorher in den Sagen und Legenden vorausgeahnt worden ist. Von Marzell und Ramol herunter kommen die Klänge der begleitenden Totenmusik. Ich höre die Totenklagen der Sofia Gubaidulina, das Kreuzige mich, das Aufgehängtwerden. –

Jetzt drinnen im Gletscher. Das hundertvierzig Schritte hineinreichende Tor im Eis. Die Eiszapfen an den Wänden. Wenn sie brechen wieder eine Seele erlöst. Die schrecklichsten Sünder mit den Zungen festgefroren am Eis. Totenklagen. Der Gemarterte am Kreuz. Die weinende Mutter. Sie weint, sie weint. Der Sohn am Eise festgefroren. Betend. Den schmerzreichen Rosenkranz. Nur mehr stammelnd. Die Lippen fest und gleim am Eis gefroren. Gubaidulina kommt mit den Geigen. Ich möchte dabei sein und allesamt möchte ich sie erlösen.

Eispfützen im Ambergstollen.
Eisenkeile in den Bauch getrieben.
Oben ist das Loch. Ein Hirsch fällt. Die Schienen der geplanten Bahn im Stollen. Tausend Tote abtransportiert. Eisenschienen. Ich stolpere darüber. Reiße mir die Hose auf. Reiße ein tiefes Loch in mein Fleisch: Ich denke an die 3.500 Sträflinge aus Dachau. Der Himmler hat sie ins Ötztal geschickt.

*

IN EWIGKEIT AMEN?

Das vergleichsweise kleine Talsterben geht weiter. Die großen Naturereignisse kommen erst.

Meine Ana und meine Wally sind verschwunden. Stecken sie im Eis? Stecken sie in den tiefen Gletschertoren drinnen? Ganz zuhinterst.

Ich werde weitersuchen. Ich gehe zum Nachbar.

Klopfe an die Türe. Bist du da?

Keine Antwort. Der Wind reißt an den Fensterflügeln. Schlägt sie auf und zu. Die Scheiben zerspringen.

Der Nachbar hört mich nicht. Die Nachbarin hört nichts. Sie ist taub geworden. Der Stall ist leer. Die Kälber und Kühe und Hühner sind verschwunden, verkauft, geschlachtet.

In Ewigkeit Amen. Wo soll ich den Nachbarn suchen? Im Himmel? Wenn es ihn noch gibt. Das Himmelwärts-Klettern ist beschwerlich. Hundert Jahre klettern. Der Abstieg zur Hölle? Wäre leichter. Und immer bergab.

Wo finde ich den Sepp?

Er ist tot.

Und der Helmut?

Tot. Liegt dort. Rechte Zeile drittes Grab. Schmiedeeisen.

Und seine Annamaria?

Erfroren in der kalten Küche. Neben dem Herd. Der Haushund liegt daneben. Winselt und stirbt.

Der Erwin?

Weiß ich nicht. Vielleicht im Friedhof.

Ja, linke Zeile viertes Grab. Keine Blumen. Kein Grabkreuz.

Tot?

Alle tot. Das ganze Tal tot. 13 Kilometer Tod.

Und die Bagger und Raupen und Schneekanonen?

Zusammengerostet. Nicht mehr verrottbar. Mahnmal für alle kommenden Zeiten. Mitsamt den Überlandleitungen. Alle Strommasten geknickt. Ins Feuer damit! Die Drähte um den Hof gewickelt.

*

In allen Bergen widerhallt es. Droben das Schreien und unten das Losbrechen der Wasser, 120 Millionen Kubikmeter. Das Tal zu verwüsten.

Es wird eine neue Zeit kommen. Wenn alles ausgespült und weggeschwemmt ist, werden neue Ziegenherden und Schafherden kommen, neue Hirten, Diener und Frauen, Madonnen und Huren. Werden das Land wieder urbar machen. Werden die alten Steinzeichen finden, werden sie wieder aufrichten, werden niederknien und beten, anders als vorher.

Ertöne Posaune sechs und sieben!

Kommt eine Sintflut?

Ich muss flüchten. So schnell als möglich talauswärts. Immer an den Flanken oberhalb des Waldes entlang. Unten im Tal das Wasser. Es dampft und zischt und reißt alles mit sich, Bäume und Dörfer und Kirchen und Hotels und siebentausend Menschen.

Aber es kommen ja die Neuen. Aus dem Nahen Osten. Aus dem Zweistromland sind vor neuntausend oder sechstausend Jahren die ersten Alpenmenschen gekommen. Hinter den Schafherden und den Ziegenherden. Sie haben nach dem Schmelzen des Eises neue Weideplätze gefunden. Haben sich niedergelassen. Haben neuartige Musikinstrumente mitgebracht, mit Saiten bespannt. Haben eine neue Sprache mitgebracht. Auch das „rätische“ Rind, unser Grauvieh. Haben die ersten Sagen von den „Herrinnen der Tiere“ mitgebracht. Sind wieder gestorben. Sind die Räter gekommen und die Bajuwaren. Wir sesshafte Bauern geworden und sind dann Tourismusherren geworden. Reich und verrucht. Sind auch die Naziherren gekommen. Sind viele Pfarrer und Nonnen gekommen. Und an den Höhepunkten ihrer vermeintlich goldenen Zeiten des Verfalls und der Degeneration ist die große Seuche über sie gekommen. Dann das Wasser und hat alles weggeschwemmt.

Die neuen Menschen kommen.

Ich werde es nicht mehr erleben.

(Auch wenn ich inzwischen 100 Jahre alt geworden bin)

Irgendwelche Enkel- oder Ur- oder Ururenkel bauen den alten Hof wieder auf, halten ein Dutzend Schafe, singen gemeinsam alte vergessene Lieder, spielen Geige, Bassgeige, Hackbrett und kommen aus dem Staunen nicht heraus, wie schön die Welt ist.

Ich werde es nicht erleben. Ich hocke droben im Himmel. Was ich dort mache?

Schreiben. Gedichte und einen Roman. Blase das Himmelslicht aus und gehe schlafen. Pfiet enk.

Anhang

Bericht der Herausgeberinnen

Anhand einer elektronischen Datei und einiger weniger fragmentarischer Ausdrucke einen lesbaren Text herzustellen, ist ein editorisch riskantes Unterfangen. Und trotzdem war es weit spannender, als den ursprünglichen Plan umzusetzen: Einen Band mit bereits publizierten Prosatexten zusammenzustellen.

Die wichtigsten Vorlagen für „es kann sein, dass dann die schatten kommen“ bilden zwei Dateien, die Barbara Haid am Computer ihres Vaters am 1.4.2017 sichergestellt hat: Die am 6.8.2011 erstellte Datei „Roman III_Gesamt.doc“ und die Datei „Roman III_Geschichten aus dem Tal.docx“, erstellt am 29.12.2015. Außerdem haben sich noch mehrere kleinere Textfragmente und Notizen erhalten: „Roman III_kultisches 15-1-2012.doc“ und „Roman III_notizen.doc“, begonnen 2011. Um eine bessere Überprüfbarkeit zu gewährleisten, wurden neben den elektronischen Dateien auch Ausdrucke im Bestand Hans Haid abgelegt (Sign. 200-108-11/14). Dort liegen auch Notizen und Entwürfe in Ausdrucken und Arbeiten rund um das Romanprojekt (Sign. 200-108-1/10).

Der umfangreichste Computer-Ausdruck des Romans im Bestand Haid (Signatur 200-104-3) umfasst 127 Seiten. Ihm sind zwei ‚Titelblätter‘ beigefügt: Ein handschriftliches Blatt mit der Aufschrift „Roman-Konzept“, ein zweites getipptes, das den Titel „Roale ein visionärer Bergbauern-Roman“ trägt und ihn eindeutig als zu einer Trilogie gehörig ausweist: „Teil III der Trilogie nach SIMILAUN & RUSILENA (die LANDGEHERIN) (vielleicht AUDUMULA)“. Das getippte Titelblatt trägt einen handschriftlichen Zusatz von Hans Haid: „77 + 70 Jahre danach“, was auf einen Textstand von 2015 schließen lässt. Ein Vergleich mit der Datei „Roman III_Gesamt.doc“ zeigt eine weitgehende Übereinstimmung der Textfassungen. Mit dem Ende des Ausdrucks, auf Seite 127, befindet man sich in der Datei „Roman III_Gesamt.doc“ bzw. im Ausdruck allerdings erst auf Beginn von Seite 96 der insgesamt 110 Seiten. Der Computer-Ausdruck, der mit einem Nachtrag von 2015 ins Archiv gelangte, ist allerdings anders formatiert. Es finden sich in beiden Fassungen kleine Korrekturen, zumeist ausgefeilter in „Roman III_Gesamt.doc“, aber in einigen Fällen ist es auch umgekehrt, was auf eine zumindest teilweise parallele Bearbeitung schließen lässt. Die Datei „Roman III_Gesamt.doc“ (bzw. der Ausdruck) als die vollständigste Fassung des Romanprojekts bildet die Textgrundlage für die nachfolgend angegebenen Streichungen und inhaltlichen Eingriffe. Innerhalb dieser Datei wurden wahrscheinlich mit der Kopierfunktion des Öfteren Textteile umkopiert und manchmal wohl nur aus Versehen an der betreffenden Stelle nicht gelöscht: Ob das immer so gewesen ist, kann natürlich nicht mit Sicherheit gesagt werden. Jedenfalls hat diese Vorgangsweise in manchen Fällen zu eindeutigen Doppelungen geführt.

Da wir also durch Streichungen und inhaltliche Korrekturen in den vorhandenen Text eingegriffen haben, dies aber aus unserer Sicht auch unbedingt tun mussten, um einen, wenn auch immer noch nicht leicht lesbaren Text herzustellen, werden im Folgenden diese Eingriffe genauestens dokumentiert. Wären andere Herausgeberinnen am Werk gewesen, wäre der Text sicher anders komponiert worden. Bei einem so vielschichtigen Text, bei dem das Prinzip der Wiederholung, aber auch die Ellipse stilprägend sind, ist es keinesfalls eindeutig zu bestimmen, welche Passagen des an sich schon fragmentarischen ‚Ganzen‘ als ‚ausformuliert‘ zu gelten haben, und welche (noch) keinesfalls reif für eine Drucklegung waren: Daher auch die Bezeichnung „Romanfragment" im Untertitel. Ebenso wenig ist bei einem so in sich kreisenden Text eine zwingende inhaltliche oder chronologische Abfolge je intendiert und also auch nicht festzumachen, die bei der Streichung von Textstellen verloren gehen könnte. Abrupte Brüche im Text, die durch das Fragmentarische an sich schon da waren, sind da und dort durch unsere Eingriffe möglicherweise noch verstärkt worden.

Die Ausgangsdatei enthält zahlreiche sich wiederholende und unausgearbeitete Passagen. Hier haben wir mit großer Sorgfalt Streichungen vorgenommen: Die darin angesprochenen Themen kommen im vorgelegten Text trotzdem konsistent zur Sprache. Inhaltlich betreffen die Streichungen folgende Bereiche: Nationalsozialismus im Allgemeinen, Anpassung des Tales an den Nationalsozialismus, Alfred Rosenberg und die auf die „Älpler" bezogene Rassentheorie, Zitteraal und Alpenfestung, „Oetztaler Bergbote" und Otto Prietsch, Erna Lendvai-Dirksen, Hermann Göring und das Hermann-Göring-Haus, Richard Wolfram, Geierwally-Film, Oper „La Wally", Tourismuskritik, Lawinenunglücke in den Alpen, Wasserkraftprojekte, Atombombe, Talzerstörung, Beschreibung einer Führung durch den Ambergstollen, traumartige und alptraumhafte Sequenzen über Salige und die Apokalypse.

In der Folge werden die Streichungen unter Angabe des ungefähren Umfangs einzeln nachgewiesen und zwar nach der Seitenzahl der Originaldatei: Größere Streichungen im Text werden mit einem * zwischen zwei Leerzeilen markiert.

S. 1–2: S. 1 außer der Kapitelangabe die gesamte Seite, von S. 2 gut die Hälfte. Es handelt sich hier um ein stichwortartiges Romankonzept.

S. 5–6: S. 5 die Hälfte der Seite, von S. 6 8 Zeilen.

S. 7: 10 Zeilen.

S. 9: 3 Zeilen.
S. 17: 1 Zeile.
S. 20–21: S. 20 3 Viertel der Seite, S. 21 17 Zeilen.
S. 23–25: S. 23 die letzten 15 Zeilen, S. 24 ganz, S. 25 2 Drittel der Seite.
S. 29–30: S. 29 die Hälfte der Seite, S. 30 bis auf die ersten zwei Zeilen und die Kapitelüberschrift alles.
S. 33–37: S. 33 9 Zeilen, 34–36 ganz, S. 37 die ersten 8 Zeilen.
S. 38: 30 Zeilen.
S. 40–41: S. 40 3 Viertel der Seite, S. 41 2 Drittel der Seite.
S. 42–46: S. 42 die letzten 8 Zeilen, S. 43–45 ganz, S. 46 bis auf die letzten 5 Zeilen.
S. 43: Hier plante Haid einen Einschub zum Geierwally-Film, der sich im Originalmanuskript auf S. 76–79 als eigenes geplantes Kapitel findet. Dieser Text wurde nach Haids Vorgabe eingefügt.
S. 47–48: S. 47 letztes Drittel der Seite, S. 48 die ersten 9 Zeilen.
S. 55–57: S. 55 die letzten 11 Zeilen, S. 56 ganz, S. 57 ca. die erste halbe Seite.
S. 62–65: S. 62 die letzten 5 Zeilen, S. 63–64 ganz, S. 65 bis auf die letzten 5 Zeilen.
S. 69: 4 Zeilen.
S. 71: Die ersten 4 Zeilen: Hier wollte Haid ein Kapitel: „Megatonnen Köfelsit & Ötzi“ einbauen.
S. 71–73: S. 71 die Hälfte der Seite, S. 72 ganz, S. 73 die ersten 2 Zeilen.
S. 74–75: S. 74 ganz bis auf die ersten 4 Zeilen, S. 75 bis auf die letzten 10 Zeilen.
S. 76–79 nach vorne verschoben.
S. 76: Ein ergänzender Halbsatz zu Nico Dostal.
S. 81: Bis auf eine Zeile die erste halbe Seite.
S. 82–85: S. 82 ab der 9. Zeile, S. 83 u. 84 ganz, S. 85 die halbe Seite.

S. 89–90: S. 89 alles bis auf die ersten 4 Zeilen, S. 90 alles bis auf die letzten 4 Zeilen.

S. 93–95: S. 93 die Hälfte der Seite, S. 94 ganz, S. 95 die Hälfte der Seite. Auf S. 93 wollte Haid einen nicht näher benannten neuen Text mit Stand vom 16.6.2012 einfügen.

S. 101–102: S. 101 die Hälfte der Seite, S. 102 ganz.

S. 107–108: S. 107 alles außer die ersten 8 Zeilen, S. 108 die erste Seitenhälfte.

S. 109–110: S. 109 alles bis auf die ersten 5 Zeilen, S. 110 die ersten 5 Zeilen.

Inhaltliche Eingriffe werden hier einzeln angeführt und zwar wieder nach der Seitenangabe der Originaldatei.

S. 2: „Knapp ein Jahr alt“ zu „Gut ein Jahr alt“.

S. 2: „Leidenschaft auf Menschenköpfe“ zu „Leidenschaft für Menschenköpfe“.

S. 10: „Tiefen des Treibens und einer unfassbar brutalen Kultur“ zu „Tiefen des Treibens einer unfassbar brutalen Kultur“.

S. 10: „bis zum Jahre 1950 eingesetzt werden können“ zu „bis zum Jahre 1950 fortgedauert“.

S. 15: „Besitzern des Grundstückes soll ein passendes Grundstück käuflich erworben“ zu „Besitzern soll ein passendes Grundstück käuflich erworben“.

S. 15: „wie es gewollt war und was geschehen müsste, wenn es den Endsieg gibt“ zu „wie es gewollt war und was geschehen wäre, wenn es den Endsieg gegeben hätte“.

S. 17: „und haben die Hütte im Jahre 1957“ zu „und sie haben die Hütte im Jahre 1957“.

S. 18: „Sie das ist: da fahren“ wird zu „: Da fahren“.

S. 19: „wegbannen wollen“ zu „wegbannen“.

S. 22: „sich mit Fluch“ zu „uns mit Fluch“.

S. 26: „Da kann für den Bau ein zusätzliches“ zu „Da kann ein zusätzliches“.

S. 28: „Der Sepp erzählt mir“ zu „Der Martin erzählt mir“.

S. 31: „Die hier bei den durch die extrem harte Natur nicht fließen dürfen.“ zu „Die hier wegen der extrem harten Natur nicht fließen dürfen.“

S. 33: „Heute habe ich wieder wie in diesem Sommer immer wieder das merkwürdige Eisen vergessen.“ zu „Heute habe ich wieder das merkwürdige Eisen vergessen.“

S. 39: „Die Amtliche Deutsche Ein- und Rückwanderung“ zu „Die Amtliche Deutsche Ein- und Rückwanderungsstelle“.

S. 49: „Wenn ich den Zaun im Frühjahr wieder“ zu „Wenn ich den Zaun wieder“.

S. 52: „Monaten Tagen“ zu „Monaten“.

S. 66: „Endlösung“ zu „Lösung“.

S. 69: „120 Millionen“ zu „120 Millionen Kubikmeter“.

S. 79: „Ich bin jetzt sechs Jahre alt. In diesem Jahr 1944“ zu „Ich bin jetzt ein Jahr alt. In diesem Jahr 1939“.

S. 86: „Er weiß noch, ich habe es als Zeuge miterlebt“ zu „Ich weiß noch, ich habe es als Zeuge miterlebt“.

S. 92: „Feuerball beim Ort, den die dort siedelnden Menschen später Köfels genannt haben, den Berg zerschlagen hat“ zu „Feuerball den Berg zerschlagen hat“.

S. 95: „Das alles in meinem Tal.“ Da Wiederholung der Überschrift, gestrichen.

S. 96: „4600 Kilotonnen“ zu „4.600 Megatonnen“.

S. 96: „Alexander Tollmann im Jahr bestätigen“ zu „Alexander Tollmann bestätigen“.

S. 101: „Habe andere Löcher mit den Tropfen aufgefangen“ zu „Habe Tropfen mit anderen Löchern aufgefangen“.

S. 103: „Wolkengestalten mit Klopfen und Armen“ zu „Wolkengestalten mit Köpfen und Armen“.

S. 105: „Liebmongswidder“ zu „Widder“.

Tipp- und Grammatikfehler wurden stillschweigend korrigiert. Die uneinheitliche ß-ss-Schreibung wurde nach der neuen Rechtschreibung normalisiert. Die uneinheitliche ph-f-Schreibung wurde belassen, aber vereinheitlicht nach dem mehrheitlichen Gebrauch. Hingegen wurden Schreibungen wie „beiseite gelegt", „nahe gebracht" u. ä. belassen. Die Verwendung von einfachen und doppelten Anführungszeichen wurde vereinheitlicht, ebenso die Schreibung von Jahreszahlen, die manchmal mit, manchmal ohne Punkt geschrieben waren. Sie wurden nun alle mit Punkt vereinheitlicht. Buchtitel wurden einheitlich unter Anführungszeichen gesetzt.

Haid hat in seinen Texten immer schon Wörter in Versalien hervorgehoben. Doch konsequent gehandhabt hat er das dann oft nicht. So kamen die Schreibungen „Fremde" und FREMDE nebeneinander vor, OETZTALER BERGBOTE kam mehrheitlich in Versalienschreibung vor. Da Haid die Versalienschreibung in vielen seiner Texte als Stilmittel verwendet, haben wir uns entschieden, die Versalien bei der ersten Verwendung zu belassen und im weiteren den Begriff in Normalschrift zu setzen. Verwendet Haid Versalien und Anführungszeichen, so wurden die Anführungszeichen gestrichen. Besondere einzelne Hervorhebungen in Versalien wurden in jedem Fall belassen. Dialektausdrücke, wie etwa „Sall wöll", wurden, da keine eindeutige Absicht dahinter erkennbar war und die dialektale Verwendung per se eine Hervorhebung darstellt, ohne Versalien dargestellt. Eine Besonderheit stellen die Versalien am Beginn eines geplanten Kapitels dar. Da mehrere Kapitel nicht ausgeführt wurden und diese ‚Überschriften' nicht aufeinander abgestimmt sind, haben wir uns gegen eine Kapitelgliederung der Fragmente entschieden. Wir haben aber die Versalien am Beginn stehen lassen, ohne Abstand zum übrigen Text.

Die von Haid vorgegebenen Absätze wurden belassen, außer es handelte sich um eine eindeutige falsche Zeilenschaltung mitten im Satz. Auch wenn er einen doppelten Abstand vorsah, wurde dies nach dem Manuskript eingehalten. Zitate hingegen wurden ohne Abstand davor oder danach in den Text eingefügt.

Wenn Haid zitiert, auch aus eindeutig erschließbaren Quellen, dann wurde das Zitat nie berichtigt, außer es enthielt offensichtliche Tippfehler.

Wir danken Barbara Haid für das Überlassen von einschlägigen Materialien sowie die sorgfältige Durchsicht des Manuskripts und für manche wertvollen Hinweise.

„Die Wahrheit hinausschreien …". Nachwort

von Christine Riccabona und Anton Unterkircher

Hans Haid hat zu Lebzeiten mehr als 60 Bücher publiziert. Die meisten davon beinhalten volkskundliche Arbeiten zur Geschichte, zum Leben, Handwerk und Brauchtum im Ötztal sowie seine Forschungen zu Sagen und Mythen, zu Ökologie und Naturkatastrophen wie auch gesellschafts- und tourismuskritische Texte. Literarisches Schreiben war – neben dieser sachbezogenen zumeist reich illustrierten Publizistik – Haids wichtigste Ausdrucksform. Nun erscheint posthum das Fragment eines Romanprojekts, an dem Haid bis wenige Jahre vor seinem Tod gearbeitet hat.

Seit der Übergabe seines Vorlasses 2010 an das Forschungsinstitut Brenner-Archiv brachte Haid immer wieder Nachträge: Materialien abgeschlossener Buchprojekte, Artikel, Beiträge, Entwürfe neuer Ideen, Teile seiner Bibliothek u. a. m. Er räumte auf und erzählte von ermüdeter Schaffenskraft und von der Notwendigkeit, seine umfangreichen Sammlungen sowie auch jene von Gerlinde Haid, die 2012 verstorben ist, auf verschiedene Institutionen und Archive zu verteilen. Von einem Romanprojekt, das ihn zugleich intensiv beschäftigte, gab er nur kryptisch Auskunft. Durch seine Krankheit geschwächt konnte er vermutlich seit 2016 daran nicht mehr weiterschreiben. Es blieb unvollendet. Wie sich später herausstellte, handelt es sich dabei um den dritten Teil seiner als Trilogie angelegten Romanreihe, deren ersten beide – „Similaun" 2008 und „Die Landgeherin" 2011 – erschienen sind. Der dritte Teil firmiert bis zuletzt unter dem Arbeitstitel „roman III", denn Haid hatte zwar mehrere Titel in Erwägung gezogen, sich jedoch bis zuletzt für keinen entschieden.

2015 legte er einen Ausdruck des bis dahin entstandenen Manuskripts ab, weitere Überarbeitungen waren geplant.[1]

Allerdings waren die Jahre nach dem Tod seiner Frau, der Volksmusikforscherin Gerlinde Haid, für ihn eine Zeit der persönlichen Krise: Er musste ihren Nachlass verwalten, für die teils gemeinsamen Sammlungen Orte finden, Vorkehrungen für seine eigenen Sammlungen treffen. Die Arbeit am Roman dürfte mehr als einmal ins Stocken geraten sein.

Ende 2018 übermittelte uns Barbara Haid weitere Nachträge zum Nachlass ihres Vaters in Form elektronischer Dateien. Unter ihnen befanden sich mehrere, verschieden zusammengesetzte und unterschiedlich überarbeitete Textvarianten, die diesem „roman III" zugeordnet werden konnten. Auf der Basis einer Fragment gebliebenen Variante entstand vorliegender Text – im Bericht der Herausgeberinnen wird dies näher erläutert. Die Entscheidung, Teile aus Haids letztem unfertigen Romanprojekt zugänglich zu machen, ist u. a. dadurch motiviert, dass in ihm alle thematischen Fäden, in die sich Haid Jahrzehnte lang verstrickt und die er stetig weiterentwickelt hat, hier noch einmal in einer außergewöhnlichen erzählerischen Form aufgegriffen und ineinander verwoben werden.

Der Roman handelt von der historischen Geschichte des Ötztals, insbesondere während der nationalsozialistischen Zeit, erzählt von Widerstand und Mitläufertum, von den Auswüchsen des Eventtourismus, von kapitalistischer Macht und Machenschaften. Darin hineinverwoben sind die Erinnerungen eines 1938 Geborenen an diese ‚seine' biografische Herkunftswelt. Dieser nennt sich „der Alte vom Berge" und erzählt von der Härte des Bergbauerndaseins, von vergessenen alten Sagen und Mythen, von matriarchalen Überlieferungen der Saligen und anderen Frauengestalten der alpinen Kulturgeschichte. Er beklagt die Landverbauung und fürchtet apokalyptische Naturkatastrophen, träumt von einem ökologisch vertretbaren Tourismus und von vertanen Chancen der Kooperation von Tourismus und Landwirtschaft.[2]

Jahrelange historische Recherchen und unermüdliches Zusammentragen von Informationen sind in den Text eingeflossen. Einzelne Textbausteine hat Haid da und dort publiziert u. a. im „Lesebuch Ötztaler Alpen II“.[3]

Haid war ein unermüdlicher Schreiber, Sammler, kritischer Nachdenker, ein Netzwerker und Initiator. Seine Arbeiten, Projekte und Ideen in den unterschiedlichsten Disziplinen hat Haid kontinuierlich in Form von „Tagesnotizen“ begleitet: anstehende Agenden, Kontaktdaten, Termine, Pläne, Vorhaben, dazwischen immer wieder Gedanken und Ideen. Diese Notizbücher aus den Jahren 1982 bis 2016 befinden sich im Nachlass und dokumentieren nicht nur einen übervollen Arbeitsalltag, sondern auch eine schier unglaubliche Fülle an Ideen und Vernetzungen sowie das mitunter nicht mehr nachvollziehbare, gleichzeitige Betreiben mehrerer Projekte, auch literarischer Projekte. So zeigt sich, dass die Beschäftigung mit den Themen von „roman III“ schon weit in die Zeit der Entstehung der beiden anderen Romane der Trilogie zurückreicht.

2007 erscheint „Mythos Lawine“ im Studienverlag und schon im Sommer des Jahres notiert er in den Tagesnotizen: „eventuell weiteres ROMAN-PROJEKT: LAWINE“.[4] Kurz darauf folgt der Eintrag „Roman-Projekte ev. 3 – Bände SIMILAUN + RUSILENA + DANANÄ“ und Ideen, welche Materialien und Themen Verwendung finden sollen.[5] Schon im Herbst des Jahres ist „Similaun“ fertiggestellt.[6] Gleichzeitig plant er immer wieder neue Projekte, er arbeitet an anderen Publikationen wie „Wege der Schafe“[7] und er bereitet auch schon Bücher über Naturkatastrophen, u. a. „Sindt-Fluss“[8] vor. Zeitgleich realisiert er Teil zwei der Roman-Trilogie „Die Landgeherin", die die Geschichte einer Jenischen, Seherin und Heilerin im 19. Jahrhundert erzählt.

Aber schon 2008 tauchen Ideen auf, die „NAZIZEIT im ÖTZTAL" aufzuarbeiten,[9] und er notiert als weiteres Thema für einen Roman: „EXTREME Heuarbeit ... z. T. DOKUMENTARISCHES",[10] und er will die Themen seiner bereits erschienenen Bände „Und sie nehmen den Schnee" sowie „Mit Tränen füllt man keine Betten" weiterführen, notiert „Auseinandersetzung + Weiterführung a) Gilgamesch b) Apokalypse c) Göttliche Komödie– mit alpinen Sagen".[11]

Im Herbst 2009 nennt er einen Arbeitstitel mit Anmerkungen: „ev. ‚EISKALT IM TAL': vorhandene Texte noch einmal aussortieren, ergänzen, verbessern, ev. reduzieren, aber auch ‚emotional' + ‚persönlich'".[12] Kurze Zeit darauf konkretisiert er: „INFOMATERIAL für ROMAN 3 suchen + sammeln (= Bergbauern)" und weiter „vgl. von Rosegger: Jakob der Letzte ‚TRAUMATISIERTE ORTE' Untergang eines alten Hofes Zerstörung durch Lawine oder Werden zu Hotel bzw. Bergrestaurant."[13] Später hält er zu „TRILOGIE III" erste Titel fest: „‚ROALE ...' AM RAIN".[14] Roale heißt bekanntlich der von Haid 1990 erworbene Bauernhof und damit ist eine der Erzählebenen angedeutet: „mitgehend autobiografisch [...] von dem Leiden und dem Sterben eines extremen Bergbauernhofes – VISION ähnlich wie bei Margaret ATWOOD ‚Der Report der Magd' von einer schleichenden Zerstörung von der beinahe-Apokalypse (Bergbauern als Sklaven) das ganze Tal ist wie ein riesiger hochalpiner Kerker [...]. Ein totalitäres Regime herrscht über das Land".[15]

Ab Oktober 2009 entstehen erste „nicht bearbeitete" Entwürfe für „ROALE – ein visionärer Bergbauern-Roman". Was Haid erzählen will,

„könnte teil einer alpinen apokalypse sein: wie die bergbauern verschwinden. wie jahrhundert- und jahrtausendalte kulturen des lebens und des überlebens verschwinden, wie die landschaft wieder (mutwillig) der rohen natur ausgesetzt ist, wie von bergbauern gepflegte landschaften aufgelassen werden, wie ganze bergtäler als ‚kulturlandschaften' aufhören. [...] ROALE schildert eine kleinräumige extremsituation [...]. warum ROALE? [...]. es geht um die extreme ausgesetztheit, nicht nur im beinahe jährlichen lawinenschadenwegräumen, aber auch um wirtschaftliche diskriminierung z. b. bei umbau und erneuerung alter substanz".[16]

2010 konkretisiert er erneut in den Tagesnotizen: „Themen für neuen ROMAN: Widerstand + Buchstabiller, TIWAG + NAZI + Zwangsarbeit [...] EIS + Dante + SAGEN ... mit Verbannung ins EIS schlimmste Qual– aber alles in die Gegenwart gerückt ... als SZENARIO ... wer könnte der ‚Held' od. die ‚Heldin' sein?"[17]

Tatsächlich ist der ‚Held' bzw. Protagonist in „roman III" ein radikaler, schonungslos zorniger Ich-Erzähler, der über Missstände und Machenschaften wettert und der die rettungslose Zerstörung des Tales beklagt, die er hilflos zur Kenntnis nehmen muss. Seinen dystopischen Albträumen ausgesetzt, gerät er in den Sog seiner inneren Monologe.

Über diese Erzählstimme äußert sich Haid drei Jahre später – nach dem Tod von Gerlinde Haid und der damit verbundenen Krise – in einem Entwurf „ROMAN III NEU (ab juli 2013)":

„dieser ‚ICH' bin gar nicht ich, der alles erlebt erlebt hat erleben wird. meine ‚krankheits- und abschiedgedanken' sind nicht meine. sie werden von einer konkreten person (die ich erst erfinden muss) erlebt.

das ist das emotionelle ICH und das steht einem realen ereignis gegenüber:
im prinzip 1933 bis 1948 verlängert bis 2015
ötztaler alpen nazizeit braunes tal titzenthaler und busch wally als ‚la wally', die film-geierwally, zweimal der opernstoff, die romanvorlage
es muss eine sehr reale romanhandlung geben mit viel spannung und dramatik und der kompletten zerrissenheit NAZI – massentourismus – GLAUBE & KULT sagen bräuche konkrete zerstörungen durch den massentourismus ...“[18]

Am Jahresende 2010 lautet ein Eintrag: „IDEEN für Roman III: – dramatische Ebene EIS und SCHNEE auch Totenprozessionen + KALTE PEIN + THERAPIE + KRISTALL-PALAST – dominante FRAUEN – SAGEN ‚GÖTTINNEN' Auseinandersetzung Göttin + Frauengestalten der Sagen – eine ‚BASIS' könnte eine Gestalt wie ‚LA WALLY' sein ‚DIE HIRTIN UND IHR PARADIES'“.[19] Hier tritt ein wichtiger Motivkomplex in den Vordergrund, den Haid im Roman in Form des visionären Erscheinens weiblicher Sagengestalten, insbesondere der Saligen, als einen der Erzählfäden umgesetzt hat. Mit der Figur der Geier-Wally beschäftigt sich Haid seit Jahren und seit jeher erforscht er die Sagenüberlieferungen der Alpen und imaginiert die Frühzeit immer wieder als matriarchale Kultur, was ihn mit den kontrovers diskutierten Matriarchatsforschungen von Heide Göttner-Abendroth verbindet. Diese führt er bei ihren Recherchen zu „Berggöttinen der Alpen“ an die besonderen Orte und Plätze im Ötztal, insbesondere im Niedertal.[20]

Es scheint, dass die Arbeit am Roman immer wieder in den Hintergrund anderer Aktivitäten, Vorhaben und Projekte gerät, u. a. beschäftigen ihn mehr und mehr die offenen Fragen um das Weiterbestehen des Ötztal-Archivs und die Aufteilung seiner Materialien,[21] andererseits interessiert er sich für Umweltthemen wie u. a. den Unesco Biosphärenpark Similaun.

2011 erscheinen außerdem der Roman „Die Landgeherin“ gefolgt von weiteren Buchprojekten, u. a. das „Lesebuch Ötztaler Alpen II“ und das „Lesebuch II“.[22] Aber immerhin entsteht bis Mitte des Jahres 2011 ein vorläufiges Manuskript, an dem er weiterarbeiten will.

Vor allem im Jahr 2011 finden sich in den Tagesnotizen viele Hinweise auf die Beschäftigung mit der nationalsozialistischen Vergangenheit im Ötztal: „NAZI-Deutschland auf dem Weg zur ALPENFESTUNG ÖTZTAL“,[23] „ZITTERAAL Hermann GÖRING DER ÖTZTALER BERGBOTE DAS ÖTZTAL der WIDERSTAND“.[24] Er recherchiert nach Unterlagen zu Erna Lendvai-Dirksen: „alles verschwunden“.[25]

Anfang 2012 plant er für Mitte Juni 2013 bereits eine weitgehende Fertigstellung des Projekts,[26] doch da erkrankt seine Frau Gerlinde schwer.

Immer wieder nennt Haid mit Blick auf sein Romanprojekt Vorbilder bzw. Vorlagen, an denen er sich orientieren will: Er nennt u. a. Josef Bierbichlers „Mittelreich“,[27] er sucht „Orientierung u. a. [...] HANDKE ‚IMMER NOCH STURM‘ JELINEK ...“,[28] oder an Gabriel Garcia Marquez's „Von der Liebe und anderen Dämonen“.[29] Später nennt er noch Handkes „Über die Dörfer“, Maurice Chappaz und Norbert C. Kaser. Josef Winkler ist ihm „zu wenig POETISCH“.[30]

Das sind hohe Vorgaben und insgesamt will Haid zu viel in ein Projekt pressen. Der Haymon-Verlag bringt den Vorschlag, das Projekt in ein zeithistorisch-wissenschaftliches und ein literarisches zu trennen.[31] Er hält dazu fest: „Ich teile mein Manuskript 1. ‚mein leben + die POESIE‘ 2. DAS ‚BRAUNE TAL‘.“[32]

Möglicherweise ist die Variante „Geschichten aus dem Tal“[33] der Versuch, den Vorschlag in diesem Sinn umzuarbeiten. Denn hier schraubt der Autor einen Gang zurück, für das große Romanvorhaben scheint die Kraft zu fehlen. Im Exposé der „Geschichten“ ist zu lesen:

> „Das eigene ERLEBEN als modell ...
> ES IST KEIN ROMAN
> ES SIND GESCHICHTEN AUS DEM TAL AUS DEN ALPENTÄLERN
> UND IMMER WIEDER PERSÖNLICHES IN DAS ZEITGESCHEHEN HINEINGESETZT“.[34]

Haid unternimmt jedenfalls den Versuch einer Aufteilung: Seine Recherchen zum „braunen Tal“ sollen Teil vom sogenannten „Promemoria II“ werden,[35] zu dessen Publikation es nicht mehr kommt.[36]

Ende 2016 findet sich der letzte Eintrag in Sachen „roman III“: „es geht langsam und sehr mühsam weiter“.[37] Inzwischen ist Haid selbst schwer an Krebs erkrankt und möchte noch einmal auf den Hof Roale ziehen: „Heimat Roale – dort wohnen + leben + sterben“.[38]

Zu „Geschichten aus dem Tal“ notiert Haid am Nationalfeiertag, dem 26.10.2016:

> „nach dem lesen des wirren und unbearbeiteten Textes [...] alles sehr wirr und wild und alles bisherige in der literatur vergessen (übersteigernd) ... [...]. Ich habe jetzt beim besten willen nicht die kraft, einen neuen text zu schreiben oder bereits vorhandene texte wie ‚geschichten aus dem tal ... 1938 bis 2015‘ zu überarbeiten. das wäre sache für ein allerbestes lektorat.“[39]

Tatsächlich scheint die Sprache des Protagonisten zu zerbrechen unter der Last dessen, was er erzählen will. Die elliptischen Sätze wirken oft wie herausgeschleudert, werden mitunter litaneienhaft wiederholt und oft bruchstückhaft aneinandergereiht. Der Erzähler verliert immer wieder den Faden, verirrt sich in Nebensätze und widerspricht sich selbst. Die Sätze drücken aber gerade so die emotionale Befindlichkeit aus: Es erscheint das Psychogramm eines verzweifelten Versuchs, der Geschichte habhaft zu werden, den ‚Stoff' zu bewältigen. Der Erzähler ist zornig, wütend, oft auch sentimental, er kämpft um seine Position, geht unter im Gedankengewirr, verliert die Kontrolle und greift doch wieder die Fäden auf: „Mein verstocktes und verschlossenes Tal habe ich zu hassen angefangen. Übermorgen will ich flüchten. Oder alles festschreiben und bloßlegen. Die Wahrheit hinausschreien, wenn es niemand mehr hören will." Besonders eindrücklich sind die Szenen, in denen sich der Ich-Erzähler beim Mähen des Steilhangs selbst über die Schulter schaut: Die Tätigkeit „beflügelt" zwar seine „Gedanken", er stellt sich vor, wie diese hinausfliegen und in einer Art „Fernhypnose" in den Köpfen „Nachdenkschmerz" bewirken, aber das „Handmähen" ist eine „Plagerei". Er ruiniert drei Sensen, rutscht aus, schneidet sich die Finger blutig, flucht, kurz: Er muss sich selbst eingestehen, dass ihm die „Routine" für diese Arbeit fehlt und er nur mehr hilflos zusehen kann, wie der „Steilhanghof [...] seinem Ende entgegen" geht. Haid hat mit diesem Ich-Erzähler eine Figur erschaffen, die irritiert in den Bann zieht – mit ihr ist ihm ein aufrüttelndes intensives Stück Literatur gelungen.

Anmerkungen

1 Siehe den Bericht der Herausgeberinnen.
2 Darüber hat Haid ein Sachbuch publiziert: Vom neuen Leben. Alternative Wirtschafts- und Lebensformen in den Alpen. Innsbruck: Haymon 1989.
3 Annemarie Doblander, Hans Haid (Hg.): Lesebuch Ötztaler Alpen II. Innsbruck: Studienverlag 2011 (Schriftenreihe des Ötztal Archivs 25). Haid publiziert darin Rechercheergebnisse in dem Kapitel „Schwere Zeiten“ (48–73): etwa die Umbenennung des Titzenthaler-Wegs in Granbichler-Weg, beschreibt den „Ötztaler Bergboten“, die Rolle des Alpenvereins und den Bau des Hermann-Göring Hauses. Nachzulesen ist in diesem Buch auch über „Die Geierwally“ der Wilhelmine von Hillern (74–78) und im Kapitel „Solche Weiberleut in den Ötztaler Alpen“ (179–187) über die „Disen“, „Dana“, „Langtüttin“, „Rusilena“ und die „Saligen“, auch über den Protest gegen den Freizeitpark AREA 47 und eine „Fantasie“ über eine „Stadt in den Bergen anno 2015“ (202–204).
4 Hans Haid: Tagesnotizen, 16.7.2007 (03/2007–11/2008), 12. Forschungsinstitut Brenner-Archiv, Nachlass Haid, Sign. 200-112-3. (Die Daten in den Tagesnotizen sind nicht immer präzise. Oft findet sich die Formulierung „ab“ und dann das Datum. Es wird hier also immer das der Eintragung vorausgehende Datum verwendet).
5 Ebenda, 6.8. u. 12.11.2007, 35 u. 72.
6 Ebenda, 8.10.2007, 55: „Similaun – Korrekturen bis 10.10. an Verlag senden!“
7 Hans Haid: Wege der Schafe. Die jahrtausendealte Hirtenkultur zwischen Südtirol und dem Ötztal. Innsbruck, Wien: Tyrolia 2008 (Schriftenreihe des Ötztal-Archivs 22).
8 Hans Haid: Sindt-Fluss. Eine Kulturgeschichte der Naturkatastrophen im Alpenraum. Gemeinsam mit Barbara Haid. Innsbruck, Wien, Bozen: Studienverlag 2009; Naturkatastrophen in den Alpen. Gemeinsam mit Barbara Haid. Innsbruck: Haymon 2010; Das Schaf. Eine Kulturgeschichte. Wien: Böhlau 2010.
9 Tagesnotizen, 8.8.2008 (03/2007–11/2008), 154, Sign. 200-112-4.
10 Ebenda.
11 Ebenda.
12 Tagesnotizen, 3.9.2009 (11/2008–12/2009), 92, Sign. 200-112-5.
13 Ebenda, 6.10.2009, 102.
14 Ebenda, 8.10.2009, 108.
15 Ebenda.
16 Ab Oktober 2009, Typoskript, Sign. 200-108-2.
17 Tagesnotizen, 1.12.2010 (01/2010–01/2011), 128, Sign. 200-112-5.
18 roman III neu (ab juli 2013), Sign. 200-108-1.
19 Tagesnotizen, 31.12.2010 (01/2010–01/2011), 156.

20 Heide Göttner-Abendroth: Berggöttinnen der Alpen. Matriarchale Landschaftsmythologie in vier Alpenländern. Bozen: Edition Raetia 2016, vgl. 390, Anm. 46.

21 2018 werden Teile der Sammlung Haid im Gedächtnisspeicher in Lehn und Haids Ötztal-Archiv mit den „Ötztaler Museen" zusammengeschlossen.

22 Hans Haid: Lesebuch II. Innsbruck: Studienverlag 2013 (Schriftenreihe des Ötztal-Archivs 27); 74 Ötztaler Dialektgedichte. Innsbruck [u. a.]: Kyrene 2012.

23 Tagesnotizen, 22.2.2011 (01/2011–03/2012), 17, Sign. 200-108-6.

24 Ebenda, 15.4.2011, 36.

25 Ebenda, 1.10.2011, 108.

26 Ebenda, 16.1.2012, 155.

27 Ebenda, 12.9.2011, 100 u. 1.10.2011, 110.

28 Tagesnotizen, 5.6.2012 (03/2012–01/2013), 36, Sign. 200-113-1.

29 Tagesnotizen, 20.5.2014 (01/2014–09/2014), 62, Sign. 200-113-3.

30 Tagesnotizen, 13.6.2015 (09/2014–08/2015), 134, Sign. 200-113-4.

31 Ebenda, 2.12.2014, 36.

32 Ebenda.

33 Geschichten aus dem Tal, Sign. 200-108-11.

34 Ebenda.

35 Tagesnotizen, 19.8.2016,76 (08/2012–8/2016) Sign. 200-113-5.

36 Entwurf im Nachlass Haid, Sign. 200-108-15.

37 Tagesnotizen, 17.12.2016, (08/2016–12/2016), 67, Sign. 200-113-6.

38 Tagesnotizen, 14.5.2016, 131.

39 Texte, Sign. 200-107-7.

Inhalt

5 **es kann sein, dass dann die schatten kommen**

189 **Anhang**
191 Bericht der Herausgeberinnen
199 „Die Wahrheit hinausschreien ...". Nachwort von Christine Riccabona und Anton Unterkircher
209 Anmerkungen

Hans Haid
i schmeck in langes
Ausgewählte Gedichte. Werkausgabe. Band 1
Herausgegeben und mit einem Nachwort von Christine Riccabona
und Anton Unterkircher
280 Seiten, gebunden mit Schutzumschlag
ISBN 978-3-7099-7296-0

Hans Haid hat die Dialektpoesie vom Staub der biederen Heimatliteratur befreit: In bildkräftiger Sprache schildert der Ötztaler Dichter das sich wandelnde Leben inmitten einer bedrohlichen wie faszinierenden Natur. Er erzählt von den alten Tagen und von harter Arbeit, aber auch von einem zum Ritual erstarrten Katholizismus und den zweifelhaften Segnungen der Gegenwart mit ihrer Ausbeutung von Umwelt und Tradition. Stets kritisch, oft unkonventionell, zeichnet der Visionär Bilder des rauen Alltags in den Bergen und verleiht ihnen mit seinem einzigartigen Stil den Klang der alpinen Lebenswelt. Der Band versammelt einen Querschnitt von Hans Haids vielfältigem lyrischen Schaffen.

LAND TIROL

AUTONOME PROVINZ BOZEN SÜDTIROL
PROVINCIA AUTONOMA DI BOLZANO ALTO ADIGE
Deutsche Kultur - Cultura tedesca

Die Drucklegung dieses Werks erfolgte mit freundlicher Unterstützung durch die Kulturabteilung der Tiroler Landesregierung und die Südtiroler Landesregierung / Abteilung Deutsche Kultur.

MIX
Papier aus verantwortungsvollen Quellen
FSC www.fsc.org
FSC® C083411

Auflage:
4 3 2 1
2024 2023 2022 2021

HAYMON verlag
Innsbruck-Wien
www.haymonverlag.at

ISBN 978-3-7099-8124-5

Projektleitung: Haymon Verlag / Melissa Modersbacher, Nina Gruber
Buchinnengestaltung nach Entwürfen von: himmel. Studio für Design und Kommunikation, Innsbruck / Scheffau – www.himmel.co.at
Satz: Da-TeX Gerd Blumenstein, Leipzig
Umschlaggestaltung: himmel. Studio für Design und Kommunikation, Innsbruck / Scheffau – www.himmel.co.at
Umschlagabbildung: Diego Catto
Autorenfoto: Haymon Verlag

Gedruckt auf umweltfreundlichem, chlor- und säurefrei gebleichtem Papier.